KB018153

천불탑의 비밀

천불탑의 비밀

정찬주 장편소설

클리어마인드
CLEARMIND

차 례

천불탑의 비밀

대각사의 꿈   6

두 수도자   34

또 다른 비밀   90

캘커타 인력거꾼   116

오! 밤열차여   150

인도의 길   176

부처의 그림자   218

영원 속으로   252

천불탑   306

| 작가 후기 | 320

대
각
사
의

꿈

수요일 늦은 오후.

고속도로는 텅 비어 있는 활주로 같았다. 톨게이트를 벗어나서도 한산하기는 마찬가지였다. 이만큼 고적한 고속도로가 있었는가 싶었으리만치 뻥 뚫려 있었다. 자신의 지프로 고속도로 위를 달리고 있는 최림崔林은 저절로 흥분이 되고, 가벼운 전율이 등을 타고 흘러내렸다. 이따금 몇몇 승용차가 최림이 운전하는 지프 뒤로 딱정벌레처럼 작아졌다가는 사라져버리거나, 거대한 트럭이 맞은편에서 돌진해오듯 과속으로 달려오고 있을 뿐이었다.

텅 빈 고속도로 때문에 최림은 어느 정도 심란한 기분을 떨쳐버릴 수 있었다. 이런 고속도로의 상태라면 얼마든지 질풍처럼 내달릴 수 있기 때문이었다. 고속도로는 굵은 빗방울이 한두 방울씩 떨어지고 있어 푸르고 싱싱한 고등어처럼 탄력이 느껴졌다.

계기판의 바늘은 벌써 시속 150km를 가리키고 있었다. 시속 100km가 제한속도라면 한 배 반의 속도로 내달리고 있는 셈이었다. 더 이상의 속도는 도로가 차츰 미끄러워지고 있으므로 조심해야 했다. 또한 옆에 말없이 앉아 있는 승행자의 안전도 고려하지 않을 수 없었다. 그녀는 지프가 높다란 다리 위를 지나가거나 산모퉁이 커브 길을 돌 때에는 두려움을 내비치곤 했다.

행자行者란 수행자가 되기 전에 일정 기간 고된 수련을 받는 사람을 두고 부르는 호칭인데, 얼핏 보아서는 속인과 구분이 안 되었다. 개량한복 같은 바지저고리에다 머리를 기르고 있기 때문이었다. 최림의 오른쪽 좌석에 앉아서 그녀는 입을 꼭 다물고 있었지만 이렇게 말하는 듯한 얼굴 표정이었다.

'최 선생님. 비가 오고 있잖아요. 천천히 달리세요. 지웅 스님이 목숨을 걸고서라도 화급하게 오라고는 하지 않으셨거든요.'

그녀의 표정에는 분명 그렇게 씌어 있었다. 지프의 폭주에 두려움을 느끼는 한편 천천히 달리자는 심사가 얼굴에 씌어 있었다. 아무리 구도를 위해 출가했다고는 하지만 고된 절

생활을 좋아할 행자는 없을 터였다. 그녀의 큰 눈망울에는 바깥세상의 자유를 좀 더 누리고 싶은, 숨 쉴 틈도 없이 몰아치는 절 생활로부터 벗어나고 싶은 갈망이 은연 중 나타났고, 최림은 그것을 충분히 읽어낼 수 있었다. 승 행자는 최림을 찾아 절로 오라는 주지 지웅의 심부름을 어떤 면에서는 휴가 나온 병사처럼 즐기는 것도 같았다.

굵은 빗방울은 여전히 압정이 꽂히듯 차창에 달라붙고 있었다. 시야를 트기 위해 와이퍼로 쓸어버리지만 소용없는 일이었다. 여왕벌과 교미하기 위해 달려드는 숫벌처럼 차창에 달라붙는 빗방울의 기세는 필사적이었다.

최림은 약간 웅크린 자세로 핸들을 잡고 지프를 몰았다. 누군가는 그런 자세를 마치 자궁 속의 태아 같다고 말했다. 그렇다면 타고 있는 지프는 자궁이 된다.

실제로 최림에게는 어느 장소보다도 편안한 곳이 바로 지프의 운전석이었다. 전날 무슨 일이 있었던지 간에 핸들만 잡으면 마음이 진정되었다. 속도를 올려 씽씽 달리다 보면 잡다한 일상사로부터 탈출하는 듯한 쾌감에 젖어들곤 했다.

사실 어제도 승 행자의 느닷없는 전갈을 받고는 얼마나 불쾌했는지 다시는 떠올리고 싶지 않았다. 이미 목조 9층탑의 설계 도면이 결정되고 탑의 기단부 위에 6층이 완성되어 가고 있는 시점인데, 물론 추측이긴 하지만 또다시 지웅 스님이 설계 도면을 변경하자고 할 것 같아 설계사로서 자존심이 상해 견딜 수 없었던 것이다. 자신이 개발한 건축 설계 소프트웨어로 컴퓨터가 무려 1년 동안에 걸쳐 완성한 설계 도면을 기분대로 뜯어고치라니 화가 나서 밤잠을 설친 것은 난생 처음이었다. 가끔 복용하는 수면제에다 진정제를 섞어야 할 정도였던 것이다.

황룡사 9층탑을 모델로 삼은 천불탑은 결코 조그만 규모가 아니었다. 수시로 설계도면을 바꿔도 좋을 만큼 작은 건축물이 아니었다. 높이가 무려 80여 미터에 이르는, 맨 아래층의 법당 넓이가 200여 평이 넘는 평수로서 한반도에 불교가 전래된 이래 탑으로서는 가장 규모가 컸다.

그런 이유로 불교 신도들이 전국 각지에서 중원 땅의 대각사로 구름처럼 모여들고, 종단은 종단대로 불국토가 도래하는 증표라며 크게 기대하고 있었다. 탑 불사에 직접 간여하고 있는 수행자들은 신심이 솟구칠 때는 덩실덩실 춤이라도 추고 싶어졌다.

신라의 고승 자장율사가 원을 세우고 지혜가 출중했던 선덕여왕이 명하여 조성한 황룡사 9층탑. 불법의 빛을 천지사방으로 흩뿌리어 신라의 영토는 물론 한반도를 온통 불법의 빛으로 넘쳐나게 하려 했던 황룡사 9층탑. 천불탑은 자장율사의 서원을 오늘에 잇고자 대각사의 주지 지웅이 원력(願力)을 세워 야심차게 추진해가고 있는 불교계 최대의 목조탑 불사인 셈이었다.

완성된 설계 도면에 이것저것 간섭할 때마다 설계사이자 현장 부감독인 최림으로서는 괴롭지 않을 수 없었다. 건축을 잘 모르는 수행자들이 너무 욕심을 부리는 것 같았다. 물론 다른 일로, 절에 중대한 문제가 발생하여 최림과 상의하려고 승 행자를 보냈을 수도 있었다. 그러나 승 행자에게 용건을 확실하게 밝히지 않은 것을 보면 또 설계 도면의 수정 건으로 짐작할 수 밖에 없었다.

최근에는 그런 일이 한 번도 없었지만 기단부가 올라가기 전에는 이런저런 이유로 서너 달에 한 번씩 수시로 설계 도면이 바뀌었던 것이다. 최림은 수행자들의 직관적인 사고방식을 도대체 이해할 수 없었다. 과학도들과는 인식체계가 너무도 달랐다. 탑의 설계 도면이 자주 바뀐 데는 소위 안목이 높다는 스님들의 책임도 컸다.

지웅의 상좌인 어떤 스님은 지장기도를 하던 중에 바로 눈앞에 탑이 나타나 보였다고도 하고, 또 어떤 스님은 관음기도 중 현몽을 했는데 관세음보살이 탑을 하나 보여준 바, 그

것이 바로 천불탑의 원형이라고 주장하기도 하였다. 그때마다 주지스님인 지웅은 최림을 불러 그들의 주장을 참고하도록 최림에게 부담을 주었고, 따라서 그동안에 최림의 컴퓨터가 완성한 도면은 뼈대와 살이 조금씩 달라져왔던 것이다.

"승 행자님, 심심하시죠."

"아니요. 너무 빨리 달려 온몸에 소름이 돋는 걸요. 호호호."

"무섭습니까."

"솔직히 그래요."

"대각사까지 안전하게 모실 테니 걱정마십시오."

"최 선생님은 운전을 즐기시는 것 같아요."

"운전에도 나름대로 즐거움이 있어요."

"그래서 과속을 하시는군요."

"막 질주하는 게 좋을 때가 있지요. 아무 생각 없이."

"과속 운전은 나쁜 습관이에요. 부처님 말씀처럼 중도가 좋을 거예요."

"고속 드라이브도 매력이 있습니다. 달리면서 잡생각도 하지 않고, 고민도 하지 않으니까요. 그냥 목적지를 향해서 무심코 달릴 뿐이죠. 그러다 보면 스트레스나 갈등은 물론 달린다는 생각조차도 사라지게 되죠."

"마치 큰스님 법문 같군요."

"무얼 하든 거기에 집중할 수만 있다면 그게 바로 삼매가 아니겠습니까."

"정말 그럴까요, 무엇에 빠져드는 몰두와 삼매는 다르다고 들었어요."

"무엇이 삼매입니까?"

"집중하되 깨어 있는 상태가 삼매라고 배웠어요."

"어렵군요. 행자님처럼 명석하지 않으면 출가하는 것도 어려울 것 같아요. 하하하."

최림은 크게 소리를 내어 웃었다. 턱없이 큰 웃음소리로 웃고 보니 아직도 귓불이 옥처럼 투명하리만큼 맑은 승 행자가 어깨를 움츠렸다. 승 행자의 얼굴은 복사꽃처럼 엷은 홍조를 띠고 있었다. 승 행자의 수줍음이 잘 익은 수밀도를 떠올리게 했다. 어느새 승 행자의 보송보송한 솜털까지도 붉은 빛을 띠는 것 같았다.

지프는 경주마처럼 내달렸다. 목적지를 향해 조금도 피곤해 하지 않고 최림이 운전하는 대로 내달렸다. 조금도 게으름을 부리지 않고 달렸다. 속도를 더 내지 못하고 있는 것은 공사하느라 좁아지고 휘어진 도로 사정 때문일 뿐이지 최림의 의지와는 상관없는 일이었다.

지프를 타고 있으면 다른 차종에 비해 승차감은 떨어지지만 꼭 말을 타고 있는 듯한 쾌감이 들었다. 그래서 최림은 줄곧 지프만을 구입해 왔고, 고집해서 타온 터였다. 쇳덩어리로 만든 기계의 조립품을 소유하고 있다기보다는 애마愛馬 한 마리를 데리고 사는 기분이 들곤 하였다.

이차선 곡선의 국도로 접어들어 속도를 늦추게 되자, 그때부터는 승 행자가 먼저 말을 걸어왔다. 멀찍이 서 있던 산들도 비를 흠뻑 맞은 채 떠도는 물안개를 따라 더욱 가까이 다가서곤 했다. 잠시 후 빗줄기는 다시 거친 기세로 쏟아졌다.

"최 선생님, 피곤하시죠. 벌써 두 시간 이상을 달리고 있어요."

"승 행자님 덕분에 괜찮습니다."

"그래도 고단해 보여요."

"고독해 보인다는 겁니까, 고단해 보인다는 겁니까."

"고단해 보여요."

최림은 고단하다는 말을 고독과 피곤의 돌연변이쯤으로 이해했다. 자신은 지금 고독하지도 않고 피곤하지도 않기 때문이었다. 그러나 사람들은 그를 가리켜 우스갯소리로 고독과 피곤과 광기로 버무려진 위인이라고 놀리곤 했다.

"왜 그렇게 보인다는 겁니까."

"굉장히 자신감에 차 있는 것 같지만 어느 순간에 그런 분위기가 역력해요."

"글쎄요."

"말을 하지 않고 있을 때가 그래요."

"하하하."

"웃을 때도 그런 느낌이에요."

"처음 듣는 평인데 그럴 듯합니다."

"침묵하는 것이 말을 숨기고 있는 것과 다름없듯 웃는 것도 공허한 감정을 위장하고 있는 것인지도 모르죠."

최림은 그녀에게 일격을 당한 기분이 들었다. 조금 전까지는 최림이 그녀의 마음을 들여다보았는데, 이제는 그녀가 최림을 훔쳐보고 있다는 느낌이었다.

최림은 문득 지웅과의 첫 만남을 떠올리며 몸을 떨었다. 지금 찾아가고 있는 지웅을 만난 것은 벌써 2년 전의 일이었다. 그때는 지웅이, 먼저 최림이 다니던 건축 설계사무소를 찾아왔었다. 최림이 설계사무소에 출근하지 않은 지 꼭 일주일 만이었다.

지웅이 설계사무소에 처음 들렀을 때, 직원들은 하나같이 눈길도 주지 않았었다. 웬 탁발승인가 하고 어떤 여직원은 귀찮은 표정을 짓기도 했다. 그러나 지웅은 탁발승이 아니었다. 장엄한 탑을 조성하여 불국토를 이룩하고야 말겠다고 불퇴전의 의지를 다지던 야심찬 수행자였다.

"흠흠. 소장 있소."

지웅의 말이 떨어지고 나서야 직원들이 고개를 쳐들었고 소장이 움직였다. 지웅은 소장에게 다짜고짜 단도직입적으로 천불탑에 대한 포부를 웅변하듯 이야기했다. 한국 최대의 목탑을 설계해 줄 것과, 탑을 조성하는 데 드는 기금은 어떻게 모금할 것이며, 적어도 탑은 언제까지 완공되어야 할 것이라며 지웅은 자신의 포부를 설법하듯 밝히었다.

지웅의 얘기를 귀담아 듣는 직원은 아무도 없었다. 박 소장은 벌써 흥미를 잃고 믿을 수 없다는 표정을 지었다. 수십억 원의 공사비는 뒤로 미루고서라도 당장에 드는 설계도면 진행비를 어떻게 감당하겠다는 것인지 도무지 신뢰할 수 없다는 표정이었다.

"죄송합니다, 스님. 저희는 지금 작업들이 워낙 밀려 있는 상태라서. 다른 곳을 찾아가 보시지요."

오랫동안 설계사무소를 찾아다녔던 지웅이 박 소장의 명성을 모를 리 없었다. 고건축 및 탑의 설계에 관한 한 국내에서 으뜸가는 설계사무소의 소장이었다. 박 소장이 지웅을 따돌리려고 하는 것은 밀린 일보다는 지웅의 능력을 못 믿겠다는 저의가 분명했다. 지웅이 좀처럼 포기하지 않자 박 소장은 궁여지책으로 최림을 떠올렸다. 최림이라 하면 일 자체에 빠져들기를 좋아하는 설계사이기 때문에 지웅이 마음에 들고, 일이 마음에만 든다면 대가를 고려하지 않고 덤벼들 터였다.

"요즘에는 사무실에 나오지 않습니다만 최림이란 사람을 만나보시지요. 아주 뛰어난 설계사지요. 적어도 목탑 설계에는 국내 제일입니다. 흠이라면 좀 예측불가능하다는 것입니다. 고건축 설계를 하나 마치고 나면 몇 달씩 잠적하고 말지요. 마음에 들지 않기 때문에 그럴 테지만 제가 보기에는 완벽주의자 기질에다 괴팍한 성격 탓이 아닌가 싶습니다."

"언제 사무실에 나옵니까."

"이제 나오지 않을지도 모릅니다."

"사표를 냈습니까."

"벌써 몇 번짼지 모르겠습니다."

"허허. 그 사람을 알 만하오. 소승이 한번 만나 보리다."

지웅은 최림에 대해서 갑자기 흥미를 느꼈다. 선방을 열어보면 여러 절에서 별별 수행자들이 다 모여들기 마련인데, 특별히 인상에 남는 수행자란 고지식하게 좌불처럼 앉아서 정진하는 수행자가 아니라 좌충우돌하는 수행자가 두고두고 기억에 남았다. 음식점에서 고기 한 점을 몰래 먹고는 꾸역꾸역 구토를 한다거나, 여자가 그리워 산을 한 바퀴 뛰어 돌고 오는 등, 그런 수행자들이 잊혀지지 않았다. 소장으로부터 소개받은 최림이 그런 부류의 인간 같아 만나보지 않았지만 왠지 친근해질 것만 같았다.

지웅은 지체 없이 박 소장이 가르쳐 준 약도를 들고 최림을 찾아가 만났다. 그 시각에도 최림은 낮술에 취한 채 컴퓨터 앞에 앉아 무엇인가에 몰두해 있었다. 집에는 그의 아내도 아이도 없었다. 그렇다고 최림이 독신은 아닌 것 같았다. 방에는 여자의 옷가지가 가지런히 걸려 있었고, 무엇보다도 화려한 화장대에 온갖 화장품들이 빼곡히 들어차 있었다.

그는 혼자 있었다. 지웅은 그와 마주앉아서 박 소장에게 자신의 계획을 얘기했던 대로 다시 반복했다. 최림은 비록 조건을 달았지만 의외로 쉽게 반승낙했다.

"스님, 양해해 주실 것이 하나 있습니다."

"무슨 조건이오."

"지금 당장 작업에 들어갈 수는 없습니다."

"거사님, 무슨 문젠가요."

"사생활이라 말씀드릴 수 없습니다."

"좋습니다. 묻지 않겠습니다. 허나 제 사정은 이렇소."

지웅은 거두절미하고 달려들었다.

"우리 대각사의 불사佛事는 조금도 지체할 수가 없습니다."

"그건 스님의 사정입니다."

"다시 얘기하지만 거사님과 좋은 인연을 맺고 싶소."

지웅은 궁지에 몰린 자신의 처지를 고백하려다가 참았다. 대각사 신도들이나 참배객들로부터 받고 있는 무언의 압력을 시원하게 털어놓으려다가 다음 기회로 미루었다.

대각사 법당에는 물방울 크기의 사리가 한 개 있고, 그 사리는 천불탑을 조성하기 위해서 7년 여 동안 모금운동에 이용되고 있었다. 모금액만 해도 몇십 억에 이르렀다. 그런데도 지웅은 탑의 조성을 미루어왔고, 어느새 신도들이 지웅을 불신하기에 이르렀다. 모금된 돈을 빼돌려 축재하고 있다거나 숨겨둔 여자가 있다는 등 악성 소문이 꼬리를 물고 이어졌다. 그러나 지웅은 상좌들에게만 자신이 가지고 있는 통장을 보여주었을 뿐 일일이 대꾸하지 않았다. 통장에 기재된 액수는 누가 보더라도 모금된 날짜와 한 치의 오차도 없었다.

지웅이 천불탑의 조성을 미뤄왔던 것은 말 못할 사정이 있기 때문이었다. 어쨌든 그는 신도들에게 불망어계不妄語戒를 하나 어기고 있었다. 불망어계란 수행자이기 이전에 재가 불자들도 지켜야 할 '거짓말하지 말라'는 오계 중의 하나를 말했다. 참회해도 결코 씻겨지지 않을 파계였다.

지웅은 몸이 달아오름을 느꼈다.

"설계에서부터 회향까지 공사 현장의 부소장을 맡아주시오. 최고로 보답해 드리겠소. 나를 믿어 주시오. 탑을 조성하는 데 드는 비용은 벌써 기십 억이 모금됐소. 앞으로의 모금은 전혀 걱정할 일이 아니오. 황룡사 9층탑을 재현하여 이 세상이 불국토가 되는 게 꿈에도 잊어본 적이 없는 소승의 염원이오. 탑불사의 공덕으로 이 땅이 부처님 법을 만나 정법의 세상이 된다면 출가한 수행자로서 무엇을 더 바라겠소."

"스님, 스님을 믿지 못해서 망설이는 게 아닙니다."

"그럼 무엇 때문이오."

"아내와의 문젭니다. 아내가 집을 나간 지 벌써 닷새째입니다."

"그래서 회사를 나가지 않는구려."

"아닙니다. 회사는 언제든 정리하려고 했습니다. 늘 호주머니에 사표를 넣고 다녔으니까요."

"왜 그만두려는 것이오."

"흥을 잃었습니다. 같은 일을 반복하는 자신이 싫어진 것입니다."

"허허, 무슨 일을 하든 서로 얽혀 있는 셈이니 결국 같은 일을 하고 있는 것이오."

"어쨌든 쉬려고 합니다. 여행이라도 다녀와야 재충전이 될 것 같습니다."

"소승은 무슨 말인지 잘 모르겠소이다. 꼭 그 자리를 벗어나는 것이 여행은 아닐거요."

"스님, 열흘 정도만 여유를 주십시오. 그때는 어떤 식으로든 정리를 할 테니까요."

"처음 만나 거사님의 고민을 당장 해결해 주지 못해 미안하오만 소승이 절로 돌아가 기도해 주겠소."

"아닙니다. 제가 초면에도 불구하고 저의 문제를 꺼낸 것은 도움을 받고자 해서가 아닙니다."

"그럼 언제 결정해 주겠다는 것이오."

"시간을 조금 주십시오. 솔직히 말씀드리지만 설계사로서 황룡사 9층탑을 재현하는 일에 어찌 흥미를 갖지 않겠습니까."

"거사님은 벌써 발심한 겁니다. 마음을 냈으니 시간은 그리 중요하지 않습니다. 소승은 기다리겠습니다."

지프는 아직도 이차선을 달리고 있었다. 도로 옆으로 연달아 숲이 조성되어 터널을 빠져나가고 있는 느낌이었다. 내리는 비에 바람도 가세한 듯 비를 맞고 있는 숲의 나뭇가지들이 심하게 이리저리 쏠렸다. 비를 기다려 왔던 나무들이 비바람에 쓰러지고 있었다.

바람까지 합세한 것을 보면 지나가는 장대비가 아니었다. 지프가 고속도로에 진입해서부터 한두 방울씩 내리더니 이제는 하늘 전체가 시커먼 먹구름으로 뒤덮였다. 더구나 나무들이 발산하는 축축한 음기라 할까, 그 수상한 공기로 보아 늦더위를 내팽개치려는 태풍이 올라오고 있음이 분명했다. 초가을이라고는 하지만 늦더위의 무덥고 뜨거운 폭염은 계속되었던 것이다.

최림은 조금 열어제친 차창을 닫았다. 차 안의 눅눅한 공기를 말리기 위해서였다. 지프에 설치된 컴퓨터는 신경통 환자처럼 습기를 아주 싫어했다. 습기에 오랫동안 방치하면 그만큼 수명이 단축된다는 학계의 연구 결과도 있었다. 특히 지프에 장착된 컴퓨터는 일반 컴퓨터보다 정밀하고 많은 기능을 가지고 있어서 내부 기기들이 외부 환경에 그만큼 예민했다.

히터를 켜자 차 안의 공기가 금세 보송보송하게 바뀌었다. 최림은 속도를 더 줄이면서 와이퍼를 빠르게 작동시켰다. 남쪽으로 내려갈수록 비바람은 더 거세졌다. 비를 맞는 나무들이 꺾여질 것처럼 격렬하게 몸을 비틀었다.

최림은 지웅이 왜 자신을 만나자고 하는 것인지 다시 궁금해졌다.

"승 행자님. 정말 주지스님께서 왜 만나자고 하는지 모르십니까. 혹시 설계 도면을 좀 손보자고 부르신 것은 아닐까요."

"글쎄요. 아무 말씀 없이 모시고 오시랬어요."

"전화를 하셨을 수도 있을 텐데 굳이 승 행자님을 보낸 이유가 무엇일까요."

"그건 잘못 알고 계신 거예요. 전 최 선생님이 아니라도 서울에 볼일이 있었어요."

"그래요, 어쨌든 긴히 하실 말씀이 있으니까 부르셨겠죠."

"저도 그렇게 생각하고 있어요. 중요한 문제이기 때문에 직접 오시라고 했을 거예요. 전화로 말씀드릴 수 없는 문제가 있는가 봐요."

"하하하. 마치 무슨 밀명을 받으러 가는 기분이군요."

"명이라구요."

"그럼요. 아무도 모르게 비밀로 내리는 명령 같은 거 말이죠."

순간, 최림은 설계 도면의 수정건이 아닌지도 모르겠다는 생각이 들었다. 천불탑의 문제라면 지금까지 줄곧 전화로써 상의해 왔던 것이다. 자질구레한 자재나 인부들의 문제는 늘 현장에 있는, 대각사의 총무스님이기도 한 천불탑 공사의 현장 소장이 책임을 지고 있기 때문이었다.

그렇다면.

최림은 승 행자가 듣거나 말거나 혼잣말을 나직이 중얼거렸다.

'주지스님이 나를 왜 보자고 하는 것일까.'

중요한 일이 있음은 분명했다. 어찌 보면 지웅의 간절한 서원인 황룡사 9층탑을 재현하는 천불탑 공사보다 더 중요한 일인지도 몰랐다. 천불탑의 일은 수시로 전화를 해오고 지시를 내렸지만 이번의 일은 전화로는 도저히 말할 수 없는 일인 것 같았다.

호방한 성격의 지웅에게도 비밀이 있단 말인가.

"주지스님 건강은 어떠십니까."

"한결같지요. 너무 바빠서 아프실 틈도 없어요. 선방 뒤치닥거리 하시랴, 천불탑 공사 현장 둘러보시랴, 찾아오는 신도 만나시랴 늘 분주하시죠, 뭐."

"최근 대각사에 무슨 사고라도 있었습니까."

"아니오. 천불탑 때문에 모두가 한마음이 되어 있는걸요."

"그럴테지요."

일단 최림은 지웅에 대한 생각을 접었다. 직접 만나 이야기를 들어보기 전에는 추측일 뿐이고, 또 그런 생각으로 답답해지고 싶지 않았다.

이윽고 지프는 이차선 도로에서 지방도로로 진입해 달렸다. 최림은 끼고 있던 운전 장갑을 벗었다. 손바닥에는 땀이 배어 있었다.

도로 옆으로는 흙탕물로 변한 강물이 흘렀다. 강물은 길쭉한 식빵처럼 황토색으로 부풀어 있었다. 이제는 천둥 번개가 나타나 검어진 하늘을 찢었다. 늦여름을 보내고 가을을 맞이하는 통과의례처럼 하늘을 쪼개고 땅을 갈라버릴 기세로 으르렁거렸다.

폭우의 기세는 등등했다. 도로 옆 언덕에 서 있는 나무들의 생가지가 강풍에 휘말려 꺾어지고 있었다.

최림은 지프의 라이트를 켜고 속도를 시속 20km로 줄였다. 벌써 어스름이 깔리기 시작한 데다 물벼락이 치듯 빗줄기가 세찼으므로 시계가 불량했다.

"이거 대단한 기셉니다. 이러다 도로가 절단 나는 거 아닙니까."

"바위가 굴러 떨어져 산길이 막힌 적도 있어요."

"그러게 말입니다."

"최 선생님 방금 충주를 지났어요. 반 시간만 달리면 될 것 같은데요."

"폭우 탓에 겨우 중원 지방에 접어들었으니 넉넉잡아 한 시간 정도는 달려야 대각사에 도착할 겁니다. 올해 들어 이런 폭우는 처음입니다."

"제가 기도할까요."

"뭐, 기도라구요."

최림은 피식 웃고 말았다. 기도해서 퍼붓던 빗줄기가 갑자기 가늘어진다면 자신도 거들어줄 용의가 있었다.

"최 선생님, 왜 웃으세요. 저는 기도하겠어요. 무사히 절에 도착하게 해달라고요."

"아, 그거야 고맙습니다만 그렇다고 이 비가 멈추겠습니까."

"두고 보세요. 부처님의 가피가 있을 테니까요."

기도의 응답인지 비구름이 서서히 사라졌고 비는 잠시 후 그쳤다. 한참 후에는 석양이 젖은 땅을 말리려는 듯 서산 위에 얼굴을 내밀었다.

이윽고 지프가 고갯마루에 올라서자 대각사의 법당이 나타났다. 황룡사 9층탑을 재현하고 있는 천불탑이 장엄하게 보였다. 천불탑은 거대한 범선의 돛대처럼 우뚝했다.

산바람이 불자, 풍경소리가 밀물처럼 밀려왔다. 공사중인 6층까지의 추녀 끝에 달린 풍경들이 일제히 뎅그렁뎅그렁 소리를 터뜨렸다.

형상에 그림자가 따르듯이 또 하나의 무형의 소리탑인 셈이었다. 천불탑이 눈에 보이는 형상이라면, 소리탑은 눈에 보이지 않는 귀로써 듣는 풍경소리의 합창이었다. 풍경소리로 만들어지는 또 하나의 천불탑이었다.

한밤중에는 십리 밖에서도 천불탑 풍경들의 소리가 호수의 파문처럼 울려퍼져 나갈 것 같았다.

최림은 탑을 설계하면서 풍경들의 울림까지 계산에 넣었다. 최림이 꿈꾸었던 천불탑은 천상의 음악을 연주하는 바람의 탑이었다. 크고 작은 풍경들이 바람을 만나 일제히 합주하는, 형상과 소리가 절묘하게 조화를 이루는 것이 최림의 꿈이었다.

일주문 아래 서 있는 수행자는 지웅이 틀림없었다. 최림을 기다리고 있었다. 그렇지 않다면 굳이 일주문 밖에서 왔다갔다 하고 있을 리가 없었다.

삭발한 머리가 유난히 번들거리고 있었다.

"아이고, 거사님 고생이 많았겠소이다."

"천불탑 때문에 오라고 하셨습니까. 스님."

"성미가 급한 건 여전하구만. 저녁 공양이나 하고 이야기하지요."

"스님, 저 풍경 소리를 들어보십시오. 허공까지 장엄하게하고 있지 않습니까."

"이제 탑에 대해서는 모두 만족하고 있습니다."

"그럼, 무엇 때문에 저를 부르셨습니까."

"허허허. 거사님을 꼭 용건이 있어야만 부르겠소."

"대부분 전화로 지시해 왔지 않습니까."

"직접 해야 할 말이 따로 있고, 전화로 해도 될 말이 있지않겠소."

"그럼, 다른 용건이 있군요."

"그렇소."

최림은 지웅을 따라 주지실로 들어갔다. 지웅의 방은 지난달 들렀을 때와 달라진 게 하나도 없었다. 찻물을 끓이는 주전자가 신품으로 바뀐 것 말고는 그대로였다. 전기를 연결하자 금세 찻물을 다그치는 소리가 거칠게 흘러나왔다. 공과

사가 분명한 지웅의 검소함은 결코 새삼스러운 것이 아니었다. 그것만으로도 신도들이 그를 믿고 따를 만한 이유가 충분했다.

"주지스님, 큰 문제가 생긴 것 같은데 맞습니까."

"사실이오."

"제게 말씀해 주실 수 없습니까."

"최 거사님이 해결해 줄지도 모른다는 생각으로 불렀소."

지웅은 눈을 감고 말했다. 그러더니 어금니를 꽉 물었다가 놓았다.

"무엇입니까."

"최 거사님하고도 관련된 문제입니다."

"제가 관련되어 있다구요, 정말입니까."

최림은 황당한 표정을 지었다. 자신이 연루되어 있다는 말이 믿기지 않았다. 지웅은 어금니를 문 채 미간을 찌푸렸다. 최림은 잠시 동안이었지만 침묵을 견딜 수 없었다.

"약속하겠습니다. 절대로 발설하지 않겠습니다. 그러니 말씀하십시오."

지웅은 녹차잔을 소리 나게 놓았다. 결심이 서지 않은 듯 자꾸 망설였다. 법당에 신도들을 모아놓고 열변을 토하던 기개는 찾아볼 수 없었다. 지웅의 입술은 떨렸다. 호랑이 눈을 닮았다는 그의 눈은 위엄을 잃고 있었다. 지웅이 무겁게 입을 열었다.

"법당에 들어가 예불을 드린 적이 있습니까."

"아니오. 저는 아직 불자가 되지 못해서요."

"전국 방방곡곡의 신도들이 우리 법당을 참배하고 있는데 왜 그렇다고 생각하시오."

"사리함에 부처님의 진신사리가 있기 때문이 아닙니까."

"그럼, 사리함은 보았겠구려."

"네. 보았습니다."

사리함은 내부를 눈으로 직접 확인할 수 있도록 유리로 된 상자로 만들어져 있었다. 붉은 융단 위에 놓인 투명한 물방울처럼 생긴 것이 부처의 사리라고 하였다. 부처를 화장했을 때 나온 영롱한 사리였다. 사리는 법신法身을 상징하는 유골의 결정체였다.

"물방울 같이 생긴 사리가 아닙니까."

"맞소. 헌데 그건 부처님의 진신사리가 아니오."

"정말, 그게 사실입니까."

최림은 너무 놀라 자리에서 벌떡 일어났다. 그렇다면 천불탑의 공사기금을 조성하기 위해서 신도들을 속였다는 것이나 다름없는 고백이었다. 결과적으로 최림 자신도 지웅의 농

간에 놀아난 셈이었다. 불교계가 큰 혼란에 빠지고 말 엄청난 일이었다.

지웅은 여전히 눈을 감은 채 말했다. 최림이 흥분하자 오히려 그는 더 차분해졌다.

"처음부터 신도들을 속일 생각은 없었소."

"지금 이 순간도 신도들은 속고 있지 않습니까."

수요일이어서인지 법당은 관광버스로 순례길에 오른 신도들만 오가고 있었다.

"이야기를 다 듣고 나면 나를 이해할 수 있을 것이오. 다시 말하지만 나도 피해자인 셈이오."

"어쩔 작정이십니까."

"부처님의 진신사리를 모셔 와야지요."

"어디에서 말입니까."

"법상法常이라는 스님을 찾아야 하는데 아직은 오리무중이오."

"그분이 진신사리를 가지고 있다는 말입니까."

"그럴 겁니다. 법상 스님을 인도로 보낸 게 나의 불찰이었소."

"그분은 왜 나타나지 않는 겁니까."

"그 이유를 나도 모르겠소."

"법상 스님이 인도로 간 것은 언제입니까."

"8년 전쯤이오. 내가 보낸 것도 되지만 우리 절 대중이 보낸 것이나 다름없소. 신도들이 모금한 여비로 법상 스님을 보냈으니까."

"부처의 사리를 어떻게 구했다는 말입니까."

"난 운이 좋았다고 할 수밖에요. 10년 전의 일이오. 인도 성지를 여행하던 중 우연히 힌두사원을 들르게 되었는데 그곳에서 거금을 기부하면 자기들이 봉안하고 있는 부처님의 진신사리를 양도하겠다고 제의했던 거요. 그래서 국내로 돌아온 뒤 모금하여 법상 스님을 보내게 됐던 것이오."

지웅은 회한이 사무치는지 눈물을 한두 방울 흘렸다. 그제야 최림은 지웅이 왜 자신을 불렀는지 이해했다. 대각사 법당의 사리는 어쩔 수 없다 치더라도 황룡사 9층탑을 재현한 천불탑에는 어떻게 해서든지 부처님의 진신사리를 모시고 싶은 것이 지웅의 갈망이었다.

"이제는 저를 이용하자는 거군요."

"거사님의 작품인 천불탑에 부처님의 진신사리를 모셔야 하지 않겠소."

지웅은 일생일대의 걸작을 만들고 싶어하는 최림의 야망을 잘 알고 있었다. 그런데 천불탑이 제 구실을 다하려면 부

처의 진신사리가 봉안되어야만 할 터였다. 그래야만 전국의
불자들이 천불탑에 더욱더 신심을 내어 참배하게 될 것이었
다.

두 수도자

최림이 대각사에 머문 지도 일주일.

달력에 붉은 글씨로 적힌 추석이 보름여 지나자 대각사 주변의 산속은 시나브로 가을 빛깔을 띄어갔다. 산감이 먼저 익어 생기를 잃어가는 산자락에 붉은 빛을 흘렸고, 환생을 앞둔 쓰르라미들이 유언 같은 소리로 산속의 정적을 깨트렸다. 계곡을 빠져나가는 물줄기도 산록의 찬 기운을 실어 달음질쳤다.

지웅은 참선하기 위해 좌선대로 오르려다가 걸음을 멈추었다. 산길 가에 서 있는 오동잎이 바람도 없는데 한잎 뚝 떨어졌다. 예전에 읊조렸던 시 한 구절이 떠올랐다.

한 마리 수탉이 목청을 뽑으매
온 세상 수탉이 울음 울고

오동잎 한 이파리 떨어지매
천하의 가을을 알아차린다.

지웅은 초조했다. 최림이 어떤 언질도 주지 않고 있기 때문이었다. 법상을 찾아 부처님의 진신사리를 가져오라고 했지만 최림은 선뜻 대각사를 떠나지 않았다.

황룡사 9층탑을 재현하는 천불탑 공사의 현장 부소장이라고는 하지만 최림에게는 특별한 용무가 주어져 있는 것은 아니었다. 서류상 필요했고 설계사로서의 권한을 보장해주기 위해 주어진 직책일 뿐이었다.

최림은 대각사에서 하루하루를 보내고만 있었다. 물론 행방불명인 법상을 찾아 나선다는 것이 얼마나 막연한 일인지 지웅은 잘 알고 있었다.

최림도 무작정 법상을 찾아 떠난다는 것이 무모하다고 생각했다. 최소한 법상이 어떤 사람인지, 그의 상좌가 누구인지, 그가 수도한 암자가 국내에 어디어디 있는지, 그의 속가가 어디에 있는지를 알지 못하고는 떠날 수 없는 노릇이었다.

지웅은 떨어지는 오동잎을 보며 공연히 불길한 조짐이 아닌가 하고 여겼다. 만약 최림이 천불탑의 비밀을 발설한다면 대각사는 그 길로 혼란에 빠져들고 말 터였다.

지웅은 중얼거렸다.

'부처님의 진신사리야말로 불가의 성보 중에 성보가 아닐 것인가.'

지웅은 한숨이 터져 나왔다. 잠시 후에는 고개를 흔들며 혼잣말을 했다.

'내가 최 거사를 너무 믿고 있는 것은 아닐까. 그래도……'

최림이 배반할 리는 없었다. 자신에게 이익이 되는 일은 집게처럼 절대로 놓치지 않는 것이 그의 성격이었다. 맹세코 발설하지 않겠다고 지웅에게 약조했던 그를 믿고 기다리는 수밖에 없었다. 어쩌면 그는 지웅의 고백을 듣고는 속으로 쾌재를 불렀는지도 몰랐다. 누구보다도 천불탑에 대한 야심이 컸으므로.

부처의 진신사리를 자신이 설계한 천불탑의 사리공에 봉안함으로써 비로소 천불탑은 화룡점정을 이루어 완성될 것이라고 생각했을지도 모르기 때문이었다.

화룡점정.

아무리 용의 몸뚱어리를 생생하게 잘 그려본들 무슨 소용이 있겠는가. 마지막으로 점을 찍어 눈까지 그려야만 비로소 살아있는 용이 되는 이치였다. 용의 눈에 눈동자를 찍음으로써 비로소 승천하는 생명이 된다는 고사이기도 한 것이다.

천불탑도 마찬가지.

용의 눈처럼 생긴 부처의 진신사리를 천불탑에 봉안해야만 비로소 탑은 생명을 얻는다고나 할까. 부처의 진신사리를 봉안하여야만 비로소 천불탑은 살아있는 용이 되는 것이었다.

부처의 사리가 없는 천불탑은 공허한 구조물에 불과했다. 아무리 웅장한 건축물로써 그 위용을 떨친다고 해도 그것은 한낱 껍데기에 지나지 않았다. 영악한 최림이 진신사리의 가치를 모를 리 없었다. 따라서 그는 절대로 발설하지 않을 터였다.

법상을 찾아 왜 빨리 떠나지 않는지 그게 문제일 뿐이었다. 지웅이 불안해하는 것도 바로 그 점이었다.

지웅은 좌선대에 앉아 단전에 힘을 주고 눈을 감았다. 그러자 10여 년 전의 기억들이 영사기의 필름처럼 돌아갔다. 기억을 뿌리치려 했지만 그날의 일들이 생생하게 펼쳐졌다.

그때 지웅은 불교 4대 성지를 둘러보고 동부 인도의 최대 도시인 캘커타로 와 있었다. 힌두사원을 들러보는 순서가 있었다. 캘커타는 지웅에게 혼란스러운 무질서로 고통을 주었다. 망고 껍질을 깎다가 독이 올라 온몸을 밤새 긁었던 기억의 도시가 바로 캘커타였다.

거리는 눈빛이 번들거리는 사람들로 넘쳐났다. 어디에나 일산을 쓴 부자와 산송장이나 다름없는 거지가 기이하게 공존했다. 인력거와 택시가 마구 뒤엉켜 있었다. 소와 개, 까마귀떼까지 뒤섞이어 거리는 극도로 혼잡했다.

고철덩어리 같은 차들이 쉴새없이 경적을 울리는 도시는 아수라장이나 다름없었다. 신호등과 교통순경이 있지만 아무짝에도 소용없었다.

그런데 도시는 무엇엔가 의지하여 유지되고 있었다. 뒤죽박죽 속에서도 불가사의한 손길에 의해 나름대로 무너지지 않고 있었다. 무질서를 탓하지 않는 신神들 때문인 것도 같았다. 운전사끼리 살벌하게 욕설을 주고받는 광경을 지웅은 한 번도 보지 못했던 것이다. 도로가 막히면 운전사들은 차에서 내려 담배를 피우든지, 거리의 풀밭에 누워 노닥거렸다. 지웅이 보기에는 이해할 수 없는 정경이었다.

또한 사람들에게는 시간의 경계도 없는 듯했다. 열차의 연발착에 체념하거나 너그러웠다. 열차가 하루를 연착하는 경우도 있었다. 터널 공사를 하는데 트럭을 이용하지 않고 여자들이 머리에 인 광주리에 흙을 담아 날랐다. 일 년도 좋고 십 년이 걸려도 상관하지 않겠다는 식이었다.

지웅은 적색 점토의 벽돌로 지어진 힌두사원을 들어가 인도 사람들과 섞이지 못하는 자신을 자책했다. 사원 안도 역시 거리처럼 삶과 죽음이 뒤엉켜 있었다. 제단 앞에서는 제물로 산양이 도살되어 머리가 제단에 올려지고, 고깃덩어리는 신도들에게 팔렸다. 지웅은 섬뜩하여 얼른 사원을 나와버리고 싶었지만 순간 「반야심경」의 불생불멸, 죽음도 없고 삶도 없다는 구절을 외며 그 자리에 서서 힌두 신들을 바라보았다.

안내자는 힌두의 신들을 하나씩 설명할 때마다 헌금을 요구했다. 사원 안의 험악하고 음산한 분위기 때문에 지웅은 거절하지 못했다. 망고 독이 올라 가려운 가슴을 살살 쓸어내리며 그의 얘기를 다 들었다.

신들은 하나같이 괴기스런 모습을 하고 있었다. 큰 뱀 위에 잠을 자고 있는 비슈누는 그래도 온화했다. 그러나 코브라를 목에 감고서 호랑이 모피에 앉아 삼지창을 들고 있는, 눈이 세 개인 시바는 파괴의 신답게 괴이하기만 했다.

힌두사원 안에 있는 절에 들어가서야 지웅은 마음이 편안해졌다. 거기에서는 석가모니 부처도 비슈누 신의 아홉 번째 화신으로 모셔지고 있었다. 힌두사원의 안내자 대신에 절을 관리하는 인도 수행자가 안내하여 안도감이 들었다. 헌금도 요구하지 않았고, 망고독도 잠시 덜했다.

비로소 지웅은 서툰 영어로 얘기를 나누었다. 인도 수행자는 아내가 있는 취처승聚妻僧이었다. 그의 아내와 아들이 붉고 노란 꽃 이파리들이 어지럽게 널린 법당의 마룻바닥을 윤이 나게 닦았다.

"신도는 얼마나 됩니까."

"힌두교 신도들과 구분이 안 됩니다. 비슈누를 참배 왔다가 부처님도 보고 가니까요. 그들에겐 부처님도 비슈누의 화신이랍니다."

"힌두교에 불교가 흡수된 셈이군요."

"공존하는 겁니다."

"부처님은 법에 의지하고 마음에 의지하라고 했습니다. 힌두교에 의지한다는 것은 정법이 아니라고 생각합니다만."

"옳은 지적입니다. 그러나 힌두교는 무엇이든 간에 신이라고 생각하여 공존합니다."

"언제까지 힌두사원에서 더부살이할 것입니까."

"나중에 말씀드리지요. 오늘밤은 여기서 쉬셔도 좋습니다."

인도의 취처승은 선량한 느낌을 주었다. 그는 불교의 역사와 사상을 정확하게 알고 있었다. 지웅은 그와 더 이야기를 나누고 싶어 노을이 붉게 번지고 있는 후글리 강으로 나섰다.

노을은 사과빛깔로 타오르고 있었다. 두 사람이 풀밭에 앉자 소가 한 마리 다가와 지웅이 들고 있는 짜빠티 빵을 달라고 했다. 그러자 개 한 마리가 어디서 나타났는지 지웅의 손에서 재빨리 낚아챘다.

"제가 힌두사원을 떠나지 못하고 있는 이유는 이렇습니다."

인도의 취처승은 강물을 응시하며 말했다. 자신이 있는 절에는 부처의 진신사리가 전해져오고 있는데, 바로 그것의 관리 때문에 힌두사원을 떠나지 못한다고 얘기했다. 불교사원을 지어 부처의 4대 성지 부근으로 가고 싶지만 돈이 없으므로 그러지도 못한다고 덧붙여 말했다. 델리나 붐바이로 나가 환속하고 싶은데도 부처의 진신사리 때문에 그러지 못하고 있다며 고백했다.

"힌두교도들에게는 부처님의 진신사리가 소중하지 않습니다."

"그럼, 그 사리를 제가 모실 수는 없습니까."

"모르긴 해도 힌두사원 측에서 엄청난 돈을 요구할 겁니다."

"얼마일지는 모르지만 모금이 가능할 겁니다."

"그렇습니까."

"부처님의 사리를 모시는 일인데 힌두사원에서 요구하는 것보다 더 줄 수 있습니다. 지금까지 힌두사원 안에 불단을 두고 부처님의 진신사리를 모셔온 것만도 고마운 일 아닙니까."

"모금하는 데 시간은 얼마나 걸리겠습니까."

"넉넉잡아 2년입니다. 그동안 스님의 생활비도 보내드리겠습니다."

"한국도 일본처럼 불심이 깊은 나라이군요. 원하신다면 당장 내일이라도 사원 관리자를 만나 증서를 만들어 드리겠습니다."

"고맙습니다. 스님."

노을이 스러지고 강물에 어둠이 스멀거리자 두 사람은 자리에서 일어났다. 나뭇가지에서는 원숭이들이 배가 고픈지 깍깍깍 날카로운 소리로 울었다. 땅거미가 진 거리는 여전히 아우성소리로 시끄럽고 북적거렸다.

지웅은 문득 이것이 바로 사바세계의 모습이라고 받아들였다. 출가하여 수만 번 반복하여 외우고 독경했던 「반야심경」의 뜻이 한순간에 이해되는 느낌이었다.

캘커타는 혼돈과 무지의 도시가 아니라 부처의 진리가 적나라하게 펼쳐져 있는 바로「반야심경」그 자체였다. 선과 악이, 빛과 어둠이, 부자와 거지가 백인종과 황인종이, 혼돈과 질서가, 삶과 죽음이, 깨끗함과 더러움이, 시간의 시작과 끝이 둘이 아니고 똑같은 가치로 공존하고 있었다. 한쪽의 편견에 떨어져 편 가르려 하지 않고 모든 생명을 다 받아들이고 키우는 대지와 같다는 깨달음이 절로 들었다.

대지를 왜 어머니라고 하는지도 이해했다. 어머니는 자식이 부자이건 가난뱅이이건 피부 색깔이 어떻든 똑같이 자비를 베풀기 때문이었다.

그때 지웅은 부처의 진신사리를 모셔갈 수 있다는 기쁨에 몹시 들떠 있었다. 힌두사원 안의 절로 되돌아와서는 한숨도 자지 못하고 가슴을 진정시켰다. 힌두사원 안에 방치된 듯한 부처님의 진신사리를 모신다고 생각하니 부처의 제자로서 목숨을 내놓는다 해도 여한이 없을 것만 같았다.

그런데 지금의 지웅은 그렇지가 않았다.

매일 좌선대에 올라 마음을 다스리지만 번뇌 망상의 노예가 되었다. 지웅은 눈앞에 펼쳐지며 이어지던 10년 전의 광경을 가위질하듯 싹둑 잘랐다. 고요한 마음을 적적이라고 하는데, 도무지 그러지를 못했다. 천불탑의 풍경소리가 골바람을 타고 뎅그렁뎅그렁 울려 퍼져오고 있었다. 크고 작은 풍경들이 여러 불보살들을 위한 찬불가처럼 합창하고 있었다.

지웅에게는 풍경소리가 신도들의 목소리로 들렸다. 성지순례를 하고 돌아와서 신도들에게 부처님의 진신사리를 대각사에 모시자고 했을 때 신도들은 하나같이 신심을 냈었다. 시간이 지나자 대각사를 찾는 신도들이 엄청나게 불어났고, 법당에서는 독경소리가 밤낮으로 끊이지 않았다. 그때부터 우리나라 중심인 중원 지방의 산자락에 자리한 대각사는 교통이 불편한 절임에도 불구하고 재력을 갖춘 절이 되었고, 지웅을 돕겠다는 스님들이 몰려들었다.

법상法常이 대각사에 들러 바랑을 푼 것은 바로 그 무렵이었다. 한눈에 지웅은 어릴 적 친구였던 법상을 알아보았다. 그는 결혼하고 난 뒤에 입산한 늦깎이였다. 그러나 그의 수행력은 전국의 선원에 소문이 자자했고 어디를 가더라도 중견 수좌로 예우받았다. 수행자들에 의해서 수행력이 과장된 선승이 아니라 스스로 선맥의 봉우리 하나를 일궈낸 운수승이었다.

그의 수행력은 방바닥에 등을 대지 않는 10여 년간의 장좌불와長坐不臥에서 설명이 되고, 말을 하지 않는 5년간의 묵언 수행으로 보충설명이 되며, 구름과 물처럼 떠돌아다닌 5년간의 만행으로 선객들 사이에서는 살아있는 전설이었다.

　그는 간화선看話禪을 수행 방편으로 삼았다. 간화선이란 화두를 들고 참선하는 선법인데, 중국의 혜능이 뿌린 남돈선南頓禪의 번창으로 싹이 텄으며 임제종에서 주창되고 대혜에 이르러 크게 일어났다.

　화두란 말의 머리 즉 말보다 앞서 있는 것, 참된 도道, 언어 이전의 소식 등으로 해석하기도 하는데, 법상이 잡은 화두는 선가에서 가장 애용하는 조주의 무無였다. 조주의 무無 자는 이렇게 유래되었다.

　『 한 승려가 조주에게 물었다.
　"개에게도 불성佛性이 있습니까."
　부처가 모든 중생에게는 다 불성이 있다고 했으므로 더럽고 천한 들개에게도 부처 될 씨앗이 있을 것이라는 생각으로 그 승려는 질문했을 것이었다.
　그러나 조주의 대답은 상식을 뛰어넘었다.
　"없다無." 』

　그렇다면 공안公案이라고도 하는, 1700여 종류가 있다고 전해지는 화두를 어떻게 드는가. 휴정은 그의 명저, 〈선가귀감〉

에서 참으로 알기 쉽게 설명하고 있다.

'닭이 알을 안을 때에는 더운 기운이 늘 지속되고 있으며, 고양이가 쥐를 잡을 때에는 마음과 눈이 움직이지 않게 되고, 주린 때 밥 생각하는 것이나 어린아이가 엄마를 생각하는 것은 모두가 진심에서 우러난 것이고 억지로 지어서 내는 마음이 아니므로 간절한 것이다. 참선을 하는데 있어서 이렇듯 간절한 마음 없이 깨친다는 것은 있을 수 없는 일이다.'

지웅은 법상의 가려진 면을 정확히 알고 있었다. 어린 시절부터 함께 성장한 친구로서 그의 과거를 세세히 기억하고 있었다. 한마디로 그는 부족함이 없는 집안에서 태어나고 자라난 수재였다. 학교 성적은 늘 지웅을 따돌리고 전교 수석을 초등학교 때부터 고등학교 때까지 한 번도 놓친 적이 없었던 것이다. 그는 일류대학에 많이 진학시켜 명문이 되고 싶은 시골 고등학교의 희망이기도 했다.

어느 날 법상이, 지웅이 주장을 맡은 축구부에 들어오려 하자 체육교사가 만류를 한 적도 있었다.

"야, 임마. 넌 공부해. 넌 머리로 학교 명예를 올려야 할 놈이야."

"그럼, 농구부라도 넣어주십시오."

"손이나 발로 먹고 사는 놈 따로 있고, 머리로 먹고 사는 놈 따로 있는 게 세상이란 말이야. 너 그래도 성가시게 굴면 반성문 쓰게 할거야."

어찌 보면 법상은 출가 전의 석가모니 부처보다도 고독의 그늘이 없는 환경에서 자랐다고도 할 수 있었다. 석가모니는 일찍이 어머니를 잃어 쓸쓸한 어린 시절을 보냈었지만 그는 내과 의사인 아버지 밑에서 행복하게 자랐던 것이다. 그의 동생들도 하나같이 공부를 잘하여 동네 사람들로부터 부러움의 대상이었다.

교통사고로 아버지를 잃은 지웅과는 비교할 수 없는 가정 환경이었다. 성장의 길도 고등학교를 졸업하면서부터 차츰 달라지기 시작했다. 지웅이 뒤틀린 삶을 원망하면서 인생이 무언지나 알고 싶어 장학생으로 불교대학을 지원했을 때, 그는 예정된 수순에 따라 일류대학의 의대를 지망하여 의학도의 길을 걸어갔다.

법상이 지망한 대학은 S대 의과대학. 환자를 돌보고 병을 치료하는 의사가 되겠다기보다는 눈에 보이지 않는 생명의 신비를 연구하고 싶어서였다. 보이는 현상보다는 보이지 않는 이면이 훨씬 더 그에게는 흥미로웠다. 학자가 된 그의 길은 거침이 없었다. 그는 빼어난 성적으로 예과와 본과를 마친 후 교수들이 추천해주어 바로 미국으로 유학하여 최단기

간에 박사학위를 받고 돌아와 의학계의 촉망받는 학자로서 대학의 전임교수가 되었다.

그러나 그는 결혼한 지 3년 만에 아내와 이혼한 뒤, 그것도 연애시절에 잉태하여 낳은 아들 하나를 남겨두고 출가하고 말았다. 아무도 예측하지 못한 상식을 뛰어넘는 결행이었다.

'왜 법상은 입산했는가.'

법상의 출가 동기는 아직 수행자로서 관록이 부족한 젊은 학인들에게 얘깃거리가 되곤 했다.

그렇지만 출가 이전의 일은 누구도 묻지 않는 게 불가의 불문율이었다. 수행자들에게는 출가 이후가 관심사이지 출가 이전의 일은 미망의 시간으로 여기어 묻지 않는 게 예의였다.

어린 시절의 친구인 지웅조차 법상에게 물은 적이 한 번도 없었다. 고등학교를 졸업한 뒤 그가 대각사를 찾아와 처음 만났을 때도 대화는 이렇게 시작되었다

"출가했다는 소식을 들었소만 이거 몇 년 만이오."

"하하하."

법상은 20년 동안의 시간을 너털웃음으로 답했다. 눈빛이 형형하고 얼굴에는 청정한 기운이 서려 있어 한눈에도 그가

어떻게 수행해왔는지 지웅은 짐작할 수 있었다.

"우리 절에서 바랑을 풀고 쉬시구려."

"고맙소."

"법상 스님, 화두를 깨치고 나니 그 경계가 어떻습디까, 이제는 우리 선열당 대중들에게 그 소식을 가르쳐 주어야 하지 않겠소."

"하하하."

법상은 다시 웃음을 터뜨리며 만만치 않은 지웅의 송곳 같은 질문을 피했다. 어찌 보면 어린 시절의 친구가 아닌 대각사 주지에게 예를 갖추고 있는지도 모를 일이었다.

"지웅 스님, 출가하여 어떤 답을 얻었는지 몹시 궁금하구려."

법상은 몇 십 년 전, 입학원서를 쓰면서 나누었던 얘기를 아직도 잊지 않았다. 지웅은 불교대학을 지망하면서 그에게 인생이 뭔지나 알겠다고 호기를 부렸던 것이다.

지웅은 머리끝이 서늘해짐을 느꼈다.

법상은 인생의 비의를 깨달았을까. 깨달았다면 그것은 무엇인가. 세상의 나이로 육십 줄에 이미 들어섰으면서도 아직 깨닫지 못한 자신은 누구인가.

"육십 줄에 들어선 뒤에야 내 그릇의 모양과 크기를 알게 됐소."

"반갑고 소중한 얘깁니다."

"중생들의 법(法)은 되지 못하더라도 따뜻한 밥 한그릇이 되는 게 내 서원이오."

"지웅 스님, 대각사 대중들이 배는 고프지 않겠구려."

두 사람은 수도자의 길을 서로 다르게 걷고 있는 셈이었다. 법상은 지혜를 구하여 성불하겠다는 상구보리 쪽이고, 지웅은 중생을 제도하여 성불하겠다는 하화중생 쪽이었다. 부처가 되는 길을 걸어왔지만 서로가 달랐다. 법상의 길은 눈에 보이지 않는 길이고, 지웅의 길은 눈에 보이는 길이었다. 법상은 운수승이고 지웅은 사판승이었다.

그날 밤 이후 대각사 대중들은 법상을 선원의 선원장으로 추대했다. 주지는 지웅이 또다시 연임했다.

처음에는 대각사 대중 모두가 두 사람을 의지하고 흠모했다. 지웅이 아니면 거금이 쏟아 부어지는 대각사 법당의 중창불사는 엄두도 못 낼 것이고, 또한 법상이 아니면 선객들이 모여들어 선풍을 진작시키지 못할 것이기 때문이었다.

그러나 가는 길이 다르기에 두 사람은 차츰 물과 기름처럼 겉돌았다. 법상과 지웅은 대중회의 때, 가끔 감정이 상할 정도로 부딪쳤다. 선방에 비가 새어 대중들이 모여 회의했는데 의견이 엇갈렸다.

지웅은 여법하게 불사를 하자고 주장했다.

"지금의 선방은 비좁습니다. 산세와도 어울리지 않게 왜소하지요. 더 많은 스님들이 모여 수행 정진할 수 있게끔 중창불사를 크게 합시다. 더구나 이곳은 중원의 명당이 아닙니까. 부처님을 공경하는 마음으로 기도하고 원하면 안 될 일이 없습니다."

신심이 절로 나게끔 정성스레 크게 짓자는 지웅의 말에 법상은 조용히 반박했다.

"달마는 양무제의 수많은 불사에 무공덕無功德이라고 잘라 말했소. 부처님이 계셨던 영축산은 원래 공동묘지였소. 중국으로 건너가 성인이 된 무상 선사나 김지장 스님이 정진하신곳도 산짐승이 지나가는 초라한 움막이거나 동굴이었소. 난 선방에 비가 새서 깨침에 장애가 된다는 말을 들어본 적이없소."

결과는 대중들이 대부분 법상에게 손을 들어주는 것으로 끝이 났다. 그래서 지웅은 그를 대각사에 머물게 한 것을 후회했다. 신도들이 거금을 가져와 시주를 해도 그가 반대하는바람에 좌절되곤 하여 견딜 수 없었다. 그때마다 지웅은 독경을 하면서 자신이 계획한 불사를 굽히지 않으리라 다짐했다.

"깨침을 핑계 삼아 신도들의 시주금을 잡아먹는 너희 수좌들, 염라대왕이 밥값을 청구할 날이 있으렷다."

지웅이 법상의 눈치를 보지 않고 단독으로 처리한 것은 바로 법당 중창불사였다. 대각사에 신도들이 불어나면서 비좁은 법당 때문에 신도들이 말할 수 없는 고초를 겪고 있어서였다. 눈이나 비가 와도 법당으로 다 들어서지 못하고 법당마당에서 오들오들 떨면서 지웅의 설법을 듣고 가는 형편이었다.

"절을 중창하는 건 부처님을 잘 모시는 일이오. 부처님을 어디서 찾습니까. 불단에 계신 석가모니 부처님만 부처입니까. 그렇지 않습니다. 바로 여러분이 부처님입니다. 저는 여러분을 부처님이라 생각하고 중창불사를 하는 것입니다."

천불탑 불사를 위해 사심 없이 시주해도 공사가 잘 진척되지 않자, 신도들 사이에서 균열이 생겼다. 신도들은 수행자들보다 더 날카롭게 대립했다. 지웅을 따르는 무리와 법상을 따르는 무리로 갈라졌다. 지웅을 따르는 무리는 기득권을 들고 나왔다. 대각사를 지웅이 천신만고 끝에 일으켜 놓았는데 법상이 가로채려한다고 불평했다.

"스님, 가만히 당하고만 계실 겁니까. 굴러 온 돌이 박힌 돌 뺀다더니 이런 경우가 아닙니까."

신도회장이 지웅에게 항의했다.

"승보僧寶를 비방하는 것도 큰 구업口業을 짓는 것입니다."

"신도들의 불만이 얼마나 큰지 아십니까. 다른 절로 옮기겠다는 신도도 많습니다."

"거사님, 부처님 법 배우러 오는 게지 절을 보러 옵니까. 그런 신도라면 나와 인연을 끊겠소."

"이러니까 당하는 게 아닙니다. 불철주야 대각사를 일으키려고 얼마나 고생하셨습니까. 선원장 스님의 도력이 어떤지 모르지만 주지스님 법문에 감화를 받는 신도도 많습니다."

"나에게도 생각이 있소. 기다려봅시다."

"기다려도 해결이 나지 않으면 선원장 스님 물러가라고 플래카드라도 산문에 걸겠습니다."

"그건 안 돼오. 대중이 화합해야 합니다."

"신도들이 더 이상 참지 못하겠다는 것도 명분이 있습니다. 신도들이 대각사에서 무얼 챙기겠다는 것은 아니잖습니까. 우리 신도들은 그저 사심 없이 인연 맺은 대각사를 중흥시키자는 마음뿐입니다. 이게 잘못된 마음입니까."

"법상 스님인들 왜 신도님들의 마음을 모르겠소."

"그렇다면 왜 사사건건 일을 틀어지게 하는 겁니까."

"기다려주오. 방법을 찾아보리다."

지웅은 겨우 신도회장을 달랬다. 지웅은 절을 부처님이 계시는 청정한 불국토, 즉 부처님 땅이라고 신도들에게 말했다. 서방정토만이 불국토가 아니라 지금 그대들의 청정한 도량이 불국토라고 법문했다. 신도들이 지극 정성으로 대각사의 구석구석에 신심을 쏟아부은 것도 사실은 지웅의 법문에 공감을 해서였다. 그런데 법상은 지웅의 말을 뒤집곤 했다.

"법당은 여러분 마음에도 있소. 청정한 마음이 법당이오. 대각사의 법당만을 보고 마음의 법당을 보지 못한 불자가 있다면, 그 사람이야 말로 어리석은 중생이오."

마음에도 법당이 하나 있는데 왜 굳이 교통이 불편한 대각사까지 찾아오냐는 법상의 법문이었다. 그러니 신도 조직을 관리하는 신도회장으로서는 오해를 살 만도 했다.

그래도 지웅은 법상과 눈살 찌푸리면서 대립하고 싶지는 않았다. 불사와 수행은 동전의 앞뒤 같아서 한쪽을 두부 자르듯 칼질할 수는 없는 노릇이었다. 대각사에 불사 기금이 몰리는 것은 자신의 수완도 한몫하고 있지만 그에 못지않게 법상의 수행도 무시할 수는 없었다. 다만 지웅은 신도들이 갈라져 싸우는 추태를 사전에 방지해야 할 의무가 주지인 자신에게 있다고 믿었다.

다만, 대각사 대중의 화합을 위해서는 어느 때인가 법상을 퇴진시키는 수 밖에 없을 것 같았다. 그러나 지금은 그 어떤 방법도 지웅에게는 없었다.

한편, 인도에서 부처의 진신사리를 가져오기 위한 모금운동은 편이 갈라지지 않고 한마음으로 진행되었다. 지웅은 약속대로 인도의 취처승에게도 매달 꼬박꼬박 생활비를 보내주곤 했다.

부처의 진신사리라고 하니 아무도 이의를 제기한 스님이나 신도가 없었다. 오히려 지웅 이상으로 신심을 내어 헌금했다. 힌두사원에 헌납할 모금기간을 2년 정도 예상했지만 아주 순조롭게 모아져 1년 6개월 만에 초과 달성했다. 따라서 누군가가 인도로 부처의 진신사리를 모시러 갈 일만 남았다.

주지인 지웅에게 또 하나의 난제였다. 신도들끼리 대립하고 있는 시점에서 절을 비울 수도 없는 노릇이었다. 그렇다고 젊은 수행자를 보내기도 미덥지 못했다.

누군가가 다녀온 뒤라도 문제는 또 하나가 남았다. 지웅의 내심은 부처의 진신사리를 바로 법당에 두지 않고, 몇 년 동안 더 시주금을 모은 뒤 장엄한 천불탑에 모시고 싶지만 법상과 또다시 갈등을 일으킬 것이 뻔했다.

그렇다면.

지웅은 신도회장과 법상 사이에서 진퇴양난에 빠지고 말았다. 그래서 지웅은 철야기도를 했다. 그런데 기도에 영험이 있어서인지 삼일 만에 지웅은 법당문을 박차고 나왔다. 누구도 다치지 않고 자신의 신념도 밀고나갈 수 있는 방법이 하나 전광석화처럼 뇌리를 스치고 지나갔다. 그것은 마침 인도로 순례길을 떠나는 법상에게 진신사리를 모셔오게 하는 방법이었다.

지웅은 춤이라도 추고 싶었다. 천불탑이라고 마음속으로 명명해 둔 거탑이 완공되면 대각사의 모든 것을 법상에게 다 물려주고 훨훨 떠나도 한 점 미련이 없을 것 같았다.

법상이 인도로 출발하기 사흘 전이었다. 지웅은 아무도 모르게 밤늦은 시각에 상선원의 문을 두드렸다. 법상은 깊은 잠에 들어 있었다.

"흠흠흠."

지웅이 헛기침 소리를 크게 내자 장삼을 걸치면서 나왔다.

"아니, 지웅 스님 아니오."

"긴히 드릴 말씀이 있어 왔습니다."

"어서 들어오시오. 인도로 떠나기 전에 지웅 스님을 만나 뵙고 싶었소."

"일부러 밤 시간을 이용했소. 양찰 바랍니다."

"말씀해보시지요."

"법상 스님을 뵈려면 젊은 스님네들이나 신도들 눈치를 봐야 되니 이거 주지 노릇을 잘못하고 있는 제 불찰입니다."

"아, 아닙니다. 절 살림처럼 머리 무겁게 하는 살림이 세상에 또 어디 있겠습니까."

"헤아려주니 고맙소. 밤이 늦었으니 긴 말 생략하고 용건만 꺼내겠소."

법상은 지웅의 말을 진지하게 듣겠다는 자세를 취했다. 가부좌를 틀고 있었다.

"부처님 진신사리를 모셔오는 일입니다. 젊은 중을 보낼까도 궁리했습니다만 마음이 놓이지가 않아서요. 스님이 순례 길에 모시고 오면 안 되겠습니까. 부탁드리오."

"하하하. 어려운 일이 아닙니다. 이제야 대각사에서 신세지던 밥값 좀 갚겠구려."

"여기 적힌 힌두사원으로 가면 인도의 취처승이 안내할 겁니다. 힌두사원 측과 약정한 증서는 여기 있습니다."

"제가 부처님 사리를 모시고 온다면 반발이 없을까요."

"물론 있겠지요. 그래서 스님이 떠나시고 난 다음에 발표를 하겠습니다."

"하하하. 그럴 듯한 계획이오. 놀랍습니다."

"그럼, 힌두사원에 기부할 헌금도 오늘 밤에 놓고 가겠습니다."

두 사람은 밖으로 나와 한동안 침묵에 잠겨 달을 올려다보았다. 검은 구름장이 빠르게 달을 덮쳤다가는 흘러가고 있다. 법상이 월인천강(月印千江)이란 말을 또박또박 혼잣말로 중얼거리는 사이에 지웅은 달빛으로 길을 살피며 상선원을 내려왔다.

주지실로 돌아온 지웅은 차를 한 잔 따라 놓고 자신의 얼굴을 비추어 보았다. 거기에는 달이 강에 어린 것처럼 자신의 의미심장한 눈 하나가 박혀 있었다. 눈에는 법상을 움직이게 했다는 웃음이 어렸다. 지웅은 터져 나오는 웃음을 참지 못했다.

미친 사람처럼 웃고 있는 지웅에게 시자가 달려와 물었다.

"스님, 왜 이러십니까."

"넌 모른다."

지웅은 법상이 떠나는 날까지도 밤이 되면 속이 시원하다는 듯 가끔 웃음을 터뜨렸다. 걱정이 되어 묻는 시자에게 어금니를 꽉 물 뿐, 그는 결코 그 이유를 말하지 않았다. 어찌 풋승려가 거친 풍파를 헤쳐가는 대각사 주지인 자신의 깊은 마음을 알겠느냐는 투였다.

그러나 지웅의 웃음은 곧 공허한 메아리로 그치고 말았다. 법상은 지웅의 계책을 여지없이 깨뜨려버렸다. 물론 법상이 지웅을 곤경에 빠뜨리고자 그랬을 리는 없겠지만 결과적으로는 커다란 낭패를 안겨주었다. 인도로 떠난 법상으로부터 한 달이 지났는데도 인편이나 전화로 아무런 소식이 없었다. 그를 인도 영축산이나 갠지스 강가에서 봤다는 다른 절 스님의 전갈이 있을 뿐 그로부터 직접 전해지는 소식은 감감했다.

법상이 순례길을 떠난 지 두 달이 넘어설 때부터였다. 날마다 대중들이 모였다.

"이제 법상 스님이 오기로 약속한 날이 한 달밖에 남지 않았습니다. 누구를 인도로 보내야 하지 않겠습니까."

"가도 만난다는 기약이 없습니다. 아직 약속한 날이 남아 있으니 그때까지 기다려야 합니다."

"법상 스님에게 탈이 난 게 분명합니다. 오는 날이야 그렇다 치더라도 우리에게 이보다 더 중요한 일이 어디 있습니까. 아무 일이 없었다면 이미 연락이 왔을 것이오."

"법상 스님이야 원래 구름 같이 떠도는 선객이 아닙니까. 연락 같은 건 없었지만 바람같이 나타날지도 모르니 예단은 삼갑시다."

"대각사의 예산으로 여행하고 있다면 한번쯤 소식을 알려 주는 게 최소한의 의무가 아니겠소."

"법상 스님이 직접 가져오지 않고 우편으로 부쳐올 수도 있으니 기다려봅시다."

"부처님의 진신사리를 소포로 부친다고요. 그런 불경스런 일이 어디 있습니까."

"무례고 불경이고 그렇게라도 도착하기만 한다면 다행한 일이지요. 그렇게라도 도착한 뒤에 우리가 정성을 다해 모시기만 하면 그만이니까요."

대중들끼리 고성이 오고가는 날도 많았다. 지웅은 다시 곤혹스런 입장에 놓이게 되었다.

"신도들에게는 이 일을 함구해 주시오. 절대로 밖으로 새어나가서는 안 될 것입니다. 자중지란이 일어나서는 일이 걷잡을 수 없이 커질 것이오."

지웅은 일단 대중부터 단도리했다. 아직 속단을 내리기에는 한 달이나 남아 있었다. 그러나 법상은 파격을 일삼는 선승이었다. 버스회사 사장이라는 재주齋主가 거금을 보시하자, 소녀 가장들을 대각사로 오게 하여 절 구경을 시켜주고는 보시금을 전액 나누어 준 적도 있었다. 재를 준비하던 부전스님이 법상에게 원망하자 오히려 그는 더 천연덕스럽게 말했다.

"오늘 재 한번 잘 지냈다."

"재를 지내지 않았는데 어찌 잘 지냈다고 하십니까."

"버스회사 사장의 업을 오늘 우리 절을 구경 온 천진불들이 씻어줄 게야. 그러니 재 한번 잘 지낸 거지."

지웅이 걱정스러운 것은 바로 이러한 상식을 뛰어넘는 행동에 있었다. 가지고 간 거금을 엉뚱한 데다 사용할 수도 있기 때문이었다. 지웅은 한 달이 남았다고 위안을 하면서도, 한편으로는 입안의 침이 마를 정도로 긴장했다.

하루가 지나갈 때마다 지웅의 입술은 바싹바싹 탔다. 지웅은 신도들에게 해주는 법문도 삼직三職스님들에게 맡기고 경내를 수없이 왔다갔다 하였다. 시도 때도 없이 목탁을 치고 독경을 해도 마음이 평상심으로 되돌아오지 않았다.

법상이 오기로 한 날이 가까워오자 지웅은 탈진해 쓰러져버릴 지경이었다. 이제 그가 오리라는 희망을 버려야 했다. 소포가 오리라는 희망도 기대할 것이 못 되었다. 사실, 부처의 진신사리는 이미 도착되었어야 했다. 사정이 생겨 불가피할 경우 3개월이라고 했지 꼭 못 박은 날짜는 아니었다. 아무리 천천히 순례한다고 해도 2개월이면 넉넉한 기간이기 때문이었다.

지웅은 병자가 다 되어 갔다. 며칠을 먹지 못했으므로 눈이 쑥 들어가고 볼우물이 생겨 얼굴은 더 좁아들었다. 속이 얼마나 타는지 변의 색깔은 숯처럼 검은 빛깔로 변했다. 법상에게 꺾이지 않겠다는 분노가 저절로 입에서 튀어나오기도 했다.

'법상, 이게 인과일지라도 나는 거기에 떨어지지 않겠다. 아니 거기에 얽매이지 않겠다. 반드시 부처님의 사리를 가져와 보란듯이 천불탑의 꼭대기가 하늘을 찌르게 하고 말겠다. 그대가 방해를 하더라도 나는 천불탑을 장엄하게 세우고 말겠다.'

지웅은 시자가 말렸지만 날마다 법당으로 나가 까진 무릎에서 핏방울이 뚝뚝 떨어질 때까지 불단의 삼존불에게 수 천 배씩 절을 올렸다. 그에게는 절을 하는 것도 번뇌와 망상을 없애고 용기를 얻는 방편이었다.

'부처님, 이 소승에게 사리를 모실 수 있는 정복을 주십시오. 천불탑을 지어 받들겠습니다. 그리 된다면 설사 지옥에 떨어져도 원이 없겠나이다.'

그런데 그때 시자가 다급하게 달려왔다. 지웅의 은사인 용제 스님의 열반을 알리는 전보를 가지고 왔다. 말 그대로 설상가상이었다. 맏상좌는 아니지만 당연히 가봐야 했다. 삼일

장이란 번다함을 싫어하는 은사의 가풍을 그대로 반영하고
있었다. 용제 스님의 가풍은 철저한 은거 수행이었다. 씨 뿌
리고 호미로 밭 일구며 수행자로서 청규를 지키는 정진을 강
조했다. 참선에만 매달리는 일이 없이 농선이라고 하여 노동
을 소중히 여기는 가풍이었다. 그래서 마을 사람들은 그들을
'농부중'이라고 부르기도 하였다.

지웅은 다시 법당으로 돌아와 향을 꽂고 부처님께 삼배를
올렸다. 그리고는 은사스님이 계신 곳을 향하여 오체투지로
삼배를 올렸다. 그러자 은사 곁을 떠나 대각사로 향할 때 은
사스님이 하던 말이 귓속에서 쟁쟁하게 울렸다.

"너, 지웅은 눈에 보이는 것을 참구해라. 색즉시공, 색도
공이 아니더냐. 색이 네 근기에 맞느니라. 그렇다고 색견에
는 빠지지 말아라. 네 운명이니 '눈에 보이는 것'이 무언지
방편 삼아 처절하게 궁구하라. 그게 바로 너의 몫이다."

법당을 나온 지웅은 바로 용제 스님이 열반한 은계사로 떠
나기 위해 준비했다. 삼일장이라고 했으니 더 지체할 시간이
없었다. 내일이 발인이고 법체는 다비장으로 옮겨져 불이 당
겨질 터였다.

뎅그렁 뎅그렁.

감았던 눈을 뜨자 풍경소리가 들려왔다. 서너 시간이 훌쩍

지나간 듯했다. 지웅은 좌선의 시간을 보낸 동안 굳어진 다리의 근육을 서서 풀었다. 어깨도 뻑뻑했다. 가을볕이 내려와 벌침처럼 수없이 쏘아댔는지 얼굴과 목살이 따끔거렸다. 해는 중천에 떠올라 햇살을 아낌없이 산속에다 퍼부었다.

풍경소리를 귀 기울여 자세히 들어보면 과연 최림의 천재성을 발견할 수 있었다. 그는 음향효과까지 설계에 계산해 넣고 있었다. 소리만이 탑을 공간으로 확산시킬 수 있는 유일한 방편이기 때문이었다. 풍경소리가 없다면 천불탑은 대각사 경내를 벗어날 수 없을 터였다. 풍경소리가 없다면 천불탑은 생동감을 주지 못할 것이었다. 풍경소리가 없다면 천불탑은 신도들의 마음에 맑고 향기로운 여운을 주지 못할 터였다.

크고 작은 풍경들은 미묘한 소리로 흩날렸다. 폭죽이 불티처럼 떨어져 내리듯 허공을 장식했다. 부처를 찬탄하는 찬불가가 되어 울려 퍼졌다.

풍경은 미풍의 대변인도 되고, 강풍의 대변인도 되고, 폭풍의 대변인도 되었다. 전문가에게 자문을 받아 주물이 아닌 망치질로 만들어진 공예품이었다. 바람을 이용하는 악기였다.

지웅은 풍경소리를 들으며 산길을 내려왔다. 청바지차림

의 최림을 만난 것은 법당 앞에서였다. 최림은 지웅을 찾고 있었던 듯 반갑게 쫓아왔다.

"주지스님, 한 절에 있어도 뵙기가 힘듭니다."

"좌선을 하고 왔소."

"선방에서 하지 않구요."

"난 수좌계를 떠난 지 오래 되었소. 수좌들이 참선에만 전념할 수 있도록 외호를 하는 것이 내 일이오."

"탑불사가 조금 늦어지는 것 같아서 뵙고 싶었습니다."

"아무래도 내년으로 넘어갈 것 같소. 겨울에는 작업이 더디고 인부들도 줄어들고 하니까."

"목재는 아직도 수입해서 쓰고 있습니까."

"아니오. 그러려다가 구하기는 힘들어도 국산 목재를 쓰기로 했소."

"어디 소나무입니까."

"대부분 강원도 산이오. 산판이 날 때를 기다렸다가 목재가 들어오고 하니 불사가 예정보다 늦어지고 있소."

"내년 봄에도 어렵겠군요."

"아니오. 내년 초파일에는 무슨 어려움이 있더라도 회향해야 하오. 결코 불가능한 일은 아니오."

지웅은 석가모니 부처가 이 땅에 나툰 날 회향식을 계획하고 있기에 서둘렀다. 초파일에 대대적인 봉축행사를 계획하고 있으므로 그는 부처의 진신사리를 어떻게 해서든지 빨리 찾아오겠다는 생각만 하고 있었다.

지웅과 최림은 천불탑 공사 현장으로 느릿느릿 걸어갔다. 천불탑은 이제 3층만 더 올라가면 끝이었다. 지웅의 말대로라면 3층을 올리는 데 앞으로 4, 5개월이 더 걸린다는 얘기였다. 그러니까 그 사이에 최림이 부처의 진신사리를 법상을 만나 모셔와야 했다. 지웅은 법상이 아무리 상식을 뛰어넘는 수행자라 할지라도 부처의 진신사리를 잘 간직하고 있을 것이라고 확신했다.

천불탑은 1층의 넓이가 무려 200여 평이 넘었다. 그리고 3층까지는 아름드리 기둥이 한 면에 7개씩 서서 천정을 받치고 4층부터는 5개가 받치며 위로 올라갈수록 뽀족해지게 설계한 법당식 목탑이었다. 한반도에 불교가 전래된 이래 최대의 목탑이었다. 쇠못을 단 하나 사용하지 않는 것도 특징이고 각층은 나무계단으로 이어졌다. 부처의 진신사리는 1층 한가운데 심주心柱 아래 사리공 속에 봉안하기로 했다. 각층마다 부처의 자리는 이러했다. 북쪽은 석가모니불의 보처補處로 지장보살과 미륵보살을, 남쪽은 비로자나불의 보처로 문수보살과 보현보살을, 동쪽은 약사여래의 보처로 일광보살과 월광보살을, 서쪽은 아미타불의 보처로 관음보살과 대세지보살을 모시기로 했다. 단청 공사는 벌써 3층까지 밑그림이 되는 선을 그어놓고 단청의 도사인 금어金魚의 제자들이 초벌 옻칠을 하고 있는 중이었다.

"주지스님, 전번에 저에게 말씀을 안 해 주신 게 하나 있습니다."

"허허허. 내가 거사님에게 속일 게 무에 있겠소."

그때 풍경소리가 허공으로 일시에 흩어졌다. 지웅이 웃음 끝에 말을 얼버무렸다.

"아닙니다. 저 법당의 가짜 사리에 대해서는 말씀해 주시지 않았습니다."

"그랬던가요."

지웅은 말꼬리를 흐리더니 정색을 하며 물었다.

"거사님, 꼭 들어야겠소."

"가짜 사리를 앞에 놓고 전국에서 모여든 불자들이 합장을 하고 있다니 궁금할 수 밖에 없지 않습니까."

"가짜 사리라니요."

지웅이 갑자기 벌개지며 소리쳤다. 자신의 가장 아픈 부분을 파고드는 최림이 괘씸했다.

"주지스님 죄송합니다. 하지만 가짜 사리를 궁금해 하는 것도 당연하지 않습니까."

"가짜 가짜 하고 나를 모욕하지 마시오. 알고 보면 저 법당의 것도 부처님의 진신사리가 아닐 뿐이지 사리임에는 분명하니까."

"그렇다면 사리란 부처님 말고도 스님들한테서도 나온다는 말입니까."

"그렇소."

최림은 가짜가 아니라는 말에 더 궁금해졌다. 저 사리의 주인은 누구일까. 전국의 수많은 신도들에게 대각사를 참배케 하는 저 사리의 주인은 어떤 스님일까. 천불탑을 짓자고 신도들을 감화시켜 수십억 원의 시주금을 내게 한 저 사리의 주인공은 누구일까.

물방울 같은 사리는 침묵하고 있다. 저 투명체는 법당의 일렁거리는 촛불의 불빛을 받아 되쏘고 있을 뿐이다. 신도들에게 그 무엇도 강요하지 않았다. 침묵하고 있는 그것 앞에 신도들이 찾아와 합장하고 엎드려 절을 하고 갈 뿐이다.

그런데도 불가사의한 일이다. 거기에 무엇이 깃들어 있는 것일까. 아무도 의혹을 품고 있지 않은 것이다. 수십 명은 속일 수 있을지 모른다. 아니, 수백 명도 속일 수 있을 것이다. 그러나 어떻게 수십만 명의 마음을 움직일 수 있다는 말인

가. 지금도 사리는 한 점 침묵으로 있다. 한 점 침묵이라지만 만 개의 우렛소리 같은 사자후를 토하고 있는 것 같다.

'저 사리의 정체는 무엇일까.'

최림이 중얼거리고 있을 때 지웅이 산책을 제의했다. 산길을 걸으면서 이야기를 해주겠다는 표시였다.

지웅은 오동나무가 있는 길을 택하지 않았다. 개울을 건너 억새밭이 있는 길을 걸었다. 산모퉁이를 돌자 눈이 시릴 정도의 장관이 펼쳐졌다. 눈 덮인 들녘 같은 억새밭이 끝도 없이 이어지고 있었다. 더구나 햇살이 내리쬐고 있어 억새의 흰색이 더욱 눈부시게 빛났다. 최림은 눈 속에 파묻히는 느낌이었다. 이런 비경이 대각사 부근에 숨어 있었다니 절로 입이 다물어졌다.

흰색은 여인의 살결처럼 깨끗하게도 비치고, 억새들의 넋이 한데 뒤엉켜 있듯 차갑고 그윽했다. 두 사람은 손짓하는 억새들에게 불려가듯 거대한 흰색의 늪 속으로 점점 잠겨들었다. 억새들이 자신들의 키를 넘어서자 최림은 현실의 경계를 넘어선 느낌을 받았다. 숨이 막혔다.

지웅이 무겁게 입을 열었다.

"그즈음 은사스님께서 열반에 드셨소. 난 대각사의 일 때문에 심신이 극도로 허약해져 있었지만 아무 생각 없이 스님이 계시는 은계사로 달려갔소."

마침 신도 한 사람이 지웅에게 운전수와 함께 승용차를 내어주었다. 은계사는 강원도에서도 차편이 수월치 않은, 화전민도 살기가 힘들어 집을 버리고 떠나는 오지에 있었다. 지웅이 탄 승용차는 국도와 지방도, 고속도로를 번갈아가며 쉬지 않고 달렸다. 운전사도 지웅을 존경하여 휴게소에서 국수 한 그릇 먹는 시간을 제외하고는 조금도 요령을 피우지 않았다.

어찌나 빨리 달렸던지 순찰차가 쫓아와 수행자인 지웅을 보고는 되돌아가기도 하였다. 그래도 강원도 도계를 넘어서자 날이 어두워졌다. 운전사가 초행길에 접어들어서는 물어 물어 가느라고 시간이 지체되어 걱정이 됐지만 달리 방법이 없었다. 강원도 지방도로에서는 몇 번이나 길을 잘못 들어 방향을 잡느라고 시간을 낭비했다. 어두운 산길에다 사람마저 드물어 사실은 물을 곳도 마땅치 않았다.

은계사에 승용차가 도착했을 때는 달도 없는 아주 컴컴한 밤이었다. 산속이어서 은계사의 불빛만 몇 점 보일 뿐, 어둠 속의 바다 같았다. 나무들이 흔들릴 때마다 어둠이 출렁거렸다.

지웅은 일주문에서 합장했다. 그런 자세로 천천히 금강문을 지났다. 천왕문을 넘어섰다. 석등의 불을 꺼버린 경내는 사뭇 쓸쓸했다. 명부전에서 울려오는 독경소리마저 애절했다. 대각사와 비교한다면 너무나 초라하고 고요했다. 명부전에서 흘러나온 불빛이 겨우 법당 마당을 희미하게 비추고 있었다.

방마다 불을 켜지 않고 있었다. 대웅전 앞의 석등불마저 꺼져 있었다. 장례일을 보느라 종종걸음을 치는 승려들은 부엉이처럼 어둠에 눈을 익혀 다니곤 했다. 지웅은 그동안 잊고 지냈던 은사스님의 가풍을 떠올리며 나직하게 탄식했다.

'아, 이 쓸쓸함이 은사스님의 가풍이었구나.'

주지실도 은사인 용제 스님의 냄새가 물씬 풍겼다. 만상좌인 주지의 장삼은 덕지덕지 기운 누더기나 다름없었다. 그러니 시자들의 옷도 남루할 수밖에 없었다. 모인 제자들의 얘기는 주로 용제 스님의 유언을 따르는 문제를 논하고 있었다.

지웅은 주지와 맞절을 하고, 젊은 스님들에게 삼배를 받았다.

"오시느라 고생이 많았겠습니다."

"큰스님 일 치르시느라 힘드시겠습니다."

"장례 문제는 큰스님에서 남기신 말씀대로 치르고 있지

요."

지웅은 대각사에서 부음을 접했을 때와 다른 느낌이 들었다. 전보를 받는 순간 큰 별이 떨어지는 것 같은 충격이 들었는데, 은계사에 와보니 큰 별이 떨어진 일도 없으려니와 큰 별이 떠 있었던 적도 없었다는 분위기였다. 용제 스님의 입적은 별다른 사건이 아니라 일상사일 뿐이었다.

"상좌들에게도 부음을 알리지 말라고 하셨습니다. 장례는 가능한 신도에게 맡기라고 하셨습니다. 관에 절대로 꽃을 덮지 말라고 하셨습니다. 다비장으로 가면서 울긋불긋한 깃발이나 만장도 일체 만들지 말라고 하셨습니다."

"큰스님의 유언대로 하긴 합니다만 참 어렵습니다. 벌써 한 가지를 어겼지 않습니까. 상좌를 부르지 말라 하셨는데 지웅 스님을 불렀으니까요."

"또 다른 당부의 말씀은 없으셨습니까."

"절대로 사리를 줍지 말라고 하셨습니다. 태운 재를 밭에 뿌리어 한 줌의 거름으로 쓰라고 하셨습니다."

"제가 큰스님을 시봉할 때보다는 그래도 많이 너그러워진 겁니다."

지웅은 불현듯 은계사에서 밭을 일구며 불어오는 바람에 땀을 식히다가 용제 스님에게 들은 얘기 한토막이 생각났다.

"뭐라고 말씀하셨습니까."

"후학들에게 피해가 되니 육신이 갈 때가 되면 산속으로 들어가 나뭇단 위에 누워 스스로 불을 당기겠다고 말씀하셨습니다."

"지웅 스님, 부탁이 하나 있습니다."

"말씀하시지요."

"다비가 끝나갈 때쯤이면 틀림없이 이런 일이 벌어질 것입니다. 신도들이나 스님들이 큰스님의 사리를 주우려 재를 어지러이 헤칠 것입니다. 그러니 지웅 스님께서 다비장을 끝까지 지켜주십시오."

"알겠습니다."

새벽이 되어 지웅은 명부전으로 갔다. 밤새 독경을 한 스님과 교대를 해주었다. 지웅은 〈금강경〉과 〈아미타경〉을 번갈아가며 독경했다. 졸음은 조금도 오지 않았다. 은사스님을 위해 극락왕생을 비는 일밖에 자신이 할 수 있는 일은 없었다. 지웅은 있는 힘을 다하여 경을 읽었다. 어찌나 구슬프게 큰소리로 독경을 하였던지 법당 마당에 모인 신도들이 눈물을 흘렸다.

용제 스님에게 굳이 이름을 붙인다면 산승山僧이었다. 그는 운수납자들에게 사자후를 터뜨리는 선승도 아니었고, 수완

좋게 불사를 일으키고 회향하는 사판승도 아니었다. 인자한 할아버지 같은 스님이었다. 나무꾼이 길을 잃고 밤중에 절을 찾아오면 밥을 먹여 재워 보내고, 화전민이 돈을 빌리러 오면 서랍 속에 저축해 두었던 것을 몽땅 주어버리는 생불生佛 같은 스님이었다.

산짐승과도 친구가 된 스님이었다. 봄이 되면 나비들이 향기가 묻은 스님의 장삼자락을 쫓아다녔고, 다람쥐나 꿩들이 스님을 무서워하지 않고 스님이 머무는 방의 마룻바닥에 발자국을 찍어 어지럽혔다.

스님은 무엇이나 보살이라고 불렀다. 나무에게는 나무보살, 해에게는 해님보살, 달에게는 월광보살, 오소리에게는 오소리보살, 달맞이꽃에게는 달맞이꽃보살, 옹달샘에게는 옹달샘보살 등 도움을 주는 유무정물에게 보살이라고 부르며 합장했다.

스님은 또한 산승들이 남긴 선시를 즐겨 외웠다. 좋아했다. 흥이 나면 노래부르듯 줄줄 외워 젊은 승려들이 신심나게 했다.

옳거니 그르거니 내 몰라라
산이건 물이건 그대로 두라

하필이면 서쪽에만 극락세계랴
흰구름 걷히면 청산인 것을.

마르지 않는 산 밑의 우물
산중 친구들께 공양하오니
표주박 하나씩 가지고 와서
저마다 둥근 달 건져 가시오.

본래 산에 사는 사람이라
산중 이야기 즐겨 나눈다
5월에 솔바람 팔고 싶으나
그대들 값 모를까 그게 두렵네.

용제 스님의 진면목은 농기구를 깎고 다듬고 만드는 데 있
었다. 화전민들에게 나무지게를 만들어 주거나 멍석이나 망
태 등을 짜서 보내주곤 하는데, 어찌나 손재주가 좋은지 보
는 사람마다 혀를 내두를 정도였다. 스님은 자신의 눈썰미나
손재주를 자랑하기 위해 그런 것은 아니었다. 수행자란 중생
에게 자비도 베풀고, 환생하여서는 말이나 소가 먹는 풀이
될 줄도 알아야 한다고 주장했던 옛 선사와 같이 보살행을

실천했다.

강원도 심산유곡의 이월은 아직 한겨울이었다. 명부전에서 나와 둘레의 고산준령을 올려다보니 계곡과 산정에는 흰 눈이 오는 봄에 맞서서 완강하게 버티고 있었다. 뿐만 아니라 갑자기 흐려진 하늘에서는 금방이라도 눈가루를 뿌려댈 기세였다.

"요즘 날씨는 종잡을 수가 없지요."

주지가 발인을 준비하며 바쁘게 오가다가 지웅에게 한마디 떨어뜨리고 갔다. 눈은 아침부터 내리기 시작했다. 마치 용제 스님의 열반을 보러 문상 온 하늘의 조문객처럼 땅을 밟고 있었다. 눈은 눈 깜짝할 사이에 쌓이고 있었다. 달포 간격으로 찾아 퍼붓는 폭설이었다. 일시에 은계사 주위의 나무들은 흰 눈을 뒤집어쓰고 용제 스님을 떠나보낼 채비를 했다. 지웅의 눈에는 나무들이 상복을 입고 있는 것처럼 보였다. 바람이 나뭇가지를 스칠 때마다 들리는 파열음은 호곡 소리로 들렸다.

막상 발인을 시작할 때는 퍼붓는 눈으로 행사가 순조롭지 못했다. 관에 꽃을 덮지 말라고 유언을 내렸는데, 꽃을 덮지 아니하자 대신 눈이 꽃처럼 덮였다. 상좌들이 관 위에 덮인 눈을 손으로 쓸어내리곤 하지만 소용없는 일이었다.

법당 마당도 눈이 내려쌓이기는 마찬가지였다. 젊은 수행자들이 눈가래를 가져와 가는 길을 터놓으려 하지만 금세 눈이 길을 지워버리곤 했다. 다비장을 정리하고 있던 수행자들은 더 땀을 뻘뻘 흘리며 폭설과 힘겨루기를 했다. 다비에 쓸 장작개비 위로도 흰 눈이 휘장처럼 덮이곤 했다.

지웅은 운구를 자청했다. 용제 스님의 법체를 들어보고 싶었다. 운구할 스님들이 이미 정해져 있어 만류했지만 지웅은 고집을 꺾지 않았다. 그것도 가장 힘이 든다는 맨 앞을 들었다.

일주문을 나서자 눈발이 더 극성을 부렸다. 온 산을 다 흰 꽃으로 덮었다. 지웅은 묵묵히 은사스님의 당부를 곱씹었다.

'너 지웅은 눈에 보이는 것을 참구해라. 색도 공이 아니더냐.'

최림은 억새밭을 빠져나와 호흡을 가다듬었다. 억새꽃의 장관에 주눅이 들었던 자신을 추스렸다. 마치 폭설에 갇혀 있다 탈출한 것만 같았다. 그러나 억새밭을 완전히 빠져나온 것은 아니었다. 키가 작은 난쟁이 억새들의 군락은 여전히 산개해 있었다. 대각사는 이제 완전히 시야에서 사라지고 없었다. 지웅과 단 둘이서 덩그라니 서 있을 뿐이었다.

"다비는 얼마나 걸립니까."

"보통 하루를 잡지요. 그러나 비가 오면 더 빨리 끝나기도 하오."

"일종의 화장이군요."

"그렇소."

최림이 힘들어 하는 것 같자 지웅이 걸음을 멈추고 하던 이야기를 마저 들려주었다. 그것은 자신의 은사인 용제 스님의 다비 장면이었다.

맨 밑에는 철판이 깔리고 그 위에 장작개비가, 그 위에 관이 놓이고 다시 장작개비가 얹혀졌다. 생솔가지는 두툼하게 이불처럼 덮었다. 불은 만상좌인 은계사 주지가 기름을 뿌린 자리에 붙였다. 그러자 폭설이 내리고 있음에도 불구하고 불길이 하늘 높이 치솟아 올랐다.

지웅은 상좌들이 목탁을 치며 외는 독경소리를 귀담아 들었다. 용제 스님의 극락왕생을 빌었다. 애절한 독경소리는 퍼붓는 눈발처럼 허공을 가득 메웠다.

"세존이시여, 관세음보살은 어떠한 인연으로 그 이름을 관세음이라 하옵니까."

부처님께서 무진의보살에게 말씀하셨다.

"선남자여, 만약 무량 백 천 만억의 중생이 있어서 갖가지 괴로움을 받을 때 관세음보살의 명호를 두고 일심으로 부르면 관세음보살은 곧 그 음성을 두루 관하고 모두 해탈을 얻게 하느니라.

만약 관세음보살의 명호를 받드는 이가 설사 큰 불길 속에 들어간다고 하더라도 그 불은 능히 태우지 못하리라. 이는 곧 관세음보살의 위신력을 말미암은 까닭이니라. 만약 큰 물결에 떠내려간다고 하더라도 관세음보살의 명호를 부르면 곧 안전한 곳에 이르게 되느니라."

용제 스님의 육신을 태우는 불길은 탑처럼 허공을 향해 치솟았다. 용제 스님의 가는 길을 애도하며 불 속에서도 온전하라고 상좌들이 〈관음경〉을 독경하지만 용제 스님의 육신은 불길에 묻혀 지수화풍地水火風으로 되돌아가고 있었다. 치솟는 불길과 그 불길을 에워싸고 있는 눈발의 기세는 보기 드문 광경이었다.

지웅은 탑처럼 치솟는 불길을 보며 천불탑을 머릿속으로 그렸다. 용제 스님이 그에게 던져준 말이 비로소 가슴에 와 닿았다. 단순한 이해가 아니라 온몸으로 느꼈다. '눈에 보이는 것'을 참구하라는 말은 뛰어난 사판승이 되라는 말이나 다름없었다. 색이 곧 공이라는 이치가 비로소 터득이 되었다. 둑이 터져 갇혔던 물이 일시에 밀치고 나가듯 그 법문의 의미가 단숨에 환해졌다.

그렇다면 천불탑은 무슨 일이 있어도 완성하고 부처님의 진신사리는 봉안해야만 했다. 이제 천불탑 공사는 스승의 당부를 지키는 일이기도 했다. 용제 스님이 색견에 빠지지 말라는 법문도 자물쇠가 열리듯 쉬이 풀렸다. 현상을 쫓되 집착하여 노예가 되지 말고 거기에서 저 불길이 무無로 사라지듯 공空을 보라는 말씀이 분명했다.

지웅은 치솟는 불길을 향해 합장했다. 불길을 보며 중얼거렸다.

"은사스님이시여, 가시는 길에도 이 소승의 눈을 떠주고 떠나시는 은사스님이시여, 그 은혜를 반드시 갚겠나이다."

불기운이 훅훅 끼치기 때문에 신도와 스님들은 일정한 거리를 두고 둥그렇게 서서 독경과 기도를 했다. 마치 탑돌이를 하듯 불길 주위를 둘러싸고 있는 모양이었다. 허공은 허공대로 눈발이 불길을 에워싸고 있었다. 눈발과 불길이 한데 어우러져 두 가지가 다르지 않다는 무정설법을 하고 있었다.

다비장 주위의 나무들은 가지마다 흰빛으로 단청하고 있

었다. 설화雪花가 만발했다. 바람이 몰아칠 때마다 눈가루를 흩날려 꽃비를 뿌렸다. 더운 기운을 찾아 참새들이 날아와 울고 설화를 건드리며 쪼았다. 용제 스님이 보고 있다면 참 새보살이 왔다고 천진불처럼 좋아할 터였다.

나무들뿐만 아니라 사람들도 눈을 뒤집어쓰고 눈사람처럼 서서 용제 스님이 타는 불길을 쳐다보았다. 오후가 지나 어 둠이 몰려오자, 구경 온 화전민들은 자리를 뜨고 제자들만 남았다. 불길도 낮보다는 반으로 줄어들었다. 둥그렇게 둘러 싸고 있던 대중들은 불길에 더 가까이 접근했다.

불길의 키가 작아진 대신 불빛은 어둠에 대비되어 더욱 선 명하게 밝았다. 눈발도 어둠에 삼켜져 허공에서 희끗희끗 내 비쳤다.

이윽고 은계사 주지가 대중들에게 요사채로 돌아갈 것을 종용했다.

"오늘 고생 많으셨습니다. 이제 다비장은 저희들이 지키겠 으니 요사채로 돌아가 주십시오. 눈이 내려 절로 가는 길이 대단히 위험합니다."

자정이 넘어서는 상좌들의 독경을 멈추게 하고 승방으로 보냈다. 내일 마무리할 일이 있으므로 한숨이라도 눈을 붙이 라고 했다. 상좌들은 주지의 말을 선선히 들었다. 하나 둘 자리를 뜨더니 어느새 하나도 남지 않았다. 마지막에는 상좌 중에서도 맏상좌인 은계사 주지와 지웅만 남게 되었다.

그들만 다비장에 남게 되었을 때 불길은 거짓말처럼 사그라들었다. 불탄 장작개비들이 폭삭폭삭 내려앉고 다 타지 못한 장작개비들이 잉걸불과 더불어 모닥불처럼 철판 위에서 가물가물거렸다. 다행히 눈발이 그친 듯 일렁이는 불꽃은 꺼지지 않고 있었다.

새벽이 되어 지웅은 피로가 일시에 밀려옴을 느꼈다. 목도 쉬어 독경할 엄두도 나지 않았다. 온몸이 오들오들 떨려오기도 하여 지웅은 철판 앞으로 가 무릎을 꿇었다. 돌아서보니 은계사 주지는 쪼그려 앉은 채 꾸벅꾸벅 졸고 있었다.

그런데 바로 그때였다. 바람이 잿더미 한 쪽을 거둬내는 사이 철판 위에 물방울 같은 보석이 잉걸불 불빛을 받아 반짝거렸다. 지웅은 놀란 채 시선을 떼지 않았다. 용제 스님이 남긴 사리가 분명했다. 재 속을 뒤져보면 더 나올 것 같았다. 그러나 지웅에게는 그 한 개면 족했다.

순간, 지웅은 대각사의 일을 떠올렸다. 법상이 돌아오지 않음으로 해서 대각사는 지금 분란의 직면에 있지 않은가. 주지로서 어떤 수단을 써서라도 파국은 막아야 했다. 이 사리만 가져갈 수 있다면 파국은 막을 수 있을 것이다. 그 다음에는 법상을 찾아 부처님의 진신사리로 바꾸어 모시면 될 것이다.

지웅은 뒤를 돌아보았다. 은계사 주지는 여전히 꾸벅꾸벅 졸았다. 지웅에게는 단 한 번의 기회였다. 지웅은 망설이지 않고 재빨리 철판 위로 손을 뻗었다. 그러자 달구어진 철판이 지웅의 손끝을 지지직 태웠다. 지웅은 사리를 놓치지 않았다. 두 개의 손가락을 태운 대신 사리를 챙겨 넣었다.

지웅은 한참만에 제정신이 들었다. 용제 스님의 유언이 허공에서 울렸다.

'절대로 사리를 줍지 말라. 태운 재는 밭에 거름으로 써라.'

지웅은 항변했다.

'은사스님이시여, 저는 도둑질을 했나이다. 이 악업으로 지옥에 떨어져도 할 말이 없겠나이다. 축생으로 환생해도 할 말이 없겠나이다. 하지만 천불탑을 반드시 지어 수많은 중생을 제도하겠나이다. 은사스님이시여, 왜 하필이면 지금 이 새벽에 당신의 사리를 보여주시었습니까.'

지웅은 허탈했다. 자신의 몰골이 한없이 초라했다. 은계사 주지가 한 말이 떠올라 가슴을 쓸어내리기도 했다.

'신도들이나 스님들이 큰스님의 사리를 주우려 산양의 배

를 발라내듯 재를 어지러이 헤칠 것이오. 그러니 지웅 스님이 다비장을 끝까지 지켜주십시오.'

지웅은 허공에다 대고 또다시 항변했다.

'지웅은 꼭 큰스님의 사리를 봉안한 부도탑을 세울 것이오. 큰스님의 가풍을 돌에 깊이 새겨 후학들이 엎드려 고개 숙이고 따르게 할 것이오.'

최림은 지웅이 내미는 두 손가락을 보고는 전율했다. 철판에 탄 두 손가락 끝은 손톱이 빠져버리고 없었다. 작두로 잘려나간 것처럼 뭉툭했다. 최림은 인간이 이처럼 집요할 수 있는가 하고 섬뜩했다. 사리를 훔쳐왔다는 사실보다는 그렇게 해서라도 자신의 꿈을 이룩하고야 말겠다는 지웅의 집념에 놀랐다.

지웅이 다시 억새밭에서 일어나 앞서 걸었다. 인기척에 놀란 꿩들이 푸드득 날개를 치며 날아올랐다. 억새밭은 이제 잔설처럼 드문드문 널려 있었다. 예전에는 집터였는지 주인 잃은 감나무의 붉은 감들이 처연했다.

"용제 스님의 사리를 부처님의 진신사리라고 대각사 대중들은 알고 있겠군요."

"그렇소."

"인도에서 소포가 온 것처럼 위장을 했구요."

"그렇소."

"용제 스님처럼 훌륭한 분이라면 부처님의 진신사리와 다를 게 뭐가 있겠습니까."

"그렇게 생각할 수도 있소. 나도 처음에는 그렇게 합리화시켰소. 하지만 나의 입장에서는 불제자로서 두 분 스승을 속일 수는 없었소."

"그렇다기보다는 천불탑 때문에 부처님 진신사리를 찾고 있겠죠. 주지스님의 꿈을 성취하기 위해서 말입니다."

"그것도 맞는 말이오."

지웅은 자신의 비밀을 고백한 탓인지 최림에게만은 굳이 숨기려들지 않았다.

"또 하나, 천불탑 불사로 나 역시 중생을 제도하고 싶소."

"천불탑을 짓는 것하고 중생제도하는 것하고 잘 이해가 안 갑니다."

"성불에는 두 가지 길이 있소. 반야의 지혜를 얻어 부처가 되는 길이 있고, 중생에게 자비를 베풀어 부처가 되는 길이 있소. 천불탑은 나를 위해 짓는 것도 되지만 중생을 위해 짓고 있는 것이오."

"중생에게 불심을 심어주는 일이란 말이군요."

최림은 지웅의 말이 어렵기도 하고 쉬운 것 같기도 했다.

알듯 말듯했지만 이야기를 계속하면서 지웅을 이해했다. 지웅은 천불탑 짓는 것을 수행의 한 방편으로 여기고 있었다. 그는 용제 스님이 당부한 말을 화두 삼아 자신의 길을 걷고 있었다. 그러나 무엇이 그를 집요하게 충동질하는지, 그 실체는 선뜻 잡히지 않았다.

"법상 스님이 인도에서 돌아와 있지 않을까요."

"그렇지는 않을 것이오. 요즘에도 인도에서 법상 스님을 봤다는 얘기를 법상 스님의 상좌인 적음 스님에게 들었소. 적음은 현재 경주 불이암에 살고 있어요."

"그럼 어떻게 법상 스님을 찾는단 말입니까."

"인도로 가야지요. 가서 찾아야 할 겁니다."

"지금까지 법상 스님을 한 번도 찾지 않았다니 믿어지지 않습니다."

"어느 누구에게도 이해를 구할 수가 없는 문제였소. 철저하게 입을 다물고 살아온 시간이었소."

"지금은 저를 믿겠다는 말씀입니까."

"거사님 역시 천불탑에 목숨을 걸고 있는 설계사이자 현장 부감독이오. 천불탑에 부처님의 진신사리가 없다면 알맹이 없는 허깨비에 지나지 않는다는 것을 이제 알았을 것이오."

"법상 스님이 부처님의 진신사리를 주지스님께 왜 돌려주지 않는지 그 이유가 궁금합니다."

"여러 가지 생각을 해봤지만 의혹으로 남아 있을 뿐이오."

"법상 스님이 욕심을 냈을 리는 없을 것 같은데 말입니다. 왜 대각사에 나타나지 않느냐는 것이죠."

"안타까울 뿐이오."

"혹시 어디에다 버린 것은 아닐까요."

"그럴 리는 절대로 없을 것이오. 명색이 수십 년 부처님 밥을 먹으면서 어떻게 그런 불경죄를 저지를 수 있겠소."

"잃어버린 것은 아닐까요."

"그렇다면 법상 스님은 대각사에 나타났을 거요. 고의가 아닌데 왜 나와 신도들을 피하겠소. 용기가 나지 않았다면 편지라도 내게 보냈을 것이오."

최림은 미궁에 빠져드는 느낌이었다. 그가 왜 대각사에 나타나지 않는지 지금으로서는 그 이유를 단 한 가지도 단언할 수 없었다. 또한 법상이 왜 국내로 돌아오지 않는지 현재로서는 아무 것도 알 수 없었다. 그를 찾으려면 인도로 가지 않으면 안 될 것 같았다.

물론 그 기간은 천불탑이 내년 초파일 전에 완공되므로 그이전에 다녀와야 했다. 초파일에는 원로 고승들과 대각사를 가득 메운 수십만 불교도들이 찬불가를 부르고 간절하게 축원을 올리는 가운데 황룡사 9층탑을 재현한 천불탑의 회향식이 화려하고 장엄하게 치러질 것이므로.

또 다른 비밀

법상의 유일한 상좌 적음寂音이 거처하는 불이암은 경주에서 동쪽으로 빠져나가는 감포로 가는 길목에 있었다. 시가지에서 먼 거리에 떨어진 야산이었지만 그곳도 역시 관광도시인 경주의 시 경계 안에 있었다.

고속도로를 달려온 최림은 곧장 적음을 만나러 가지 않았다. 감포로 빠지지 않고 분황사 앞 황룡사지를 찾아갔다. 가로수로 늘어선 벚나무들은 곧 꽃망울이 터지려고 했다.

해는 벌써 중천으로 떠올라 시가지의 변방에도 봄볕을 한가득 뿌리고 있었다. 진달래와 개나리꽃은 만개하여 오방색의 단청처럼 화사했다.

사방이 산으로 둘러싸인 경주. 그래서 요새 같은 고도의 분위기를 더 자아냈다. 사방의 산들이 천연의 성곽 같았고, 산등성이에 얹힌 집들은 마치 고도의 망루를 연상케 했다.

이제 고도의 산들은 거대한 한 폭의 채색화를 완성시키려는 듯 붉고 노란 물감을 빠르게 묻히고 있는 중이었다.

최림은 황룡사지 앞에서 지프를 멈추었다. 황룡사지를 다시 찾아온 것은 벌써 열 번째나 되었다. 대각사 주지인 지웅과 온 것만도 다섯 번이나 되었고, 스스로 천불탑을 설계하기 위해 찾아온 횟수가 네 번, 이번까지 합쳐서 열 번째였다. 두 달 전에 법상의 상좌인 적음을 만나러 올 때만 황룡사지를 들르지 않았을 뿐, 경주를 내려오면 꼭 빠뜨리지 않고 찾아보는 곳이 바로 이곳이었다.

허허벌판인 황룡사지도 완연한 봄이었다. 주춧돌들이 질서 정연하게 놓인 텅 빈 사지寺址에는 흙속에 묻혔던 황룡사의 역사가 실타래 풀어지듯 아지랑이로 피어오르고 있었다. 최림은 황룡사 금당金堂의 주춧돌로 보이는 널따란 돌에 걸터앉아 9층탑의 탑지塔址를 바라보며 다섯 손가락 마디를 오도독 꺾었다.

주춧돌들은 매우 독특하게 1탑 3금당, 즉 세 개의 금당이 하나의 탑을 에워싸고 있는 형식으로 놓여져 있었다.

최림은 황룡사지를 올 때마다 그랬듯이 탑지의 주춧돌들을 세어 보았다. 그것의 숫자는 언제나 변함이 없었다. 8개씩 8열로 정방형으로 놓여져 있으며, 탑지의 한가운데는 과거

가섭불이 설법하였다고 하는 연좌석이 자리잡고 있었다.

가섭불이란 석가모니 부처 이전에 출현하였던 과거의 무수한 부처들 중에 하나인데 흔히 7불佛 가운데도 끼어 중생들과 친숙한 부처였다. 가섭불이 앉았다는 연좌석은 어디에선가 옮겨져 지금도 이 탑지를 지키고 있는 셈이었다.

몽고군들의 방화로 9층탑이 전소된 직후 절을 지키던 승려들이 연좌석을 사리공舍利孔이 있는 지금의 위치로 옮겼을 것이다. 사리공이란 사리장엄구를 보관하는 구멍인데 사리장엄구에는 자장대사가 중국에서 가져온 부처의 사리가 봉안되어 있었던 것이다.

그렇다면.

그때 봉안되었던 부처의 사리는 어디로 갔는가.

천년의 비밀을 간직하며 연좌석 밑 사리공에 보관되어 오던 부처의 사리는 어디로 갔는가. 사리의 행방은 아직도 비밀에 붙여진 채 누구도 아는 이가 없다. 사리가 사라진 내력만이 전해지고 있을 뿐이다.

9층탑지는 조선조 수백 년을 내려오면서 민가의 터로 바뀌고 말았다고 전해진다. 목탑지 중앙의 심초석心礎石까지 민가의 돌담장이 놓이게 될 정도로 민가의 터로 바뀌게 된 것이다. 때문에 사리구 속의 부처의 사리는 오히려 사람들의 눈밖에 난 셈이어서 안전하게 보관되어 왔던 것인데, 농가를 철거하고 유적지를 보호한다는 조치가 취해짐으로써 오히려 도굴꾼의 표적이 되어버린 것이다.

1964년 문화재위원회의 승낙 아래 돌담장을 제거하자 연좌석이 홀연히 드러났고, 도굴꾼은 그것을 노리고 있다가 그해 12월 사리구를 훔쳤다. 사리구 안에 있던 사리를 담는 함이기도 한 사리장엄구는 가까스로 수습할 수는 있었지만 모두가 기대했던 오색영롱한 부처의 사리는 누구도 볼 수 없게 되어버렸다. 도굴꾼이 탈취해 간 것인지, 그들의 손이 미치기 전에 이미 스스로 사라진 것인지 미궁으로 빠져버렸다.

지웅은 원래 황룡사의 9층탑을 완벽하게 재현해 달라고 부탁했었다. 그러나 그러한 재현은 자료의 부족으로 거의 불가능한 일이었으므로 최림은 그것과 비슷한 목탑을 세우기로 지웅과 약조를 굳게 했었는데, 그 기억은 황룡사지를 찾을 때마다 생생하게 떠올랐다.

지웅의 꿈은 황룡사 9층탑을 재현해 내어 불국토를 이루는 것이었다. 9층탑을 지어 당대에 불국토를 이룬 선덕여왕처럼 살아생전에 또다시 불국佛國을 이루는 것이 그의 소원이었다.

"내 꿈은 불국토를 이루는 것이오, 그게 부처님의 혜명慧命을 잇는 것이라 생각하오. 황룡사 9층탑을 재현하는 것이야

말로 부처님 만난 인연에 조금이라도 빚을 갚는 일이 아니겠소."

지웅의 이글거리는 눈을 보면 마치 그 앞에 역사 속으로 사라진 9층탑이 곧 부활할 것만 같았다. 그만큼 그는 신기루 같은 9층탑에 미쳐 자신의 생명을 걸고 있었다.

"보시오."

"무엇을 말입니까."

"거사님의 눈에는 보이지 않소."

"이런 폐사지에 무엇이 보인단 말씀입니까. 저의 눈에는 아무것도 보이지 않습니다."

"허허. 9층탑이 말이오."

허허벌판에 보이는 것은 탑의 규모를 헤아리게 해주는 주춧돌만 을씨년스럽게 놓여져 있을 뿐, 다람쥐새끼 한 마리도 없었다. 맞은편에 있는 분황사 쪽에서 날아온 새들이 부리로 무언가를 쪼아 먹는 모습만 보일 뿐 황룡사지는 폐사의 옛 터였다.

지웅은 황룡사지에만 들어서면 언제나 흥분하여 장광설을 늘어놓았다. 그의 설법은 종교에 무관심한 최림에게 언제나 황당함을 안겨주었다.

"허허. 불타버린 폐사, 물론 맞는 말이지. 허나 여기에서 9

층탑을 보려고 노력을 해보시오. 일심으로 집중하다 보면 거사님 눈에도 9층탑이 나타날거요."

"전 컴퓨터가 해결해줄 거라고 믿습니다. 자료는 다 정리되어 응용만 하면 됩니다. 컴퓨터는 한 치의 오차도 없습니다."

"그건 기계의 기능일 뿐이오. 혼이 없는 탑에 무슨 장엄이 깃들겠소."

"아닙니다. 컴퓨터의 능력을 이해하지 못해서 하시는 말씀입니다. 컴퓨터는 설계만 하는 게 아니라 도면을 바탕으로 해서 입체적인 건물의 모습까지도 보여줍니다."

최림의 말은 거짓이 아니었다. 컴퓨터가 단순히 뼈만 앙상한 설계 도면만 만들어내는 것이 아니라 완성된 탑의 모습까지도 보여주었다. 컴퓨터 속의 탑은 실제로 생생하게 그려졌다. 탑 주위로는 숲이 우거지고 새소리가 들려오고 구름이 흐르는 풍경이 생동감 있게 나타났다. 특히 석양빛을 쏘아주면 탑의 장엄함은 한층 더해졌다.

그래도 지웅은 심미안을 길러 영혼이 깃든 건물이 되어야 한다고 주장했다. 9층탑을 찬탄하는, 고려시대 최대의 선승이자 학승이었던 일연一然의 시를 한 수 읊조리기도 했다.

귀신이 받쳐주는 탑 서울에 우뚝하여

휘황한 채색으로 처마가 움직이네.

여기에 올라 어찌 9한(韓)의 항복만을 보랴

천지가 특별히 태평함을 이제야 깨닫겠구나.

자장대사가 중국 오대산에서 받아온 부처의 진신사리를 봉안한 9층탑. 일연은 탑의 영험을 〈삼국유사〉에 이렇게 기록하고 있다.

'탑을 세운 뒤에 천지가 태평하게 되었고 삼한이 하나로 되었으니 이것이 탑의 영험이 아니고 무엇이랴.'

실제로 고구려왕은 신라를 공벌하려다 다음과 같이 말하며 계획을 취소했다고 전해지고 있다.

"신라에는 세 가지의 보배가 있어 범할 수 없겠다. 그 세 가지란 황룡사의 장육존상과 9층탑 그리고 하늘이 하사한 진평왕의 옥대가 바로 그것들이다."

장엄한 탑 하나가 세워져 9한, 즉 주변의 나라들이 항복하고 천지가 특별히 태평해졌다는 것은 불국토가 도래했음을 의미하는 노래가 아닐 것인가. 불법이 봄날의 개나리, 진달래꽃처럼 물감을 흩뿌리듯 피어나 천지가 그대로 불국토가 되어버린 것이다.

"9한이 어찌 침범하는 이웃 나라만을 의미하겠소. 민족의 성인 자장대사께서 어찌 눈에 보이는 현상계만을 걱정하시었겠소."

지웅의 중얼거리는 말을 최림은 하나도 놓치지 않았다.

"그것은 눈에 보이는 천 년 전의 적국을 말한 것일 뿐이오."

"그럼 눈에 보이지 않는 천년 후의 나라가 또 있다는 말입니까."

최림의 물음에 지웅이 단언하듯 잘라 말했다.

"있소. 마음에 국경선을 긋는 종교 분쟁이 있을 것이오. 그러니 종교를 눈에 보이지 않는 나라라고 할 수 있지 않겠소. 이미 우리는 종교 분쟁에 서서히 휘말려 들어가 있소. 두고보시오. 동서가 화합하고 남북이 통일된다 하더라도 그게 더 큰 문제가 되어 필경 많은 피를 흘리고 말 것이오. 우리 민족의 스승 자장대사의 고언이 담긴 황룡사 9층탑을 재현하여 불국토를 만들고자하는 것은 언젠가 닥쳐올 그때의 재앙을 부처님의 자비와 지혜로써 미리 막아보고자 함이오."

"남북통일 이후 종교 간의 갈등을 막기 위해서라는 말입니까."

최림은 지웅의 주장에 선뜻 동조할 수는 없었다. 9층탑을 조성하여 부처의 자비가 흘러넘치는 불국토를 만들어 종교 간의 갈등을 막겠다는 모양인데, 그것은 어디까지나 한 종교 인의 신념과 예단일 뿐 모든 사람들이 동의하지 않을 것이기 때문이었다.

"고려 때 몽고군의 내침으로 불타버렸던 9층탑이 750여 년 만에 다시 조성된다는 것은 우리나라 불교사에 있어서 부처 님법의 흥망성쇠와도 밀접한 인연이 있는 것이오. 조선조 5 백 년 동안 핍박을 받아왔던 불교가 이제야 시절인연이 도래 하여 불국토의 상징인 9층탑을 재현한 천불탑을 짓고 있는 것 아니겠소."

최림은 9층탑의 탑지에 놓인 주춧돌로 옮겨 앉아 피어오르 는 아지랑이를 바라보았다. 아지랑이는 불국토를 꿈꾸는 지 웅의 야망처럼 쏟아지고 있는 봄볕을 받아 끝없이 어른거리 고 있었다. 최림은 자신도 모르게 몸을 떨었다. 대각사의 주 지 지웅이 범상치 않은 수행자로 느껴졌다.

중원 지방에 자리 잡은 대각사. 무서운 기세로 신도 숫자 를 불려가고 있는 선종 사찰인 대각사. 지웅은 한낱 그 절의 주지가 아니라 한국 불교를 앞에서 이끌어갈 인물이 될지도 모른다는 느낌이 문득 들었다.

천불탑의 자리를 중원 지방에 잡은 것도 지웅 나름의 치밀한 계산에 의한 것임이 분명했다.

최림은 담배를 피워 물었다. 바람이 한 점 없었으므로 내뿜는 담배 연기는 아지랑이를 타고 깊은 상념의 한 조각처럼 느릿느릿 흩어졌다.

지웅이 중원 지방의 대각사에 자리 잡은 것은 그 자리가 바로 한반도의 정중앙이기 때문이었다. 이제 한반도의 중심은 천년 고도인 경주가 아니라 중원이 되어야 한다는 그 나름의 용의주도한 계산이 깔려 9층탑을 그곳에 조성하고 천불탑이라고 명명했던 것이다. 그러나 최림은 고개를 저으며 일어났다.

자신이 설계하여 층이 올려지고 있는 천불탑에다 지웅이 생각하는 것처럼 그러한 명분까지 붙이고 싶지는 않았다. 최림에게는 종교 간의 갈등도, 불국토의 갈망도, 자장대사의 서원도 관심 밖이었다. 오로지 자신은 당대에 최고의 완벽한 설계를 했다고 인정받으면 그뿐이었다. 누구도 흉내 내지 못했던 황룡사 9층탑을 재현한 걸작품을 남기고 싶은 욕망뿐이었다.

재현한 9층탑에다 부처의 진신사리가 봉안된다면 거대한 탑 자체가 등신불이 되어 세세생생 수백 수천만의 신도들에게 참배를 받는 경배의 대상이 될 것이었다. 젊은 설계사로서 최림이 아니더라도 누구나 한 번쯤 가져봄직한 야망이 아닐 수 없었다.

최림은 담배꽁초를 휴지통에 버리며 중얼거렸다.

'부처의 진신사리는 이 담배꽁초만 할 것이다. 그러나 불도들에게 있어 그것의 가치는 어떤 보석보다 귀할 것이다.'

이번에는 누가 옆에 있기라도 한 듯 최림은 소리 내어 중얼거렸다.

'그러하나 나같은 무종교인에게는 한낱 작은 물질에 불과할 뿐이다. 아무리 거룩한 부처의 몸속에서 나왔다 하더라도 나같은 사람에게는 뼛조각의 응고물일 뿐인 것이다.'

최림의 판단으로도 부처의 진신사리가 천불탑에 봉안되어야 할 것만 같았다. 또 그러기 위해서는 인도로 간 법상을 찾아야 하고, 그로부터 부처의 진신사리를 넘겨받아야 할 것 같았다.

지금 적음을 만나려고 경주에 내려온 것도 다 그 이유 때문이었다. 법상의 유일한 상좌 적음이야말로 법상의 행선지를 알고 있을지 모르기 때문이었다.

어느새 서너 시간이 흘러가버린 것일까. 하늘 한쪽이 진달래꽃물이 든 것처럼 붉어지더니 분황사 쪽에서 법고 소리가 둥둥둥 들려오고 있었다. 탑지에 어른거리던 아지랑이도 이제는 걷히고 스러진 봄볕은 거짓말같이 냉기로 변해 있었다.

적음이 수행하고 있는 불이암은 황룡사에서 그다지 멀지 않은 곳에 자리하고 있었다. 지프의 엔진이 열을 받기도 전에 암자의 일주문이 보였다. 단촐한 암자에 거대한 일주문이 있다는 것은 다소 불균형한 느낌을 주었다.

암자는 다소 불균형한 것들로 채워져 있었다. 야산에 들어찬 고목 주위에 형성된 난쟁이처럼 작은 산죽의 군락도 불균형한 느낌이었고, 요사채 하나와 법당 하나가 넓은 계곡을 차지하고 있는 것도 균형감이 없었다.

요사채에는 저녁이 되었건만 연기가 피어오르지 않고 있었다. 그렇다고 사람의 흔적을 느낄 수 없는 것은 아니었다. 도회지의 하숙집에서나 볼 수 있는 역기대 등 운동기구가 한쪽에 놓여 있어 속인이 살지 않나 하는 추측이 들었다.

불이암不二庵.

불이不二, 두 가지가 다르지 않다는 말이었다.

최림은 마당에 곧 쓰러질 것처럼 서 있는 석등을 바라보았다. 어느새 불이암 주위는 어둠이 서서히 내려 쌓이고 석등에는 불이 들어와 있었다. 전깃줄은 드러나 보이지 않았지만 석등 내부에는 꼬마전구가 가설되어 있었다. 그때 저녁예불이 끝난듯 법당 문이 삐이걱 열리는 소리가 들려왔다.

그제야 최림은 법당 쪽으로 더 다가가 문을 열고 나오는 스님에게 합장했다. 삼십대 중반으로 보이는 그의 얼굴은 눈썹이 짙고 광대뼈가 튀어나와 강하고 날카로운 느낌을 주었다.

그가 바로 최림이 찾는 적음이었다.

"적음 스님이십니까."

"법상 스님을 찾는다는 거사님입니까."

"그렇습니다."

"스님을 왜 찾고 있습니까. 대각사 스님에게 얘기 들었습니다."

"반드시 뵈야 할 이유가 있습니다. 올 초파일 전까지는 꼭 뵈려고 합니다."

적음은 눈썹을 꿈틀거리며 최림의 말을 들었다. 속인이 출가한 수행자를 찾고 있다는 것은 좀 드문 일이었다. 적음은 최림에게 강한 호기심을 느끼며 물었다.

"스님의 행적을 알고는 있습니까."

"모릅니다."

최림은 적음이 앞서 걸으며 안내한 요사채의 방으로 들어갔다.

"여기는 어떻게 오셨습니까."

"지웅 스님께서 알려 주었습니다."

적음은 다기를 무릎 앞에 놓더니 강한 인상과는 달리 섬세한 동작으로 녹차를 우려내기 시작했다. 최림은 비로소 여유를 되찾았다. 방 안의 물건들이 눈에 들어왔다. 대각사의 주지 지웅의 방보다도 더 간소했다. 방바닥에 놓인 다기가 한세트 있을 뿐 벽에는 아무 자국도 없었다. 못 하나 박혀 있지 않았으며 못을 뺀 자리의 흔적도 없었다.

방의 표정만으로도 적음의 성격이 다 드러난 느낌이었다. 못 하나 박을 자리가 없을 만큼 완벽을 추구하는 수행자가 틀림없었다. 불빛에 반사되어 더 튀어나오게 보이는 광대뼈와 송충이 같은 눈썹 아래의 한일자로 째진 두 눈은 무인을 연상시켰다.

"참, 스님께 미처 제 소개를 못했습니다. 저는 대각사 천불탑을 설계한 설계사 최림이라고 합니다."

"그렇습니까. 저는 적음이라고 합니다. 자, 한 잔 드시지요."

"네."

최림은 차를 받자마자 단숨에 마셨다. 그러자 적음이 실망했다.

"차는 입으로만 마시는 게 아닙니다. 눈으로도 마시고 코로도 마시고 혀로도 마시고 그런 다음에야 입으로 마시게 됩니다."

"스님의 법명이 참 근사합니다."

"고맙소, 우리 큰스님께서 지어주셨는데 깊은 뜻이 담겨 있습니다."

"무슨 뜻인지요."

"적음寂音, 즉 번뇌의 음音을 끊어 적寂한 경계를 이루라고 말씀하셨습니다."

적음이 녹차를 한 잔 더 따랐다. 최림은 급하게 마시지 않고 눈으로 먼저 마시는 시늉을 했다.

"스님, 법상 스님이 계시는 곳을 알고 있습니까."

"확실하게는 모릅니다."

적음은 조금 알고 있는 것처럼 말하더니 최림에게 되물었다.

"법상 스님은 소승의 은사스님이오. 소승도 소식이 끊긴 은사스님의 안부를 누구보다도 걱정하고 있고, 또한 반드시 찾아 뵙고 소승이 공부한 바를 점검받고 싶소. 그런데 거사님은 무엇 때문에 찾는 것입니까."

최림은 코로 녹차의 향기를 맡으며 적음의 질문을 피했다.

"한 스님과 한 약속을 지켜야 하기 때문입니다."

"난 알고 있소. 그분이 어떤 스님이라는 것을."

"뭐라구요."

적음은 마치 최림의 마음을 꿰뚫어보고 있다는 듯이 자신 있게 말했다. 최림은 다소 자존심이 상했지만 적음에게 압도되어 더 이상 묻지 못했다.

"지웅 스님이오. 천불탑을 설계했다고 했을 때 나는 이미 짐작하고 있었소."

"그렇습니다. 저는 대각사 주지스님의 부탁을 받고 법상 스님을 만나려 하고 있습니다."

그제야 적음이 최림에게 품었던 경계심을 풀었다. 평상의 마음을 견지하려는 듯 방바닥에 놓여 있는 염주를 끌어다가 굴렸다.

"수행자가 무엇을 숨기겠습니까."

"고맙습니다."

최림은 적음이 오른손으로 굴리기 시작한 염주를 보았다. 염주를 굴리는 자세는 아주 어색하고 기이했다. 엄지와 중지만으로 굵은 염주알을 굴렸다. 엄지와 검지를 이용하는 것이 보통인데 검지 대신에 중지가 사용되고 있었다. 좀 더 자세히 보니 적음에게는 오른손 검지가 없었다. 검지 손가락의 두 마디가 잘려져 남은 마디가 혹처럼 짧고 뭉툭했다.

"우리 큰스님께서는 한 소식 얻기 전에는 당신을 찾지 말라고 엄명을 내리셨지요. 그게 바로 저에게는 공부의 목표가된 셈이지요. 물론 큰스님으로부터 법명을 받고 바로 헤어진것은 아니었소. 큰스님의 유일한 상좌가 되어 5년을 시봉했지요. 그리고 나서 견처를 얻기 전까지는 다시 나를 만나지도 찾지도 말라는 엄명을 들은 것이지요. 이제는 큰스님을만나야 할 때가 된 것 같소. 큰스님에게 소승이 정진한 바를점검받고 싶은 것이지요. 그것이 아니더라도 불문의 스승이신데 누군들 찾지 않겠소."

최림은 적음의 얘기에 빨려들었다. 단호하고 확신에 차 있는 어조에 강한 설득력 같은 것이 느껴졌다.

적음은 나름의 견처를 경험한 수행자로서 스승인 법상에게 점검을 받고자 찾고 있음이 틀림없었다.

"좋습니다. 거사님이 법상 스님을 왜 찾는지 그 이유는 더이상 묻지 않겠습니다. 그러나 이제부터는 법상 스님을 각자찾아나서야 할 입장이 되었습니다."

"스님, 저로서는 행운이란 생각이 듭니다."

적음은 여전히 잘린 검지를 내보이며 염주를 굴렸다. 염주알은 일정한 속도로 한 알 한 알 엄지의 잡아당기는 힘으로돌려졌다. 염주알은 적음의 마음을 알알히 나타냈다. 적음은 염주알처럼 단단하게 최림을 압도했다.

그렇다고 최림이 위축되어 할 말을 못하거나 그에게 큰 부담을 느끼고 있는 것은 아니었다. 오히려 확신에 찬 적음의 태도가 마음에 들어 법상을 찾는 데 크게 도움이 될 것이라고 생각했다.

자신의 잘려진 검지에 최림의 눈길이 미치자 적음은 숨기지 않고 한마디했다.

"단지한 손가락이오."

"스스로 말입니까."

"부처님 앞에서 잘라버렸소."

"그런 의식이 있습니까."

"아니오. 우리 은사스님께서 그렇게 해야만 상좌로 받아준다고 했습니다. 그런 요구 때문인지 우리 은사스님에게는 상좌가 없습니다. 소승이 유일한 상좌입니다."

적음은 묻지 않았는데 그때의 순간을 이야기했다.

"삭도로 검지를 자르면서 부처님께 맹세하였지요. 참선 정진 중에 망언을 하게 되면 입안의 혀를 자를 것이며, 수마를 이기지 못할 때에는 송곳으로 눈을 찌를 것이며, 일주문을 벗어날 때면 다리를 부러뜨려 불구를 만들 것이며, 애욕이 마음을 괴롭힐 때는 미련 없이 성기를 잘라버릴 것이라고 맹세하였던 것이오."

"이제 그런 맹세를 지켜냈다는 말씀입니까."

"2년 전부터 법상 스님을 찾아나섰소."

법상과 약속한 경지를 수행으로 도달한 것이 2년 전이라는 대답이었다. 적음은 스승인 법상을 만나고 나면 또 다른 공부가 자신에게 주어질 것이라고 믿었다. 그것을 예감하듯 적음이 다시 한마디를 했다.

"허나 은사스님의 경지까지 가려면 아직 멀었소."

"법상 스님의 경지란 어떤 것입니까."

"말로 설명할 수는 없습니다. 은사스님을 만나 보면 이해가 될 것입니다."

"법상 스님을 어디서 찾을지 정말 막연하기만 합니다."

"2년 동안 스님이 머무실 만한 암자는 다 돌아다녀 보았소. 국내에 계시지 않은 것 같소."

"외국에 계신 것입니까."

"추측입니다만 스님은 인도에 계십니다."

"인도 어디에 말입니까."

"거처를 정해 계실 리는 없습니다. 스님은 아직도 성지를 순례하며 정진하고 계실 것입니다. 부처님도 열반에 드실 때까지 길에서 보내셨습니다. 그래서 불교를 길을 찾는 종교라고 하지요. 순례길에 스님을 보았다는 소문이 아주 드문드문 들려오고는 있습니다. 부처님은 일생 동안 길 위에서 제자들에게 설법하시고, 길 위에서 선정에 드시고, 길 위에서 열반에 드셨습니다."

"인도로 가도 스님을 만날 것이라고는 장담 못하겠군요."

"거사님도 인도로 갈 계획입니까."

최림을 쳐다보는 적음의 눈빛은 많이 누그러져 있었다. 최림은 분명하게 자신의 뜻을 밝혔다.

"전 무슨 일이 있어도 갈 겁니다."

"소승도 여건이 충족된다면 동행하겠습니다."

불이암을 내려와 뜻밖의 소득을 얻은 셈이었다. 한 번도 간 적이 없는 인도를 혼자 가느니보다 적음과 동행하므로써 여러 모로 보탬이 될 것만 같았다. 최림은 '눈앞이 길이다'라는 말을 실감했다.

더구나 적음 역시 법상을 만나야 할 이유가 분명했다. 법상의 제자가 되고자 손가락을 자른 그였다. 스승과 약속한 경지란 망상을 일으키는 마음이 아닌 무심에 이르는 깨달음일 터였다.

손가락을 미련 없이 자른 후 치열하게 정진해 온 적음이지만 법상을 만나 자신의 견처를 점검받고, 또 다른 경지를 깨닫고 싶은 것이 그의 일념일 터였다.

그때 승용차의 클랙슨 소리가 들려왔다. 그러자 적음이 문을 활짝 열어젖히며 소리쳤다.

"누구요."

"스님, 접니다."

젊은 청년의 목소리였다. 계곡에 공명이 되어 목소리가 울려 퍼졌다. 깔깔거리는 여자의 웃음소리도 끼어 있었다.

계곡은 달빛이 푸짐하게 쏟아지고 있었다. 칼날 같은 산죽의 이파리들이 달빛에 반사되어 번뜩거렸다.

"서울에서 온 여자와 고시 준비를 하는 학생이오."

"아무라도 스님이 허락만 하면 여기서 머무를 수 있습니까."

"오는 사람 막지 말고 가는 사람 잡지 말라고 했소. 인연 따라 오고갈 뿐이지요."

달빛을 더 감상하고 싶은데 적음이 문을 닫았다.

"서울에서 온 여자도 공부하는 여잡니까."

"모르오. 뭐하는 여잔지 아직까지 물어보지 못했소."

"여기에 와서 출가하는 여성도 있습니까."

"일 년에 한두 명에 불과하오. 출가가 어디 쉬운 일이오. 예전에는 사는 게 힘들어서, 혹은 실연을 하고서 도피처 삼아 출가를 더러 했던 모양인데 지금은 사정이 다르오."

계곡에는 여전히 금가루 같은 달빛이 쏟아져 내렸다. 석등의 불빛이 초라해질 정도로 소나기처럼 내리어 온 산을 황금빛으로 물들였다. 마당을 가로지르는 산짐승이 대낮처럼 또렷했고, 뜰에 가득한 화초 잎들이 금빛으로 번들거렸다.

"이제 겨우 한 관문에 들어섰을 뿐이오."

"스님께서 왜 법상 스님을 만나려 하는지 이해가 갑니다."

"큰스님과 약속한 대로 용맹정진했으니 다시 큰스님으로부터 점검을 받고 재발심하려는 것이오."

"수행에 끝은 없는 것입니까."

적음은 다시 녹차를 끓였다.

어느새 도반을 맞이하고 있는 것처럼 느긋하게 맞았다. 소리내어 웃기도 했다. 다기를 씻고 만지며 온도를 조절하기 위해 끓는 물을 그릇에 붓고 옮기는 동작에도 여유가 있었다.

검지가 잘려 보기에는 흉했지만 차 도구를 다루는 데는 조금도 지장이 없었다.

끓여진 물에 찻잎을 넣고 난 다음, 적음은 숨을 고르듯 지그시 눈을 감았다. 그런 다음에야 찻잔을 최림에게 내밀었고, 내민 손을 거두어 갈 때는 둥그렇게 원상圓相을 그렸다.

찻잔을 입에 대고 마시는 양은 몇 방울이 될까 말까 했다. 마신다기보다는 향기를 맡는 것 같았고, 차의 기운으로 마음속에 무언가를 점화하는 듯했다. 비록 방 안에 앉아 있었지만 몹시 고요하고 향기로웠으므로 계곡에 나앉아 있는 기분이 들었다.

달이 떠올라 방문이 환해질 무렵에야 문을 열었다. 최림은 요사채 골방으로 안내되었고, 적음은 볼일이 있는 듯 정랑 쪽으로 걸어갔다.

요사채는 도회지의 여인숙처럼 여러 개의 작은 방으로 나뉘어져 고시를 공부하는 청년이 한 칸, 젊은 여자가 한 칸, 그리고 적음이 주지실로 한 칸을 차지하고 있는데도 빈방이 두 칸이나 남아 있었다.

최림은 드러누워 담배를 물었다.

고속도로를 달려와 쉬지 않고 황룡사지를 거쳐 불이암에 왔기 때문에 피곤함이 몰려왔지만 바로 눈이 감겨지지는 않았다.

방음이 안 되는 벽 저쪽에서 수군거리는 소리가 나 신경을 곤두서게 했다. 고시 공부하는 청년과 여자가 때로는 깔깔거리기도 하고 뭔가를 우기고도 있었다. 잠시 후에는 일정한 간격으로 탁탁 치는 소리가 들려왔다. 트럼프나 화투를 치고 있음이 분명했다.

정랑에서 볼일을 보고 온 적음은 두어 번 헛기침을 하더니 곧 잠에 빠졌다. 이후 적음의 방은 유령의 거처인 듯 적막해져 버렸다.

석등의 불도 꺼졌다. 잠을 이루지 못하고 있는 사람은 두 남녀와 최림뿐이었다.

최림은 자신이 외딴 섬이라고 여겼다.

불이암의 풍경은 바람이 쉬어갈 때마다 뎅그랑뎅그랑거렸다. 최림은 꽁초가 된 담배를 눌러 끄고 다시 한 대를 더 피워 물었다.

최림은 문득 의혹에 사로잡혔다. 적음이 자신의 견처를 법상에게 점검받고, 법상의 안부가 걱정되어 인도로 떠난다는 그 이유가 이상했다. 과연 그러한가. 온전히 믿을 수 있는 이유가 되는가. 그에게 또 다른 이유는 없을 것인가. 그러나 최림이 부처의 진신사리를 구하러 간다는 말을 하지 않고 있듯, 적음 또한 인도에 가서 법상을 꼭 만나야 될 또 다른 비밀은 없는 것일까.

최림은 더욱더 적음이 숨기고 있을 법한 그 비밀이 궁금했다.

물론 적음이 개인적인 사연까지 쉽게 말해주지는 않을 터였다. 그러나 인도의 여기저기를 동행하다 보면 그 자신이 먼저 참지 못하고 고백할지도 몰랐다. 어쩌면 적음의 잘려진 검지 속에 최림이 만나고 싶어하는 법상과의 인연이 얽혀 있을지도 몰랐다. 최림은 중얼거리며 말했다.

　'적음이 감추는 또 다른 비밀이 있을지도 모른다.'

　그러나 최림은 고개를 흔들었다. 자신이 찾고있는 것은 부처의 진신사리이지 적음의 비밀 따위가 아니었다. 적음의 개인적인 비밀 따위에 관심을 가질만큼 한가하지도 않았다. 법상을 만나 건네받아야 할 것은 오직 부처의 진신사리일 뿐이었다.

　옆방도 불이 꺼지고 인기척이 뚝 끊어졌다. 밤이 더욱 깊어지자, 피를 토하듯 울어대는 소쩍새의 울음소리가 간헐적으로 들려왔다. 소쩍새는 깊은 산에서 불이암 부근까지 내려와 울었다.

캘커타 인력거꾼

김포에서 캘커타까지 오는 데 공교롭게도 밤비행기만 탔다. 김포에서 타이의 돈무앙 공항까지도 밤비행기였고, 돈무앙에서 다시 캘커타까지도 밤비행기였다. 적음과 최림은 캘커타의 둠둠(DumDum)공항을 새벽 4시쯤 나와 인도박물관 부근에 숙소를 정해놓고 끼니를 거른 채 깊은 잠을 잤는데 깨어보니 오후 5시가 조금 지나 있었다. 숙소는 미리 예약 한 것이 아니라 삼륜차인 오토 릭샤 운전수가 여러 호텔을 안내하는 가운데 낯익은 이름이었기 때문에 수데르 스트리트에 있는 아스토리아 호텔을 정했던 것이다.

이른 새벽이라 공항 안팎은 아직 조용했다. 국내에서 들었던 여행 정보와는 전혀 달랐다. 밤이고 낮이고 간에 짐꾼들과 거지들과 행상들의 치근덕거림으로 거리를 나서는 것이 두려울 정도라는 여행사 직원의 귀띔은 일단 어긋나고 있었다. 공항 대합실 바닥에 넝마를 덮고 자는 무리들이 바로 그들일 수 있겠지만.

그들은 아직 넝마를 발끝에서 머리끝까지 덮고 있었는데 마치 성충기成蟲期 전의 꼼짝 않고 있는 번데기를 연상케 하는 모습들이었다. 아기에게 젖을 물리고 있는 여인들과 비행기를 기다리다 지친 듯한 중년 남자들과 긴 대나무 봉棒을 들고 순찰하는 경찰들만이 인도인 특유의 커다란 눈을 희번덕거리고 있었다.

밖을 나왔을 때 맨 먼저 적음과 최림을 맞이한 것은 보름달이었다. 자욱한 안개 때문에 선명하지는 않았지만 그래도 달을 볼 수 있다는 것은 뭔가 잘 풀릴 것 같은 예감을 주었다. 공항과 시가지는 동떨어져 있어 멀리 보이는 시가지의 불빛은 식은 재 속의 불티처럼 드문드문 명멸하고 있었다.

두 번째로 두 사람을 맞이한 것은 머리에 검은 터번을 두른 근엄하게 생긴 택시 운전수였다. 그러나 두 사람은 여행 경비를 아끼기 위해서 버스를 이용하고자 그를 따돌리고 안내표지를 따라 버스정류장 쪽으로 걸어갔다. 그런데 그때였다. 오토 릭샤 운전수가 다가와 호소하듯이 속삭였다.

오토 릭샤 운전수의 속삭이는 소리를 듣고는 걸음을 멈추었다. 그의 얼굴을 살펴보니 근면하고 악의 없는 인상을 주어 안심이 됐던 것이다.

"호텔."

그는 적음과 최림의 여행 가방을 빼앗듯이 받아들고는 자신이 아는 호텔을 속삭이는 목소리로 두루 외우기 시작했다. 그의 진지한 어투에는 무슨 일이 있더라도 두 사람을 새벽의 첫손님으로 맞이하고야 말겠다는 간절함이 담겨 있었다.

"파라곤, 모던, 쉴톤, 마리아, 캘커타 게스트 하우스, 우드랜드게스트 하우스, 아스토리아 호텔."

어느새 그는 여행 가방 하나를 머리에 이고 하나는 손에 들고서 자신의 릭샤가 있는 곳까지 뛰듯 걸었다. 최림은 서울의 퇴계로 어딘가에서 본 듯한 아스토리아 호텔을 지명했다.

"아스토리아 호텔."

"나마스테."

인도인에게 처음으로 들어 본 힌두 말이었다. 나중에 알게 됐지만 감사합니다, 혹은 안녕하십니까, 귀의합니다. 등등으로 쓰이는 말이었다. 그는 아스토리아 호텔에서 두 사람과 헤어질 때도 몇 번이나 '나마스테'를 반복했다. 적음이 흥정한 차비보다 10루피를 더 주었기 때문이었다. 1루피는 우리 돈으로 35원 정도인데 팁으로 350원을 그에게 더 준 셈이었다. 아깝지는 않았다. 영리한 그는 두 사람에게 부족한 잠을 자라고 호텔 객실의 커튼까지 친절하게 쳐주고는 합장하며 나갔다.

어느새 오후 5시 30분.

인도 시간으로 맞추려면 시계 바늘을 3시간 30분을 뒤로 돌려야 했다. 한국과 시차가 3시간 30분이나 났다. 한 순간이 금쪽같은 두 사람에게는 인도식으로 말한다면 신神이 두 사람에게 3시간 30분을 선물한 셈이었다.

지금부터는 오후 2시였다.

적음과 최림은 비행기 안에서 순서를 정한 대로 최초로 갈 곳인 시바 힌두사원의 위치를 여행지도에서 찾았다. 주소가 있으므로 별 어려움이 없이 찾을 수 있었다. 주소대로라면 시바 사원은 갠지스 강의 지류인 후글리 강가에 있음이 틀림없었다. 두 사람이 묵고 있는 곳에서 북서쪽에 있는 하우라 다리 부근이었다.

법상은 그곳에서 부처의 진신사리를 건네받았을 것이었다. 물론 사원 책임자들이 법상을 기억하지 못할 수도 있었다. 그러나 부처의 진신사리가 언제 넘겨졌는지는 확인할 수 있을 터였다.

두 사람이 시바 사원을 들르고자 한 까닭은 처음부터 되짚어가며 법상을 찾자는 계획 때문이었다. 잠도 충분히 잤기 때문에 힘이 솟았다. 이제 허기만 해결하면 법상을 찾는 문제는 그리 어렵지 않을 것 같았다.

적음이 제의했다.

"호텔 음식도 좋지만 나가서 노점식당을 이용합시다."

"좋습니다."

최림은 흔쾌히 동의했다. 비행기 안에서 본 '인도에 가면 짜이를 사랑하라. 그러면 인도의 어떤 풍토병도 극복할 수 있을 것이다' 라는 인도여행 안내서의 구절이 문득 떠올랐다.

밤비행기 편을 이용할 만도 하다는 생각이 들었다. 사람들이 잠에 빠져든 조용한 시간에 여행에 관한 독서도 할 수 있고, 행선지 국가의 간단한 회화도 암기할 수 있기 때문이었다. 사실 최림은 자신이 가지고 온 인도여행 안내서 말고도 적음이 바랑 속에 가져온 책을 네 권이나 속독으로 읽어치웠다. 수많은 인도의 신들을 설명한 〈인도의 신〉, 인도로 구법여행을 떠나온 현장 스님의 〈대당서역기〉, 법현 스님의 〈불국기〉, 혜초 스님의 〈왕오천축국전〉 등을 수험생이 벼락공부하듯 읽어치웠던 것이다.

적음과 최림은 호텔의 유리문을 밀고 나섰다. 호텔 입구에는 화분에 놓인 꽃들이 색색으로 눈부시게 피어 있고, 늙고

뚱뚱한 외국인 남녀 관광객들이 한 무리 떼지어 들어왔다. 그들은 적음을 쳐다보고는 주먹을 쥐어흔들며 장난스런 표정으로 인사를 했다. 바랑을 멘 적음이 소림사에서 무술을 연마한 중국영화 속의 승려라도 되는 양 그렇게 인사했다.

뿐만 아니었다.

적음은 호텔을 나서자마자 거리에 나와 있는 인도인들의 표적이 되었다. 호텔을 나와 몇십 보 걸음을 떼었을 때는 더 나아가지 못할 정도로 사람들에 둘러싸였다.

"마부, 마부. 루피 루피."

"붓다, 캘커타. 텐 달라."

"저팬, 코리안."

국내에서 들었던 여행사 직원의 얘기는 조금도 과장이 아니었다. 거지 아이들이 집요하게 쫓아오면서 루피를 달라며 졸랐고, 아기를 안은 여인이 캘커타를 안내하는 도록을 펼쳐 보이며 10달러에 사라고 강요했고, 오토 릭샤와 인력거꾼도 달라붙듯 쫓아왔다.

밤 공항에서 보았던 것과는 완전 반대의 풍경이었다. 노점 식당에 앉아서 무엇을 음미한다는 것은 불가능했다. 인력거를 타든, 릭샤를 타든 어서 빨리 지금 서 있는 곳을 탈출해야 했다.

적음과 최림은 눈앞에 보이는 인력거를 흥정도 없이 탔다.
그러자 인력거꾼은 사람들을 떼기 위해 필사의 힘으로 달렸
다. 그것이 자신의 인력거를 타준 고객에 대한 예의이고, 그
들을 격리시키는 방법인 모양이었다. 인력거의 바퀴가 무섭
게 구르자 아이들이 몸을 피하며 하나 둘씩 떨어져나갔다.

100미터쯤 달린 후에야 가쁜 숨을 몰아쉬며 인력거꾼이 영
어로 물었다.

"손님, 어디까지 모실까요."

"시바 사원."

"칼리 가트가 아니구요."

외국인들이 오면 꼭 들르는 곳이 칼리 가트인 모양으로 인
력거꾼이 고개를 앞뒤로 흔들었다. 최림은 인력거꾼의 등을
무심코 쳐다보았다. 그의 등을 타고 바퀴벌레 한 마리가 목
부근을 들락거렸다. 그런데도 그는 전혀 벌레의 존재를 의식
하지 않고 인력거를 끄는 데만 온 힘을 다 쏟았다.

그의 인력거에도 코끼리 머리를 한 힌두 신상神像의 포스터
가 붙어 있었다. 인력거가 지나가고 있는 거리 곳곳에도 온
갖 모양의 신들이 눈에 띄었다.

인력거꾼이 잠시 멈추자 바퀴벌레가 그의 목에서 나오더
니 잽싸게 인력거의 손잡이를 타고 바퀴 쪽으로 도망쳤다.

땀을 닦는 그의 얼굴은 수분이 말라버린 과일처럼 쪼글쪼글했다. 그의 나이를 최림이 묻자 그가 우쭐하며 말했다.

"올해 서른셋입니다. 다른 인력거꾼들이 부러워하는 나이죠."

"인력거꾼치고 나이가 많다는 겁니까, 적다는 겁니까."

"많은 거지요. 인력거꾼은 대개 서른을 넘기지 못하거든요."

"나이 제한이 있습니까."

"아니오. 힘이 들어 대부분 앓다가 죽지요."

"뭐라구요. 그러면 자전거 페달을 단 인력거를 끌면 되잖소."

"그걸 릭샤라고 합니다만 자전거 위에서 하루에 12시간 이상 사타구니를 비벼댄다고 생각해 보세요. 그 일도 간단치 않은뎁쇼. 처음에는 사타구니에 종기가 나고 나중에는 불알이 흐물흐물해져 밤 생활도 할 수 없게 되고 말지요. 불구가 되는 것보다는 그래도 이런 인력거가 낫지요."

땀을 닦느라고 웃옷을 벗자 그의 앙상한 가슴뼈가 곧 살을 뚫고 나올 것처럼 보였다. 두 사람을 태운 자체가 그에게는 버거운 일임에 틀림없었다.

"짜이 한잔 하겠소."

"괜찮아요. 곧 하우라 다리가 나와요. 다리를 건너기 전에 한번만 더 쉬겠습니다. 손님."

"아니, 쉴 수 있는 시간은 언제든지 주겠소. 여기서 요기를 좀 하고 가지요."

최림은 억지로 인력거를 세우고 노점식당 앞에서 내렸다. 밀가루를 반죽하여 구운 둥근 빵을 주문한 다음 짜이를 시켜 마셨다. 적음은 짜이를 사양했다. 홍차에 우유를 탄 차가 짜이였다. 유리잔은 더러웠다. 유리잔에는 시커먼 때국물이 무늬를 따라 절어 있었다. 그러나 적음은 짜파티라고 부르는 밀빵은 배가 고팠던지 서너 개를 빠르게 먹었다.

인도에 와서 처음으로 먹어보는 음식물이었다. 짜파티에 찍어먹는 자장처럼 진흙 빛깔인 소스가 그런 대로 입맛을 돋구어 주어 최림은 포식했다. 강물을 그대로 떠온 듯 한 흐린 물만 마시지 않았더라도 그 노점 식당의 식사는 오래도록 기억에 남았을 것이다. 그 물을 두 사람이 다 꿀꺽꿀꺽 마신 게 그만 힘든 인도 여행의 원인이 되고 말았다.

인력거가 다시 천천히 움직이기 시작했다. 자세히 보니 인력거는 완급을 조절하는 그의 숙달된 솜씨에 의해서 움직였다. 그는 택시와 버스들을 피해가며 뒤에 탄 손님에게 안정감을 주려고 혼신의 힘을 다해 손잡이 잡는 위치로 높낮이를 조정해가며 다루고 있었다.

택시와 트럭들은 인력거꾼들을 경멸하듯 달렸다. 경적을 울려대며 소몰이하듯 인력거꾼을 추월하기도 하고 길 한쪽으로 내몰았다. 인력거꾼들은 경적소리를 들어가며 쉴 새 없이 두 눈을 두리번거렸다. 주의를 기울이지 않으면 사고가 날 것 같았다.

인력거꾼은 곡예를 하고 있었다.

차들을 피해가며 요령있게 인력거를 몰았다. 드디어 적음이 참다못해 인력거를 세웠다.

"이봐요. 힘이 들면 나는 걸어가겠소."

인력거꾼이 울상을 지었다.

"손님, 그래도 여기까지는 쉬운 곳인뎁쇼. 하하."

인력거꾼은 절대로 두 사람의 손님을 놓치지 않겠다는 의도로 웃음을 터트렸다. 인력거를 타고 있는 게 자신에게 도움이 된다고 눈을 찡긋했다.

"지금부터 제 실력을 보여드리고 싶습니다."

"난 괜찮아요. 걸으면서 따라가겠소."

"하우라 다리는 아무라도 안전하게 넘어갈 수 없는 다리죠. 저 같은 경력자나 안전하게 모실 수 있죠."

내리지 말라고 애원하는 인력거꾼의 호의도 무시할 수 없었다. 그래도 적음은 마음이 편치 못했다.

"좋소. 올 때는 그냥 가시오. 대신 왕복 차비를 물어주겠소."

"고맙습니다."

적음과 최림은 귀가 먹먹했다. 차 앞의 번호판 우측 밑에 부적처럼 헌 구두짝을 달고 꽁무니에 호온 프리즈(HORN PLEASE)라고 쓴 대형차의 경적소리가 귀청이 찢어질 정도로 쉴 새 없이 울려왔다. 오토 릭샤가 뿜어대는 엔진 소리, 마차와 소 달구지들이 서로 뒤엉켜 울리는 방울소리 등이 한데 섞여 소음의 장막을 이루고 있었다. 하늘에서는 까마귀 떼들까지 음산한 울음을 떨어뜨리며 선회하곤 했다.

보로 바자르 네 거리를 지나 왼쪽으로 꺾어들면서 하우라 다리가 가까워오자 목을 지나는 물살처럼 엉키는 것들이 더욱 많아졌다. 멀리 보이는 6차선 다리 위까지 인력거꾼의 주장처럼 움직이는 것들로 가득차 있었다. 끼어들어 우왕좌왕하고 있는 소와 돼지, 염소들로 인해 수백 대의 차량이 옴짝달싹을 못했다. 보도는 이미 상인들이 점령하고 있어 사람들이 뚫고 지나갈 공간이 한 뼘도 없는 것처럼 보였다.

그런데도 인력거꾼은 곡예하듯 차량 행렬과 인파를 헤쳐가고 있었다. 더욱이 다리에 진입해서는 그의 말대로 인력거꾼으로서 자신의 실력을 유감없이 발휘했다. 두 사람이 인파에 겁을 먹고 입을 다물고 있자 안심시키려는 듯 계속 말을 걸었다.

"칼리 가트는 제가 모시겠습니다."

자신의 인력거로 차비를 받지 않고 안내하겠다는 것이었다. 칼리는 캘커타에 사는 모든 힌두교도들의 자존심인 모양이었다. 그는 칼리 가트를 들먹이면서 더 힘이 나는 듯 인력거의 속도를 냈다.

칼리란 캘커타의 수호신인데 시바의 아내로 시간을 지배하는 여신이었고, 가트란 목욕하는 장소라는 뜻이었다. 인력거꾼은 칼리에게 기도하고, 강물에 목욕하게 되면 시간은 자기편이 되어주고 죄도 없어진다고 믿었다.

바로 눈 아래 후글리 강이 흘렀다. 흐름이 느리고 흙탕물 같았지만 캘커타 사람들은 저 물을 항아리에 담아 성수聖水로 섬기는데, 자신이 지은 업장을 소멸시켜 준다고 믿기 때문이었다. 그래서 화장하면 반드시 저 강물에 태운 재를 띄워 보내는 모양이었다.

물론 화장을 하지 않고도 버려지는 사람들이 있었다. 죄를 짓지 않았다고 인정해주는 사람들로 아이나 처녀, 그리고 장애자들이 바로 그들이었다. 신들이 더 나은 신분을 주어 좋은 세상으로 보내주기 때문에 갠지스 강의 지류인 후글리 강은 망자들의 고향이나 다름없었다.

인력거는 아직도 다리 초입에 머무른 상태였다. 지그재그로 빠져나가지만 차와 사람들로 뒤엉키어 조금씩밖에 전진할 수 없었다. 이 세상에서 가장 혼잡한 다리라고 하는데 이의를 제기할 사람은 아무도 없을 것 같았다. 어떻게 설계한 다리이길래 아직까지 버티고 있는지 오히려 신기했다.

수백만의 사람들과 수십만의 자동차가 매일 이 다리를 건너다닌다고 하는데 설명이 더 필요 없었다. 한 번 휘말려들게 되면 움짝달싹도 못하고 정신이 혼미해질 지경이 되었다.

다리 양 쪽에는 노점상들의 공간이었다. 피라미드 모형으로 쌓아올린 망고. 라디오, 선글라스, 신발, 원색의 사리, 가방. 그런가 하면 리어카에서 내어놓은 음료수와 아이스크림, 간이음식점에서 막 튀겨내고 있는 튀김 종류와 도넛 모형의 빵들. 다리 난간에 거울을 걸쳐놓고 의자를 하나 둔 노상 이발소, 행인을 붙들고 있는 나병환자와 점쟁이, 항아리에 떠온 후글리 강물을 몇 방울씩 떨어뜨려 주며 돈을 받는 힌두 수행자, 노상에서 아직도 넝마를 뒤집어쓰고 죽은 듯 잠을 자고 있는 사람 등등 다리 양 쪽은 캘커타 거리를 축소해 놓은 듯한 느낌이었다.

다리 끝 부근쯤에서 드디어 모든 것이 일시에 멈추었다. 아무리 인력거꾼이 자신의 수완을 발휘한다고 해도 어쩔 수 없었다. 차에서 사람들이 내려 다리난간 쪽으로 몰려가 흐르는 강을 내려다보고 있었다.

와아와아.

함성을 내지르고 있었다. 인력거꾼도 포기한 채 씹는 담배를 꺼내 입 안에서 우물거렸다가는 기침을 쿨럭쿨럭 하면서 뱉어냈다. 그럴 때마다 그의 이빨은 붉은 색으로 물들었고, 핏덩어리 같은 타액은 다리 바닥에 붉은 얼룩을 남겼다. 기침을 멈추기 위해서 진정제처럼 담배를 씹고 있는 것인지, 아니면 담배가 그의 목구멍을 자극하여 기침이 터져 나오는지는 알 수 없지만 그는 갑자기 기침을 토해내고 있었다.

최림과 적음이 붉은 타액을 유심히 쳐다보고 있자 무슨 비밀을 들킨 사람처럼 그가 화들짝 놀라면서 화제를 돌렸다.

"손님, 아무래도 시간이 좀 지나야 풀릴 것 같습니다. 구경이나 하시죠."

"뭐가 있습니까."

"뭐, 사람 시체가 떠내려가겠죠."

최림은 적음을 따라서 인력거에서 내렸다. 구경꾼들이 적음에게 강 아래의 풍경이 잘 보이도록 자리를 비켜주었다.

강물에 떠내려 오고 있는 것은 인력거꾼의 말대로 시체였다. 사리가 감아진 여자 시체였다. 시체도 여자가 더 대접을 받는가 싶었다. 사람들이 함성을 지른 것은 여자의 시체이기 때문이었다.

그러나 그 시체는 사람들의 주목을 더 이상 받지 못했다. 다리를 스쳐지나가자 그만이었다. 거짓말처럼 아무도 그것에 관심을 주는 사람은 없었다. 까마귀인지 독수리인지 분간할 수 없는 새 몇 마리가 여자의 시체 위에 날아와 앉아 함께 떠내려가고 있을 뿐이었다.

여자는 어느새 통나무처럼 작아졌다가는 이내 작은 점으로 사라졌다. 그제야 꿈쩍 않던 움직임이 서서히 풀렸다. 인력거꾼도 잠시 사라졌다가는 붉게 충혈된 눈을 하고 다시 나타나 손가락에 낀 인력거꾼의 표시이기도 한 방울을 흔들었다.

"손님, 저건 캘커타에서 흔한 풍경이죠."

시바 힌두사원에 도착한 때는 해가 중천에서 많이 기울어 있었다. 먼지가 허공에 가득 쌓여 심한 먼지 층의 현상을 일으키고 있으므로 해는 그것을 뚫지 못하고 윤곽만을 보여주고 있었다. 그러나 두꺼운 먼지 층도 끓어오르는 태양열을 차단시켜 주지는 못했다. 혹서기를 향해 치닫고 있는 날씨였으므로 햇볕에 조금만 노출되어도 금세 얼굴이 홍시처럼 익는 듯했다.

적음과 최림은 차양이 쳐진 인력거 안에서 시바 사원으로 들어간 인력거꾼을 기다렸다. 언어가 통하지 않으므로 먼저 인력거꾼을 들여보냈던 것이다.

한참 만에 나온 인력거꾼의 표정은 어두웠다. 잘못 찾아왔거나 뭔가 일이 잘못된 것이 분명했다. 길을 잘못 안내했다면 인력거 값을 받을 수 없을 것이기 때문이었다.

최림이 참지 못하고 먼저 말했다.

"길을 잘못 든 게 아닙니까."

"아닙니다. 시바 사원이 맞습니다."

"그럼 뭐가 잘못되었습니까."

"몇 년 전에 사원이 불이 나 당시에 있던 사람들이 하나도 없습니다. 도망쳐버린 거죠."

"지금은 힌두사원이 아니란 말입니까."

"그렇습니다. 주인 없는 건물을 시 당국에서 환수하여 집 없는 사람들에게 세를 내주고 있다고 합니다."

적음과 최림은 갑자기 절벽 앞에 맞닥뜨린 느낌이었다. 전혀 예상치 못한 일이었다. 실화의 책임을 모면하기 위해 당시 힌두사원의 수행자들이 도망을 쳐버렸다는 것이다.

그러나 그들은 캘커타를 떠나지 않고 어디에 숨어 있을지도 모른다. 캘커타를 칼리 여신이 돌보아주듯 시간이 자신의 죄를 용서해 주리라고 믿으면서 피신해 있을지도 몰랐다.

"그 사람을 찾을 수는 없겠습니까."

"아까 지나왔던 보로 바자르 골목에서 가게를 냈다는 소문이 있습니다만."

최림의 추측은 정확했지만 오늘은 엄두를 낼 수 없었다. 하우라 다리를 건너오면서 너무 많은 것을 보아 질린 듯한 기분이 들었다. 이제부터는 감당하지 못해 불편해질지도 모르는 일이었다.

"거긴 내일 가보기로 하지요."

"나마스테."

적음과 최림은 인력거를 보내고 택시를 탔다. 택시 안에서 적음이 말했다.

"좀 전의 인력거꾼이 아까 피를 토하는 것을 봤소."

"다리에서 말이죠."

"씹는 담배는 우리를 속이려고 그랬을 거요."

"결핵환자인 줄 알면 우리가 기피할 줄 알고 그랬을 겁니다."

첫 번째로 법상을 찾아 나선 길은 보기 좋게 실패로 끝나고 만 셈이었다. 시바 힌두사원이 화재로 인하여 건물의 용도가 바뀐 것도 그렇고, 결핵환자의 인력거꾼이 끄는 인력거를 탔다는 것도 안쓰러움이 들어 기분이 찜찜했다. 달려드는 사람들 때문에 마지못해 탄 인력거이긴 하지만.

호텔로 돌아온 최림은 맥주를 두 병 시켰다. 필스너(Pilsner)라는 상표가 붙은 맥주였다. 한 병에 1백 루피였다. 우리 돈으로 환산을 하니 3,500원 정도가 되었다. 공항에서 호텔까지 온 오토 릭샤의 요금보다 20루피 정도 비쌌으므로 결코 싼 맥주는 아니라는 생각이 들었다.

소음과 갈증에 시달린 탓인지 맥주 맛은 뱃속 깊이 시원했다. 적음은 안주만 먹었고 최림은 단숨에 한 병을 비웠다. 그런데 배탈이 난 것은 그때부터였다. 비상약으로 가지고 온 지사제를 먹었지만 설사는 좀처럼 멈추지 않았다.

갑자기 찬 맥주를 들이켜서 난 탈 같지는 않았다. 맥주를 마시지 않은 적음도 뒤따라 배탈을 호소했다. 그래도 적음은 한두 번 화장실을 다녀온 뒤 약을 먹고는 금세 뱃속이 진정되었지만 최림은 그때부터 밤새 화장실을 들락거렸다.

짜이를 사랑하라는 권유를 따랐지만 소용없는 일이었다. 갑자기 급습한 배탈에는 속수무책이었다. 너무 많이 수분을 쏟아버린 탓에 새벽에는 탈수 현상까지 나타나 오한이 일었다.

아침이 되자 최림은 거의 초주검이 되었다. 적음이 호텔식
당에서 미음을 얻어왔지만 넘기는 대로 곧 화장실로 기어가
다 쏟아냈다.

그 노점 식당의 물 때문임이 분명했다. 쌀뜨물 빛깔의 그
구정물처럼 탁한 물이 뱃속으로 들어가 독이 된 결과였다.
붉은 반점이 몸에 돋기도 하여 주사를 맞고도 싶었지만 의사
를 부르기는 싫었다. 더 버티어 보자는 오기와 객기가 그나
마 최림의 정신을 잃지 않게 하고 있었다.

적음은 인력거꾼이 오기로 한 시각에 혼자 나갔다. 보로
바자르로 가서 그 힌두 책임자를 만나기 위해서였다. 그러나
만날 확률은 희박했다. 캘커타까지 왔으므로 그냥 물러서기
가 찜찜해서 가보는 길이었다.

하긴 그를 만난다고 해도 법상을 찾는 데 결정적으로 큰
도움을 주지 못할 것이었다. 그에게서 확인하고자 하는 것은
정말 법상이 부처의 진신사리를 가져갔는가라는 사실을 확
인하는 일뿐이었다.

그러나 법상은 분명 부처의 진신사리를 건네받았을 터였
다. 지웅은 추호의 의심 없이 그렇게 믿었다. 부처의 진신사
리와 교환한다는 조건으로 보낸 거금이었고, 그 기부금에 의

해 고아원이 지어졌다는 사실을 초청장 형식의 힌두사원의 서신이 증명해 주었던 것이다.

서신이 온 것은 두말할 필요도 없이 법상이 다녀갔다는 것을 명백히 말해주는 증거였다. 힌두사원에서 기부금을 받지 않고 부처의 진신사리를 내어주었을 리 만무했다. 또한 그런 사실이 없다면 어떻게 고아원을 지어 지웅에게 참석해 달라는 초청장을 보냈을 것인가.

최림은 침대에 누워서 까마귀 울음소리를 들었다. 한국에서는 까치 울음소리로 반갑게 잠을 깬다는 말이 있지만 이곳에서는 까마귀가 길조로 받들어지고 있었다. 그래도 허공을 나는 까마귀떼를 보자 불안감이 드는 것은 어쩔 수 없었다.

외출했다가 돌아온 적음은 몹시 지쳐 있었다. 법상에게 부처의 진신사리를 건네주었다는 시바 사원의 그 힌디를 만나지 못하고 허탕을 친 것임이 분명했다. 적음은 호텔 빵 몇 개를 최림에게 주고는 아무 말 없이 자신의 침대로 가 드러누웠다.

잠시 후에 적음이 다시 일어나 구겨진 지도를 펴든 채 한마디 했다.

"아무래도 캘커타를 떠나야 하겠소."

최림은 실망하지 않았다. 최림 자신도 빨리 캘커타를 떠나야 한다고 결심하고 있었고, 4월의 혹서기로 접어들어 기온이 40도를 넘어서게 되면 옴짝달싹도 못하는 처지가 되고 말 것이기 때문이었다. 문제는 자신의 건강 상태였다. 빨리 회복되어야만 적음과 강행군하며 법상을 찾아 나설 수 있을 것이었다.

두 사람이 들여다보고 있는 인도의 지명은 비하르 주였다. '비하르' 란 승원僧院이란 뜻으로 이름만 보아도 종교적 유물과 유적이 많은 땅임을 짐작할 수 있었다. 그런데 오늘날의 비하르 주는 도저히 이해가 안 될 만큼 예전의 영화는 신기루처럼 사라진 채 인도 전 지역 중에서 가장 소득이 낮고 궁핍한 곳이라고 하니 역사의 아이러니가 아닐 수 없었다.

또한 갠지스 강을 끼고 있는 내륙의 북부 평원지대여서 혹서기에는 온도가 엄청나게 고온으로 상승하여 사람은 물론 수많은 원숭이와 쥐와 고양이 등의 동물들이 입에 피를 흘리고 떼죽음을 당하는 폭염의 땅이 비하르 주였다.

최림은 기를 쓰고 일어나 앉았다. 아직까지 아무 것도 먹지는 못했지만 아침에 바나나 몇 쪽을 억지로 우겨넣은 탓인지 간밤의 탈진 상태에서는 겨우 벗어나 있었다.

"스님, 제 걱정 말고 계획을 다시 세워 떠나지요."

"거사님은 무립니다."

"하루만 쉬면 괜찮겠지요, 뭐."

"여행은 잘 먹고 잘 자고 잘 누는 게 최곱니다. 거사님은 세 가지가 다 고장이 나 있는 상탭니다. 만용을 부려서는 곤란합니다."

"배탈이 좀 덜한 것도 같으니 내일 아침이면 움직일 수도 있을지 모릅니다. 일단 여행 경로는 원래의 계획을 수정하여 다시 결정하는 게 좋을 것 같습니다."

원래의 계획은 델리에서 현지 안내원을 소개받은 후 움직이는 것이었는데, 캘커타를 먼저 들른 바람에 그와의 접선이 불가능해져 차질이 빚어지고 있는 형편이었다. 국내의 여행사 직원으로부터 소개받은 현지 안내인은 몇 번씩 전화로 확인해 본 결과 지금 델리에 없을 뿐더러 그가 캘커타로 올 때까지 무작정 기다릴 수도 없는 상황이었다. 그는 지금 다른 여행객의 안내를 위해 떠나고 없는데 가족들의 대답에 의하면 10여 일 후에나 돌아온다는 것이었다.

국내의 K대학에서 한국어를 연수한 그였다. 어쩌면 인도의 현지 가이드를 하기 위해서 한국어를 연수했는지 모르지만 여행사 직원한테서 받은 그의 명함은 이러했다.

SALEEM KHAN

1749 Noorganj Azad Market Delhi - 110806

Tel.6872685

INDIA

이름이 '쌀림'으로 그의 집은 마켓 즉 가게를 운영하고 있
음을 알려주는 명함이었다. 인도에서 가게를 가지고 있고 대
학을 나왔으며 한국에까지 어학연수를 올 정도면 힌두의 네
계급 중에서 바이샤 이상의 신분임이 분명했다. 어쨌든 쌀림
은 안내인으로서 더 바랄 게 없는 적임자이지만 지금의 형편
은 그를 기대할 수 없었다.

그렇다고 말이 통하지 않는 인도인을 아무 데서라도 구할
수는 없었다. 신뢰할 수 없기도 하지만 그가 강행군을 견디
어 줄지도 의문이 들었다. 일단 소개받은 현지 안내인 쌀림
과의 동행은 무산된 셈이었다. 그러므로 두 사람은 스스로
움직일 수밖에 없었고 버스 여행을 할 것인지, 기차로 이동
할 것인지를 먼저 결정해야 했다.

두 사람이 가야 할 곳은 꼭 거쳐야 하는 크고 작은 도시와
불교 성지들이었다. 싯다르타 태자가 성불한 땅인 보드가야,
왕사성과 영취산이 있는 라즈기르, 파트나, 사리불의 고향인

날란다. 유마거사의 활동 무대였던 바이샬리, 부처가 열반한 쿠쉬나가라, 기원정사가 가까운 발람푸르, 부처의 사리가 발견된 피프와라, 부처의 출생지인 룸비니, 힌두사원이 많은 바라나시, 타지마할이 있는 아그라 등등의 촌락과 도시가 법상이 아직도 순례를 하고 있음직한 도시들이었다.

일단은 보드가야를 가기로 하였다. 캘커타에서 보드가야까지의 거리가 가장 가깝기 때문이었다. 캘커타와 보드가야의 거리를 대충 500km 정도라고 보면 도로 사정을 감안했을 때 인도 버스의 평균 속도가 시속 60km이므로 적어도 여덟 시간 내지는 아홉 시간을 쉬지 않고 달려야 했다.

열차도 사정은 마찬가지였다. 모든 역마다 정차한다고 볼 때 시간은 엇비슷하게 걸릴 것 같았다. 다만 밤 열차의 침대칸만 얻을 수 있다면 시간을 절약하는 한 방법이 되어 법상을 찾는데 낮 시간을 더 많이 이용하는 셈이 될 것이었다. 버스는 낮에만 운행하므로 낮 시간을 아껴야 할 두 사람에게는 그러하였다.

"가는 데 걸리는 시간은 엇비슷할 것 같습니다. 밤열차를 타는 게 어떻습니까."

"침대칸을 구할 수만 있다면 그렇게 합시다."

보드가야에서 다음 행선지로는 라즈기르로 잡았다. 법상

에게서 온 우편물에 라즈기르란 소인이 찍혀 있었으므로 그곳 어디쯤에는 반드시 법상이 묵고 간 흔적이 있을 것이었다.

보드가야.

지금도 한적한 시골이어서 2천5백 년 전에 석가모니가 고행하며 살던 당시와 별로 달라진 것이 없다고 여행 안내서에 쓰여져 있는 곳이다. 최림은 불교 신자가 아니었으므로 보드가야를 찾아간다는 것이 별 감흥은 없었다. 불교 성지를 직접 순례한다는 사실 때문에 가슴이 설레이는 적음과는 그 점에서 분명히 차이가 났다.

최림으로서는 법상을 찾는다는 목적뿐, 그밖의 것은 생각할 엄두를 못 내고 있었다. 다만, 시공을 초월하여 2천5백 년 전의 거리와 그때 그 사람들을 필름을 인화하여 재생하듯 다시 보고 만난다고 생각하니 가벼운 기대와 흥분이 이는 것도 사실이었다. 이러한 기분은 최림처럼 무종교인은 물론 종교가 다른 여타 신도들에게도 별 거부감 없이 들 것 같았다. 마치 생생한 유적지와 유물들을 통하여 과거로의 시간 여행이 가능한 박물관에 들어선 느낌이 들 것이기 때문이었다.

보드가야는 석가모니라는 한 성인의 발자취가 그대로 생생하게 전해지고 있는, 그래서 인도 정부는 관광 도시로 개발하여 외화벌이로 열을 올리고 있는 유적지이기도 했다.

최림과 적음은 일단 하루를 더 캘커타에서 묵고 보드가야로 가기 위해 가야까지 열차 여행을 하기로 계획했다. 침대칸을 살 생각이었고 하루 전에 예약하려고 했다. 최림의 건강을 걱정했기 때문이었다.

그러나 오후 늦게 인력거꾼이 다시 찾아와 적음은 좌석만 있으면 바로 밤열차로 떠나겠다고 마음을 바꾸었다.

"거사님, 여기서 지체하는 것보다는 오늘밤이라도 떠나겠소. 그래야 하루라도 벌지 않겠소."

"보드가야에서 약속만 하면 됩니다. 어디 호텔이라도 잡아 두었습니까."

"인력거꾼이 보드가야의 싯다르타 호텔을 전화로 예약해 주었습니다."

그렇다면 적음이 먼저 떠난다고 해서 여행에 차질이 생기는 것은 아니었다. 오히려 적음이 하루라도 빨리 보드가야로 가서 법상을 찾는 게 더 중요했다. 다만 적음으로서는 최림의 기력이 회복되는 것을 보지 못하고 먼저 떠나는 것이 마음에 걸렸다.

사실 최림도 그 점이 마음에 걸려 불안한 마음을 떨쳐버릴 수는 없었다. 기력이 더 탈진되어 쓰러진다면 자신을 도와줄 사람이 아무도 없었다. 인력거꾼이 있기는 하지만 그를 전적으로 믿을 수는 없었다.

최림은 누워서 적음이 바랑을 챙기는 것을 바라보았다. 좀 전에 빤 양말과 팬티는 비닐주머니에 따로 분류해 묶고, 두 꺼운 점퍼를 맨 위에 넣고 있었다. 밤 열차를 타려면 기온이 내려가므로 꺼내 입을 수 있도록 준비해야 한다는 인력거꾼의 충고를 따르고 있었다.

"밤에는 굉장히 춥죠. 얼어 죽기도 한답니다."

"몇 도나 내려가는데요."

"10도 이하로 떨어집니다."

인력거꾼이 엄살을 부리거나 과장하는 것은 아니었다. 낮이 엄청나게 덥기 때문에 일교차를 감안하면 그럴 만도 했다. 여행자에게는 영상 10도지만 그들에게는 매우 추운 날씨인 것이다.

"스팀 장치는 없습니까."

"열대지방에 무슨 스팀이 있겠습니까. 침대칸을 타면 모포가 한 장씩 배당되는 게 고작이죠."

적음은 구급약 중에서 감기약을 따로 빼내어 장삼 주머니에 넣었다. 인력거꾼의 말대로라면 밤 열차 칸의 기온은 식어버린 대륙의 냉기에다 달리는 열차의 찬바람까지 새어 들어올 터이므로 감기 걸리기에 딱 알맞을 것 같았다.

최림은 지사제를 다시 털어 넣었다.

바나나를 과식하면 변비가 생긴다고 하는데 차라리 그랬으면 하는 마음이 들었다. 지금까지 먹은 것이라고는 바나나 몇 쪽이 고작이었으므로 더 쏟아낼 것은 없었다. 그러나 아직도 물을 마시면 마시는 대로 진땀을 흘리며 화장실을 들락거려야 했다. 최림은 침대에 누운 채 적음을 거들어주고 있는 인력거꾼을 올려다보았다. 그는 최림과 적음이 캘커타에 도착한 이후 이틀 동안이나 상대하고 있는 인도인이었다.

헝클어진 머리카락에다 먼지가 뿌연 콧수염까지 달고 있어 얼굴이 더 작고 시들어 보이는 힌두교인이었다. 그의 두 눈은 지나치게 들어가 있으며 이빨은 늘 씹는 담배 물이 들어 붉은색을 띄고 있었다. 그의 이름은 기나락. 힌두어로 강江이라는 뜻인데 그는 자신의 이름에 어떤 희망을 걸고 있었다. 자신의 이름을 말할 때 힘없는 두 눈이 갑자기 반짝이곤 했다. 그는 최림이 알아듣기 쉽게 영문으로 발음기호까지 적어주기도 했다.

(ginarac)

그는 인력거를 끌지 않을 때도 엄지손가락에 낀 방울을 빼내지 않고 그대로 착용하고 있었다. 그것은 소 달구지의 방울과 같이 인력거꾼의 클랙슨인 셈이었다. 그가 손을 움직일 때마다 방울 소리가 딸랑딸랑 울리곤 했다.

그는 방울을 쥐고 있는 자신을 결코 부끄럽게 여기지 않았다. 방울을 자신의 신분증처럼 소중히 다루고 있었으며, 인력거꾼인 자신의 직업에 최선을 다하고 있었다. 그에게 꿈이 있다면 그것은 새 인력거를 갖는 것이었다. 지금의 인력거는 뼈마디가 부딪치는 것처럼 삐그덕거리는 낡은 고물이어서 뚱뚱한 사람이 타면 곧 주저앉아 버릴 것 같았던 것이다.

"기나락 씨. 새 인력거를 구입하는 것보다는 자전거로 끄는 릭샤를 장만하는 게 어때요."

"아이구 손님, 인력거를 끄는 것만으로 행복하답니다."

"밤생활을 못할까 봐서요."

"하하. 릭샤를 오래 끌면 사타구니에 낀 딱딱한 자리에 불알이 흐물흐물해지긴 하지요."

자신의 직업에 만족하고 사는 인력거꾼의 대답이었다. 그에게 인력거꾼 이상의 직업은 실현 불가능한 꿈일 뿐이었다. 그에게 오토 릭샤는 고사하고 자전거로 끄는 릭샤가 실제로 주어진다면 너무 놀라 기절할지도 모를 일이었다. 그는 자신에게 주어진 인력거에 최선을 다하고 행복해할 뿐 그 이상은 꿈도 꾸지 않고 있었다.

쿨럭쿨럭.

그가 또 기침을 하면서 주저앉았다. 그대로 방바닥에 쪼그리고 앉아서 호흡을 가다듬어보지만 기침은 계속 터져 나왔다. 그의 얼굴은 붉게 달아올라 술 취한 사람처럼 보였다.

기침이 발작적으로 터져 나왔다. 마침내는 핏덩어리가 목구멍을 타고 튀어나오려 하자 도망치듯 화장실로 들어갔다. 그는 폐결핵 환자가 틀림없었다. 인력거꾼 치고 30살이 넘었다고 자신의 나이를 자랑했지만 그도 역시 인력거의 직업병이라고나 할까, 힘겨운 육체 노동으로 침몰하고 있었다.

화장실 안에서도 기침이 멎지 않는지 목젖을 쥐어짜는 격한 소리가 계속 났고, 잠시 후에는 수도꼭지에서 쏟아지는 물 소리가 크게 들려왔다.

누가 보더라도 그는 절대 안정을 취해야 할 중증의 환자였다. 그런데도 그는 아침부터 밤늦게까지 하루 종일 인력거를 끌고 있었다. 가래처럼 넘어오는 객혈을 위장하기 위해 베텔이라는 담배를 씹어 이빨에 붉은 물을 들이면서 일했다.

적음은 어제보다 그를 조금 더 이해할 수 있었다. 동정하여 그를 기피하는 것보다는 인력거를 타고 몇십 루피를 주는게 현실적으로 그에게 도움이 되는 일임을 깨달았다.

기침으로 힘을 소진한 그가 눈을 희번덕거리며 합장하자

적음이 바랑을 메고 앞장서 나갔다.

"나마스테."

그가 최림을 보고도 합장했다.

순간, 최림은 그를 인도 여행 중 안내원으로 쓸까 하고 망설였다. 마침 국내에서 소개받은 쌀림이 없으므로 영어를 구사할 줄 아는 그가 안내원으로서 요긴할 것도 같았다.

그러나 그는 곧 문을 닫고 나가버렸다. 적음을 역까지 인력거로 실어다 주고는 다시 나타나지 않았다. 최림은 겨우 일어나 창 너머로 지는 해를 바라보았다.

석양도 역시 먼지와 연기 속에서 방금 사라진 기나락 씨처럼 지쳐 보였다. 오염되어 잿빛으로 변한 허공에다 검붉은 놀을 퍼뜨리며 서서히 지고 있었다. 허공에 먹물처럼 점점히 움직이는 날것들은 까마귀 떼가 분명했다.

'싯타르타 호텔이라고 했지.'

적음은 최소한 사흘을 보드가야의 싯타르타 호텔에서 머무를 것이라고 말했다. 사흘 안에만 그곳으로 찾아가면 법상을 찾기 위한 나머지 여정은 함께 할 수 있는 터였다. 아무렴, 사흘 안으로는 힘을 내어 여행할 수 있겠지. 최림은 중얼거리며 스스로 다짐했다. 무슨 일이 있더라도 내일은 밤 열차를 타고 보드가야로 떠나리라고.

키가 유난히 작은 호텔 종업원이 노크도 없이 들어온 것은 바로 그때였다. 아마도 적음이 나가는 것을 보고 난 뒤, 방 정리를 하러 온 듯했다. 그는 최림이 있자 무안한 표정을 지으며 당황했다. 그래도 최림이 말이 없자 야릇한 눈짓을 보내며 아부하듯 말했다.

"손님, 마사지 걸을 부를갑쇼."

"아니오."

"어리고 예쁜 소녀도 있죠."

"글쎄."

최림이 여전히 입을 다물고 있자 종업원이 뒷걸음질을 치며 말했다.

"몸이 잘 빠진 여자도 있어요."

"아니라니까."

"까마수트라를 끝내주는 누나도 있고요."

그래도 호응이 없자 종업원은 그에게 신임을 얻으려고 손짓 발짓을 하며 말했다.

"걱정 마세요. 병 없는 건강한 여자니까요."

최림이 들은 체도 안하니까 문을 반쯤 열고는 종업원이 실망한듯 어깨를 으쓱했다.

"손님, 죄송합니다. 제가 잘못 짚었네요. 여자보다는 남자를 더 좋아하는 분이군요. 게이(여장 남자)를 불러올까요, 아니면 계집애처럼 아주 상냥한 소년을 불러올까요."

"아니오."

"손님, 주문만 내리세요. 뭐든지 다 서비스해 드릴 수 있답니다."

최림은 종업원에게 아무 것도 원하지 않았다. 마사지를 받을 만한 힘도 없었으므로 여자를 껴안을 기분은 더더욱 나지 않았다. 또한 동성연애자가 아니었으므로 게이나 미소년이 필요치 않았다. 최림은 힘을 내어 종업원에게 소리쳤다.

"위스키, 작은 병으로."

종업원이 체면을 회복한 듯 가까스로 물러났다. 캘커타 사람들은 다 그러한가. 순박하고 여려 보이면서도 흥정에는 접착제처럼 악착같은 데가 있었다. 새벽의 공항에서 만난 오토릭샤의 운전수가 그랬으며, 좀 전에 헤어진 인력거꾼 기나락 씨가 그랬고, 호텔의 키 작은 종업원 역시 질려버릴 정도로 찰싹 달라붙었다가 떨어져 나갔다.

오!
밤열차여

두 번째의 인도 여행임에도 직음은 대인기피증에 걸려 있
었다. 자신의 검지를 자르면서까지 불문에 들어섰던 그였지
만 낯선 외국에서는 가슴을 졸였다. 역 광장을 지나칠 때는
어디로 납치나 되지 않을까 하고 조바심이 나기도 했다. 다
행히 낮보다는 밤이 되면 그런 증세가 덜하기는 했지만 때때
로 두려움까지 들었다.

확실히 밤의 역 광장은 번잡하고 소란스럽기가 낮보다는
덜했다. 그러나 낮에 보았던 혼돈이 아주 사라져버린 것은
아니고 그 기세가 좀 꺾여 있을 뿐이었다. 허기를 채우려 무
를 씹는 사람들, 대나무 봉을 들고 순찰하는 경찰들, 거적을
질질 끌고서 잠자리를 찾아 흐느적거리고 있는 사람들, 뼈만
남은 것 같은 거지 아이들, 눈을 희번덕거리는 불량배들, 쓰
레기 더미를 뒤지고 있는 흰 소나 개들 등등이 광장을 가득

메우고 있었다.

적음은 밤열차를 타고 난 뒤에야 안심했다. 이등 열차의 침대칸 자리를 받아 다리를 뻗고 나서야 한숨을 쉬었다. 광장은 광장대로 플랫폼은 플랫폼대로 사람들로 질서 없이 뒤엉켜 있었는데, 적음은 그런 사람들의 무리에서 비로소 떨어져 나온 느낌이었다.

침대칸을 구할 수 있었던 것은 그나마 행운이었다. 인력거꾼 기나락 씨가 웃돈을 얹어 역 직원에게 수완을 발휘한 덕분이었다. 기나락 씨는 여전히 플랫폼에 서서 몹시 아쉬운 표정의 얼굴을 하고 있었다.

마음 같아서는 정표로 팁을 더 쥐어주고 싶지만 솔직히 열차 칸에서 내려가기가 겁이 났다. 창문을 내릴 수도 없었다. 창은 원래 여닫게 되어 있는 구조인데 먼지가 덕지덕지 끼어 꿈쩍을 안 했다.

인력거꾼 기나락 씨가 아쉬운 표정을 계속 보냈지만 어쩔 수 없는 노릇이었다. 반사적으로 소리쳤으나 차창 밖으로 적음의 목소리가 새어나갈 리 만무했다.

'잠깐 들어와요. 어서.'

기나락 씨는 순찰하는 경찰이 대나무 봉으로 툭툭 치는 바람에 저만큼 밀려났다가 다시 다가서곤 할 뿐이었다. 경찰들은 뒤엉켜 있는 무리 중에서 승객과 짐꾼과 인력거꾼을 분별해내고 있었다.

'위험 위험해. 저리 비켜.'

열차가 출발하려 하자 경찰들이 더 큰 동작으로 설쳤다. 그러자 기나락 씨는 울상을 지으며 달리는 열차 방향을 향해 쫓아왔다. 마치 헤어지기 싫은 사람과 생이별을 하는 것 같았다.

적음은 경찰의 우스꽝스런 몸짓에 기나락 씨를 생각해서라도 그래서는 안 되는데 웃음을 짓고 말았다. 그 경찰은 몹시 낡은 카키색 제복을 입고 있었다. 겨드랑이 부분의 천을 바늘로 엉성하게 짜깁기하여 손을 쳐들 때마다 그곳의 맨살이 보이곤 했다.

이윽고 열차는 정시보다 20여 분이 지나서야 슬슬 움직이기 시작했다. 광장을 뒤로 한 채 서북쪽으로 서행했다.

광장의 모든 것.

사람들 말고도 퀴퀴한 냄새와 지독한 먼지들과도 헤어지고 있는 느낌이었다. 소똥 냄새, 인도인들이 풍기는 특유의 향신료 냄새, 시궁창 냄새, 땀이 썩고 있는 냄새, 최루 연막 같은 먼지 등등과 이별하고 있다는 기분이 들었다.

그러나 그것은 적음의 희망사항일 뿐이었다. 오산임이 금세 드러났다. 여유를 가지고 침대칸을 둘러보았을 때 적음은 열차 안에도 인도의 냄새가 짙게 배어 있다는 것을 깨달았다. 침대칸을 차지하고 있는 승객들 모두가 인도인이었다.

다만 열차가 속도를 내어 달리고 있을 무렵, 배낭을 멘 한 여자가 맞은편에 앉았는데, 그녀가 유일한 외국인이었다. 여자는 일본어로 인사하며 적음에게 합장의 예를 올렸다.

침대칸은 말이 침대이지 딱딱한 선반이나 다름없었다. 베개나 침구는 물론이고 모포 같은 것이 전혀 준비되어 있지 않았다. 하나의 객실 몸체를 마디벌레로 치자면 한 마디마다 여섯 개의 선반 같은 침대가 설치되어 있었다. 여섯 개를 다시 나누자면 통로를 사이에 두고 한쪽은 이층침대가 두 개, 다른 한쪽은 이층침대 하나가 고정되어 있었다.

적음은 이층침대가 두 개인 쪽에서 일본인 여자와 마주보고 앉았다. 호텔 싯타르타가 있는 가야(Gaya)까지 가려면 밤 열차를 적어도 8시간쯤은 타고 달려야 했다. 그곳 시간으로 아침 6시나 7시에 열차가 도착할 예정이기 때문이었다. 잠이 곧 올 것 같지는 않았다.

적음은 어두운 차창 밖을 응시했다. 열차는 끝이 없을 것 같은 어두운 대지를 달리고 있었다. 검은 숯 무더기 같은 어둠 속에서 드문드문 보이던 불빛도 이제는 보이지 않았다.

대지의 기온이 뚝 떨어진 듯 인도인의 승객들은 두꺼운 옷을 꺼내 이불처럼 덮고 있었다. 적음은 나침반을 꺼내어 확인했다. 나침반은 다용도 계기計器로서 고도계와 온도계가 부착돼 있었다. 서울에서 출발하기 전날 대형문구점에 가서 준비해온 여행 물품이었다.

고도 : 200m
온도 : 7도
밤열차가 달리는 방향 : 서북쪽

열차가 간이역을 몇 개 지나치고 있을 무렵 적음은 인도인들이 덜덜 떨고 있는 것을 이해했다. 심한 일교차 때문이었다. 한낮의 기온이 35도, 밤 기온이 7도라면 일교차가 무려 28도나 됐다. 게다가 달리는 열차 안의 온도는 더 내려가 있지 않을까도 싶었다.

사실, 적음도 어깨부터 먼저 으실으실 해지는 것을 느꼈다. 일본인 여자도 추운지 베개처럼 베고 있던 배낭 속에서 옷가지를 꺼내 반팔 위에 두꺼운 점퍼를 껴입고 있었다.

문이 잘 닫혀 지지 않는 출입문에서는 싸늘하게 식은 대지의 밤바람이 계속 쏟아져 들어왔다. 출입문 밖의 객차 사이는 아예 셔터가 내려져 있었다. 열차표만 가지고 침대칸으로 들어오려는 얌체 승객들을 막기 위한 것이라고 열차 차장이 일러주었다.

차장은 셔터의 열쇠를 가지고서 여러 객실을 오가곤 했다. 그는 머리에 붕대를 감고 있었다. 그리고 그는 너덜너덜한 제복 상의에 훈장 같은 메달을 달고 있었다.

적음은 가부좌를 틀고 기도를 했다.

'저의 은사인 법상 스님께서 부처님의 성지를 순례하고 있습니다. 그러기를 벌써 수년째입니다. 부처님께서 팔십 평생을 길 위에 계셨듯 우리 스님께서도 그렇게 순례하고 있는 중입니다.

소승 적음은 스승을 찾아 나섰습니다. 반드시 우리 스님을 찾아 저의 견처를 점검 받아 더욱더 정진하려고 합니다. 한 소식을 깨쳤다고 하더라도 멈추지 않고 오히려 더욱 향상의 길로 나아가 백척간두 진일보 하는 것이 사문沙門의 길이 아니겠습니까.

우리 스님은 조선의 달마이십니다. 저는 그렇게 믿고 있습니다. 살아계시는 어떤 선승도 우리 스님의 경지에는 미치지 못할 것입니다. 부처님의 심법心法이 중국으로 건너가 달마에서 혜가, 승찬, 도신, 홍인, 혜능, 남전, 조주, 임제로 이어지다가 다시 조선으로 건너와 보우, 청허, 서산, 경허, 만공, 성철에서 우리 스님에게로 이어졌다고 봐야 할 것입니다.'

적음은 어깨에 얼음장이 올려진 듯하여 잠시 기도를 멈추었다. 달리는 열차의 냉기로 인하여 몸이 얼어가고 있는 느낌이었다. 그러나 적음은 옷을 둘러쓰지 않았다. 그대로 밤을 새우는 수밖에 달리 도리가 없었다. 이따금 나타나는 머리에 붕대를 감은 차장처럼 술기운으로 추위를 견디었으면 좋겠지만 수행자 신분으로 그럴 처지도 못 되었다. 일본인 여자도 추위를 참지 못하겠는지 자꾸 몸을 뒤척거리고 있었다.

차창 밖은 여전히 심연 같은 어두움뿐이었다. 시간이 정지되어버린 것 같은, 이 세상에서 가장 크고 깊은 심연 같았다. 밤열차는 바로 그런 어두움 속을, 어디가 어딘지 이정표 하나 보이지 않으므로 도무지 분간할 수 없는 지점을 향해 덜컹거리며 달리고 있었다.

덜컹덜컹.

유일하게 들려오는 레일과 밤열차 간의 금속성 마찰음이었다. 레일이 낡아서 그런지는 알 수 없으나 열차는 비포장도로를 달리는 버스처럼 어느 곳에서는 심하게 요동을 치며 달렸다.

이층침대에서 숄을 둘러쓰고서 자고 있던 인도인 하나가 굴러 떨어지기도 했다. 깜짝 놀라 그를 바라보았으나 그는 다친 데가 없었다. 커다란 눈을 두리번거리더니 이층으로 오르는 사다리를 붙잡고 있었다.

불평하지 않는 게 인도인의 습성인지 모른다. 분명 체념은 아니었다. 그럴 만한 이유가 있었다는듯 순응할 뿐이었다.

침대칸이면서도 모포는 물론이고 침구류 하나 갖추어져 있지 않은 것을 보고도 차장에게 불평하는 인도인 승객은 아무도 없다. 침대에 누워서 상체를 칙칙한 숄이나 옷가지로 가린 채 꼼짝을 않고 있는 것이다.

쿵 소리에 놀라 달려온 사람은 차장이었다. 모두 누워 있자 적음에게 다가와 물었다.

"코리안, 프로블렘. (한국인입니까. 무슨 문제가 있습니까)."

적음은 서투른 영어로 말했다.

"사우스 코리안(남한 사람입니다), 노 프로블렘(아무런 문제가 없습니다)."

그러자 술에 취한 차장이 비틀거리며 아주 큰소리로 떠들었다. 머리에 감고 있는 붕대가 벗겨질 만큼 고갯짓을 크게 하면서 소리쳤다.

"오. 올림픽 호키, 호키."

올림픽 호키라니, 호키가 무슨 말인지 몰랐으므로 적음은 비틀거리는 차장을 유심히 바라보았다. 그러자 그가 자신의 제복에 달고 있는 메달을 가리키며 더 큰소리로 '호키'를 연발했다.

메달에는 하키 경기의 상징이 양각되어 있었다. 놀랍게도 거기에는 88서울 올림픽이라는 글자도 새겨져 있었다.

"오, 하키."

"야쓰(예)."

직접 하키선수로 참가하여 받은 메달인지, 아니면 하키광인 자신을 드러내기 위해 88서울 올림픽의 기념 메달을 사서 달고 다니는 것인지는 알 수 없었다. 선수라면 대체로 20대의 나이겠지만 외모만으로는 인도인의 나이를 종잡을 수 없기 때문에 더욱 분간이 안 되었다. 차장의 외모도 이빨까지 하나 빠진 데다 살갗이 마른 과일처럼 쭈글쭈글했다.

"오. 코리안 호키 호키 호키."

적음은 차장의 수다가 술주정에 가까웠으므로 더 이상 대꾸를 안 했다. 그러자 차장은 실망한 얼굴로 곧 다음 칸으로 건너갔다.

적음은 기도하려다 말고 멈추었다. 일본인 여자가 갑자기 기침을 터뜨렸다. 밖은 달도 없는 밤이었고 열차 안은 냉동 칸처럼 추웠다. 어깨의 근육이 굳고 뼈마디가 쑤실 정도로 열차 안은 냉골이었다.

또다시 차장이 출입문을 밀고 열차 바퀴의 마찰음을 꼬리처럼 달고 들어왔다. 그는 여전히 술에 취해 몸을 잘 가누지 못했다. 그는 엄지손가락을 내보이며 예의 그 '호키 타령'을 계속했다.

잠을 쫓기 위해 술을 마시다가 술꾼이 돼버린 것 같았다. 그는 잠을 자지 않고, 말하자면 요령을 피우지 않고 불침번의 병사처럼 고지식하게 순찰을 도는 중이었다. 머리에 붕대를 감아 곧 병원으로 가야 할 사람 같았지만 자신의 직무에 충실하고 있는 그였다. 적음은 그에게 별 기대를 하지 않고 모포 한 장을 부탁했다. 그러자 호키 호키, 하며 단번에 적음의 부탁을 들어주었다. 88서울 올림픽을 개최한 나라의 손님이 부탁하므로 특별히 들어준다는 몸짓이었다.

그는 부탁하지 않는데도 낡은 보온병까지 들고 들어왔다. 물론 그 안에는 외국인의 커피 같은 음료수 짜이가 들어 있었고, 한 잔에 5루피씩 팔았다. 원래는 침대칸 열차 사이에서만 판매원이 팔도록 되어 있으나 차장이 봐주는 셈이었다.

적음은 모포를 콜록거리는 일본인 여자에게 덮어주었다.

자신은 짜이를 한 잔 마셨다. 보온병만 깨끗했다면 맛이 더 좋았을 것이었다. 보온병은 뚜껑부터 잔에 이르기까지 때가 끼어 있었는데, 그나마 밤열차의 희미한 불빛이 그것의 더러움을 위장해 주고 있어 다행이었다.

어묵 국물처럼 뜨거운 짜이를 마시고 나자 얼었던 몸이 좀 녹는 느낌이었다. 빈속이었으므로 속이 빠르게 풀렸다. 적음은 아예 빈병은 나중에 반납하기로 하고 짜이가 든 보온병 하나를 샀다.

나침반이 가리키고 있는 방향은 서북쪽에서 서쪽으로 바뀌었을 뿐, 200m인 고도나 7도인 온도는 서뱅골 주를 달릴 때나 비하르 주를 달릴 때나 마찬가지였다. 밤열차는 여전히 일정한 고도의 평야를 달리고 있었다.

맞은편 여자가 또다시 콜록거리더니 눈을 떴다. 모포가 덮힌 자신을 발견하고는 열차가 출발할 때와 달리 파리해진 얼굴에 고마워하는 빛을 띠었다.

적음은 그녀에게 합장했다. 짜이도 권했다.

"뜨거워서 속이 좀 풀릴 거요."

"고맙습니다. 스님."

여자는 후후 불어가며 맛있게 마셨다. 적음은 일본식으로 무릎을 꿇고 마시는 그녀의 얼굴을 비로소 관심을 가지고 보았다. 20대 후반으로 배낭여행족임이 분명했다.

적음이 그녀의 팔목에 낀 단주를 보고는

"불교 신자군요."

하고 묻자 그녀는 합장하며 대답했다.

"하이(예)."

"어디로 가는 길이오."

"부처님 성지로 갑니다."

"학생이오."

"아니에요. 직장을 휴직하고 그냥 여행을 하고 있어요. 벌써 몇 번째 와보는 인도예요."

여자가 기침을 하는 바람에 적음은 더 묻지 않고 입을 다물었다. 직장을 휴직할 정도라면 여행광이라고 할 수 있었다. 조직에 몰두하여 희생하기보다는 자신의 개성을 살려 자유분방하게 사는 요즘 젊은 세대의 한 사람임이 틀림없었다.

여자는 짜이 한 잔을 더 마시고는 묻지도 않았는데 자신의 이름을 밝히고 있었다.

"스님, 제 이름은 유키코에요."

"낯익은 이름이군요."

"스님. 술 좀 드시겠어요."

여자는 무례하게 배낭 속에서 종이팩에 담긴 일본제 술을 꺼내 적음에게 내밀었다. 물론 일본에서는 조동종 승려들이 신도 집에 초대되어 고기와 술을 먹는다는 얘기를 들어본 적은 있지만, 적음은 한국 불교의 법도를 따르는 수도승이었다.

젊은 유키코는 가냘퍼 보이는 외모와는 다르게 당돌하기 짝이 없었다. 적음에게 술을 거절당하자 혼자서 홀짝홀짝 마셨다.

물론 출가 전의 적음은 누구에게도 지지 않았을 정도로 주량을 자랑했던 호주가였다. 출가한 아버지를 원망하며 폭음도 마다하지 않았다. 뿐만 아니라 여자와의 관계도 복잡했다. 한 번도 본 적이 없는 아버지가 생각날 때마다 달콤한 쾌락에 깊이 빠졌던 것이다.

그러나 적음은 이제 그런 세속의 악연을 아주 말끔히 씻어버렸다고 스스로 확신하고 있었다. 그는 그런 확신을 다시 확인하면서 자신의 잘려진 검지를 꼼지락거려 보았다. 적음은 부처님 앞에서 삭도로 자신의 오른손 검지를 단지하면서 이렇게 맹세했던 것이다.

용맹 정진할 결제 기간은 8년이다.

결제 기간 동안 망언을 하게 되면 입안의 혀를 자를 것이며, 또한 졸음을 이기지 못할 때에는 송곳으로 눈을 찌를 것이며, 일주문을 벗어날 때면 다리를 스스로 부러뜨려 불구가 되어버릴 것이며, 애욕이 마음을 괴롭힐 때는 미련 없이 성기를 잘라 없애버릴 것이다.

유키코는 거절하는 적음이 이상한 모양이었다. 모포를 덮어주고 짜이를 준 답례로 술을 꺼내어 대접하려는 것인데 적음이 단호하게 거절하고 있기 때문이었다.

"스님, 약한 술이에요."

"곡차를 끊은 지가 아주 오래됐습니다. 출가 전의 일이지요."

"죄송해요. 혼자만 마시게 돼서요."

"신경 쓰지 마시오."

적음이 근엄하게 거절하자 유키코는 어두운 차창으로 돌아앉아서 종이팩에 담긴 술을 마저 비우고 있었다. 그때 또 차장이 다시 비틀거리며 다가왔다. 유키코가 마시는 술을 보자 그는 눈을 찡긋하며 불러주기를 기다렸다. 그러나 유키코는 결코 그에게 술을 권하지 않았다. 다시 잠을 자려는 듯 배낭을 베개 삼아 불룩한 곳을 편편하게 두드렸다.

"스님도 주무시죠."

"이제 좀 눈을 붙여야겠습니다."

적음도 다리를 뻗고 누웠다. 그러자 차장이 어깨를 으쓱해 보이며 손을 흔들고는 이번에는 반대 방향의 출입문 쪽으로 사라졌다.

딱딱한 침대 위에 누워 있던 적음은 어깨를 움츠렸다. 밤열차의 실내 온도는 더욱 떨어져 여기저기서 기침 소리가 터져 나오고 있었다. 적음은 다시 일어나 앉아 바랑을 끌어안았다. 아무래도 잠이 올 것 같지 않은 냉골의 밤열차 안이었다.

또다시 밤열차는 제법 큰 역의 플랫폼으로 들어서고 있었다. 한밤중이었으므로 플랫폼은 한산했다. 노숙자들도 쌓아놓은 짐처럼 플랫폼 한 켠에서 모포를 뒤집어 쓴 채 잠들어 있었다. 짜이를 파는 장사꾼만 희미한 불빛 아래서 서성거리고 있었다.

밤열차는 다른 역과는 달리 한동안 쉬었다가 가려는지 꿈쩍을 안 했다. 적음은 추위로 굳은 다리 운동도 할 겸 열차에서 내렸다. 플랫폼 바닥의 한쪽은 열차에 실은 화물들이 여기저기 쌓여 있었다. 노숙자들에게는 역 건물과 짐들이 바람막이 구실을 하고 있었다.

역 구내에 커다란 보리수가 자라고 있는 것도 신기하였다. 보리수를 신성시하여 그대로 자라게 했겠지만 좁은 구내를 너무 많이 차지하고 있었다. 깊은 밤에는 부옇게 떠돌던 먼지도 잠을 자는 듯했다. 플랫폼 위로 터진 하늘은 역사의 불빛이 번지어 자줏빛 과일껍질처럼 반질거렸다.

적음은 고개를 들어 심호흡을 했다. 그제야 보리수 나뭇가지 너머로 별 하나가 또렷이 보였다. 인도로 온 이래 처음 보는 별이었다. 이번에는 다리의 근육을 풀어주려고 짜이를 파는 곳까지 걸어갔다.

"한 잔 주시오."

이제는 적음도 더러움이란 것에 어느 정도 면역이 되어 있었다. 짜이를 파는 장사치의 불결한 손이나 물을 담아 놓은 위생상태가 안 좋아 보이는 항아리를 보아도 아무렇지 않았다.

한 잔에 5루피.

우리 돈으로 환산하자면 150원 정도이니 참으로 싼 음료수였다. 그렇다고 짜이가 맹물은 아니었다. 홍차에 우유를 섞고 난 뒤, 다시 거기에 마시는 사람의 취향에 맞게 사카린을 넣은 음료수였다. '짜이를 사랑하라. 그러면 인도의 풍토병에 걸리지 않을 것이다'라는 이야기를 적음은 인도여행 안내서에서 보고 또 국내의 여행사 직원한테서 여러 번 들었던 기억이 났다.

미지근한 짜이였지만 그래도 속을 편안하게 해주었다. 돈을 막 계산하고 나자 등 뒤에서 역무원의 큰 소리가 들려왔다.

"레일가리 첼리. 첼리."

나중에 알게 된 단어였지만 '레일가리'란 열차를 말했고 '첼리'란 출발이란 뜻이었다. 물론 다급하게 외치는 소리인데다 열차가 천천히 움직이고 있으므로 적음은 재빨리 열차칸으로 올라탔다.

밖을 나갔다가 온 적음에게 유키코가 물었다. 열차가 정차해 있는 동안 유키코는 잠에서 깨어나 있었던 모양이었다.

"어디 갔다 오세요."

"다리 운동도 할 겸 짜이 한 잔을 했어요."

"서는 또 스님이 이 역에서 내린 줄 알았어요."

"이 밤중에 어디로 가겠소."

"스님, 어디까지 가세요."

"가야까지 갑니다."

"저도 가야에서 내리는데요. 거기서 다시 보드가야로 나가 부처님 유적지를 보려고 해요."

"인도를 여러 번 왔다고 그랬는데 무슨 이유가 있습니까."

"벌써 다섯 번째예요. 인도는 자꾸 와보고 싶은 매력과 신비의 나라예요."

"아가씨는 전생에 인도인이었는지 모르겠소."

"제가 전생을 어떻게 알겠어요. 스님이 얘기해 주세요."

"벌써 다섯 번이나 왔다니 이곳이 전생의 고향이 아니고서 야 어찌 다시 찾아올 수 있겠소. 모든 게 뒤죽박죽이고 불편 하기 짝이 없는 나라인데."

"글쎄요. 이제는 힌디어를 대충은 알아들을 수 있어요. 그 러다보니 여행이 즐겁고 불편하지 않아요."

"매번 혼자 왔었나요."

"처음에는 친구들과 어울려서 왔었구요, 두 번째부터는 혼 자서 왔어요. 혼자 다니다 보면 가이드를 하여 여행 경비도 벌 수 있어요."

"사실은 나도 인도가 초행은 아니오. 하지만 인도가 워낙 넓은 땅덩어리여서 그런지 아무 것도 모르겠소."

"스님, 저에게 숙식만 해결해 주신다면 스님의 가이드가 될 수 있죠. 스님이 여행하는 코스나 제가 가야 할 곳이 비슷 한 것 같으니까요."

"좋은 제안이오. 하지만 같이 여행을 하는 사람이 있어요. 그 사람이 동의해야 합니다."

최림을 무시하고 적음 혼자서 결정할 수는 없는 노릇이었 다. 그러나 인도통이라는 유키코가 안내를 해준다면 일단 여행지를 이동하는 데에 쓸데없이 시간을 낭비하는 일은 없을 것도 같았다. 더구나 법상 스님을 찾는 인원이 한 명 더 느는 셈이어서 일석이조의 효과를 볼 수도 있었다.

이제 보니 유키코는 술에다 담배까지 하는 모양이었다. 적음에게 담배를 피우겠다고 양해를 구해왔다. 그녀는 술과 담배가 남자만의 전유물이 아니라는 듯이 스스럼없이 마시고 피웠다. 담배 연기를 푸우 하고 길게 내뿜는 유키코의 모습이 당당하게 보였다.

유키코의 영어 실력은 초급 정도였지만 적음과 서로 의사소통을 하는 데는 지장이 없었다. 유키코의 성격은 활달했고 숨김이 없었다. 그녀는 교토의 불교대학을 졸업한 뒤, 지금은 그녀의 아버지가 경영하는 불교용품 회사에 다니고 있다고 술술 이야기를 했다. 그녀 아버지의 회사는 원래 몇 대째 수공업으로 염주나 향 등을 만들어 왔는데, 그녀 아버지 대에 이르러 공장을 만들고 하여 중소기업 규모로 발전하였다고 이야기를 했다. 〈금각사金閣寺〉라는 미시마 유키오의 소설이 유명해지면서 더불어 그 절 옆에 있는 그녀 아버지 회사도 명성을 얻은 것이 아니겠느냐고 그녀 나름대로 진단을 했다.

적음은 출가 전에 〈금각사〉를 읽어본 적이 있지만 너무 오래되어 기억은 잘 나지 않았다. 주인공이 장애자라는 사실과 소설 끝부분에 이르러 금각사라는 절이 불에 탄다는 것밖에는 떠오르지 않았다.

너무 일찍 빛과 어둠이 날카롭게 부딪치는 소설을 읽은 탓이었다고나 할까. 현실과 소설의 세계를 분간하지 못하는 그런 나이에 읽었던 것이다. 실제로 적음은 중 1땐가 장애자와 광인을 구별하지 못하고 공연히 겁을 내던 시절이 있었다. 같은 반 친구였던, 다리를 절룩거리던 아이의 눈을 바로보지 못하고 시선을 떨어뜨리고 다녔던 것이다. 갑자기 그 친구가 〈금각사〉의 주인공처럼 온순한 얼굴의 가면을 벗어던져 버리고 무서운 광기를 보일지도 모른다는 두려움 때문이었다.

또 한 가지 기억이 나는 것이 있다면 〈금각사〉의 묘사였다. 누각 같은 절이 금칠이 되어 그 빛깔이 연못에 어른거리는 장면이었다. 적음에게 그것은 차라리 두려움이었다. 그 묘사를 보고 '황금의 집'을 연상했다. 절이라는 아름다움보다는 왕의 군막 같은 어떤 폭력의 힘을 느꼈다.

미시마 유키오의 소설 〈금각사〉는 적음에게 일본을 부정적으로 받아들이게끔 영향을 준 최초의 작품인 셈이었다. 온순한 얼굴 속에 광기를 감춘 소설 속의 주인공이 일본인의 전형처럼 각인됐으며, 금칠을 한 금각사처럼 일본의 아름다움 속에는 폭력의 힘이 감추어져 있다고 믿게 됐던 것이다.

더구나 미시마 유키오가 할복자살을 했으며 생전의 그는 극우주의자였다고 전해지는 신문 기사를 접하면서 〈금각사〉의 주인공을 다시 보는 것처럼 적음은 몸서리를 친 적이 있는데, 그 순간이 아직도 선명할 정도였다.

그런 점에서 유키코는 적음의 그런 선입관의 독毒을 닦아주는 역할을 했다. 하긴 적음의 선입관이 어느 부분 맞는 것이라고 하더라도 유키코는 일본의 기성세대가 아닌 소위 신세대였다. 유키코의 행동은 서울의 신촌 거리를 활보하는 여느 젊은이하고 조금도 다름이 없었다.

"스님, 그럼 한 분이 오케이하면 허락하시는 거죠."

"그렇소."

"가야에서 어디로 찾아가면 되는 거예요. 장소를 가르쳐주셔야죠."

"가야에서는 아마 싯타르타 호텔에서 묵게 될 터이니 그리 오시오."

"고맙습니다."

"그런데 아가씨에게 한 가지 묻고 싶은 게 있소."

"뭔데요, 스님."

"인도를 앞으로도 계속 다닐 작정이오."

"어쩌면 아예 주저앉아 버릴지도 모르겠어요."

"정말이오."

"스님께서 좀 전에 말씀해 주셨잖아요. 이곳이 전생의 고향일 거라고."

"그게 아닌 것 같소. 지금 문득 생각해보니."

또다시 적음은 〈금각사〉 주인공을 떠올렸다. 물론 그의 이름도, 어디가 장애였는지도 자세히 떠오르지 않는 그 주인공이었다. 어쩌면 적음의 머릿속에서 〈금각사〉와는 상관없이 변질된 주인공인지도 모를 일이었다.

갑자기 유키코한테서 일종의 불구의식이 느껴졌다. 불구의식. 다른 말로 열등의식이라고 해도 좋을 것 같았다. 늘 만족치 못하고 불만족을 느끼는 불구의식. 너무 큰 매력 앞에 주저앉아 버리고 싶다는 열등의식. 앞으로도 인도를 계속 찾아오겠다는 광적인 취향.

적음은 자신이 유키코에 대해서 너무 비약한 것은 아닐까 하고 생각을 멈추었다. 바닥에서 튕겨오르는 농구공처럼 말을 순간순간 해버리는 유키코의 태도를 보면 종잡을 수가 없었다.

"소설 〈금각사〉를 읽은 적이 있겠지요."

"못 읽었어요."

"전후 일본 최고의 작품이라고 하던데."

"전 전후 세대가 아니잖아요. 스님."

"일본 최고의 작품이라고 하기도 하고."

"스님. 요즘 저희들은 그런 작품 읽지 않아요. 너무 무겁잖아요. 재미도 없고. 게다가 지루하고."

"그럼 어떤 소설을 읽습니까."

"환타지소설요. 게임하듯 즐거우니까요. 만화도 유행이죠."

적음은 입을 다물었다. 그러자 잠시 후 유키코도 다시 잠을 자려고 드러누웠다. 어서 새벽이 와 차창 밖의 풍경이라도 보였으면 좋으련만. 보이는 것이라곤 어둠뿐이고, 들리는 것이라곤 열차와 레일이 맞부닛치는 금속성 소리뿐이었다.

덜커덩 덜컹 덜커덩.

밤열차가 달리고 있는 방향은 여전히 서쪽이었고 고도는 200미터였다. 밤열차는 죽을 힘을 다해서 해발 200미터의 대지를 달리고 있었다. 오르막도 없고 내리막도 없는 평원을 일정한 속도로 질주했다.

적음도 눈을 감았다.

그러자 이번에는 캘커타의 아스토리아 호텔에서 함께 출발하지 못한 최림이 떠올랐다. 그를 언제 처음 만났던가. 그래, 불이암으로 먼저 그가 찾아왔지. 무엇 때문에 나를 찾아왔던가. 그래, 법상 스님을 만나러 왔다고 했지. 그가 법상 스님을 왜 만나겠다고 내게 말했던가. 그래, 인도를 함께 여행하며 말했지. 부처님의 진신사리를 찾기 위해 법상 스님을 찾는다고. 그가 불교 신자인가. 아니지. 그는 자신의 야망을 위해서 부처님의 진신사리를 찾고 있었지.

그는 집념이 대단히 강한 사람이야. 그렇게 지독한 사람을 본 적이 없으니까.

황룡사 9층탑을 재현해 놓은 천불탑에다 부처님의 진신사리를 봉안하여 역사에 남는 걸작품을 보여주려 하고 있는 설계사였다.

무서운 집념.

그는 요즘의 30대 젊은이라고 할 수 있지. 물불을 가리지 않고 덤비는 30대의 불나방 같은 젊은이. 자신이 생각해도 스스로 진저리쳐진다고 했지.

그는 싯타르타 호텔로 내일이나 모레쯤 오겠지. 그냥 물러설만큼 나약한 젊은이가 아니니까. 심한 배탈이야말로 인도를 가볍게 생각한 그에게 인도가 선사한 최초의 선물인지도 모르지.

머리에 붕대를 맨 차장은 깊은 잠에 떨어졌는지 더 이상

오지 않았다. 먼동이 터 날이 희부옇게 밝아지고 대지의 모
습이 거뭇거뭇 드러날 때까지도 '호키'를 외치던 차장은 나
타나지 않았다.

인 도 의 길

최림은 약속한 날에도 싯타르타 호텔로 오지 않았다. 걱정이 되어 캘커타의 아스토리아 호텔로 전화를 해보았지만 이미 체크아웃된 상태였다.

적음은 불길한 예감이 들었다. 병원으로 실려 갔거나 오던 중에 병이 더 도져 어느 간이역에서 내렸을지도 모르는 일이었다. 아니면 다른 돌발 사고를 당했던지. 그렇다고 적음은 무작정 싯타르타 호텔에서 기다릴 수만도 없었다. 일단 자기 혼자서라도 스승 법상을 찾아 나서야 했다.

그러기를 10여 일. 적음은 유키코의 안내를 받아 혼자서 법상을 찾아 가야에서 가깝고 먼 불교 유적지들을 돌아다녔다. 숙소를 옮겨가며 한 불교 유적지를 중심으로 집중적으로 찾는 게 더 효율적이겠지만 언제 최림이 나타날지 모르므로 가야의 싯타르타 호텔을 떠날 수는 없었다.

적음이 법상을 찾아 첫 번째로 갔던 곳은 보드가야.

원래는 부처가 깨달음을 얻었던 곳이라 하여 붓다가야로 불리다가 보드가야로 바뀐 곳이었다. 가야에서 보드가야까지는 11km. 인도에서의 11km는 아주 가까운 거리였다. 땅 덩어리가 워낙 크기 때문인지 그 정도의 거리를 두고 유키코가 멀다고 하니까 호텔지배인이 웃었다.

"릭샤를 타시고 눈 한 번만 감으시면 도착됩니다."

"그렇게 가까운 거리가 아니었는데, 그게 아닐 텐데요."

"네. 남쪽으로 11km떨어진 거리에 있는뎁쇼."

"11km가 가까운 거리라니."

"그럼요."

적음은 유키코와 지배인이 불러준 오토 릭샤를 타기로 했다. 가야의 탈것은 캘커타보다 종류가 적었다. 가야의 운송 수단은 자전거의 페달을 밟아 움직이는 릭샤와 엔진으로 끄는 오토 릭샤가 대부분이었다. 캘커타처럼 사람이 끄는 인력거는 눈에 띄지 않았다.

오토 릭샤는 가야 거리를 벗어나 곧 보드가야로 들어가는 강둑길을 달렸다. 강둑은 길었고 강둑 밑으로는 백사장이 계속 이어졌다. 갠지스 강의 지류인 팔구 강가를 릭샤는 먼지를 풀풀 날리며 달렸다.

유키코가 가이드처럼 안내를 해주었다. 팔구 강은 네란자라 강과 모하내 강이 합쳐진 강이라고 말해주었다. 오토 릭샤가 더 요란스러운 소리를 내며 달리자 네란자라 강과 모하내 강이 합수하는 지점에서 멀리 전정각산이 보였다. 전정각산은 산의 이름이 그러하듯 석가모니 부처가 정각을 이루기 전에 6년 고행을 하였던 곳이었다.

오토 릭샤가 팔구 강을 지나 네란자라 강가를 달리자 불교유적지들이 더 많이 나타나기 시작했다. 석가모니 부처에게 우유죽을 공양한 수자타의 집터도 보였고, 부처에게 귀의한 우루빌라 카샤파의 절도 보였다. 그런가 하면 정각을 이루기 전 고행의 피로를 풀었던 강가도 보였다.

적음은 눈을 부릅뜨고 주위를 두리번거렸다. 부처가 한 곳에 안주하지 않고 길을 도량 삼아 걸으셨던 것처럼 법상 스님이 길 위를 걷고 있을지 모르기 때문이었다.

그러나 석가모니의 큰 깨달음을 기리기 위해 아쇼카 대왕에 의해 세워진 대각사大覺寺 정문에 다다라서는 너무 혼잡스러워 법상 스님을 찾겠다는 의지가 달아나버리는 느낌이었다. 입구는 참배객들로 북적거렸다. 원색의 사리를 걸친 처녀들과 아기를 안은 여인네들, 그리고 각국에서 온 순례자들로 한눈을 팔다가는 유키코를 놓칠 것만 같았다. 더구나 행인의 반쯤은 순례자들에게 울음을 터뜨릴 듯한 표정으로 '박시시' 하고 손을 벌려 구걸하는 걸인들이었다. 그런가 하면 기념품 가게에서도 대탑의 주변에까지 나와 호객을 하고 있었다.

대탑의 맞은편에서는 끊임없이 힌두 음악과 무슨 행사를 하는지 안내 방송이 반복되고 있었다. 입장료를 내고 들어가 신발을 맡기고는 대탑 안의 부처님께 참배하기 위해 순서를 기다렸다. 줄을 길게 늘어서 있다가 자기 순서가 되어야만 들어갈 수 있었다.

대탑 안의 부처님을 참배한 후 유키코와 적음은 맨발로 대탑 주위를, 오체투지 하는 티베트의 승려와 신도들 사이를 피해가며 탑돌이를 하기 시작했다. 오체투지란 두 팔과 두 다리와 이마를 땅에 대는 절인데, 어떤 스님은 이마에 혹이 날 정도로 몇 달 간을 계속하고 있었다. 우리나라의 삼 천배는 그들의 오체투지에 비하면 고행이라고 할 수 없었다.

적음은 앞으로의 여정이 순탄치만은 않을 것 같다는 불안감과, 부처님의 성지를 순례한다는 법열이 묘하게 뒤섞여 혼란스러웠다. 두 번째로 법상을 찾아 갔던 곳은 라즈기르였다.

3년 전, 성지순례 관광단에 끼어 라즈기르를 둘러보았지만 그때의 경험은 법상을 찾는 데 전혀 도움이 안 되었다. 그때의 여행은 순례라기보다는 극기 훈련에 가까운 강행군이나 다름없었다. 일주일 만에 4,000km에 이르는 부처의 4대 성지를 다 둘러보아야 했으므로 하루 종일 이동하는 버스 속에 있다가 밤이 되어서야 숙소로 돌아오곤 했다. 때문에 성지에 도착해서도 많이 머물러야 1시간 정도가 고작이었다. 그렇다고 휴식을 충분히 취할 수도 없었다. 하루에 500km 이상씩 시속 60km의 버스로 이동해야 했으므로 밤 12시쯤에 눈을 붙였다가 새벽 네 시나 다섯 시에 출발해야 했기 때문이었다.

그때는 인도의 길 위에서 하루에 10시간 이상씩을 보낸 셈이었다. 그것도 평균 시속 60km인 버스 속에서. 그때 적음은 너무 피곤하였으므로 눈을 떴다가 졸다가 하면서 비슷비슷한 인도의 풍경을 별 감흥 없이 바라보곤 했는데, 나중에는 거리와 시간 감각이 사라졌다.

아무리 달려도 버스는 길 위에 있었고, 눈을 희번덕거리는 비슷한 사람들 사이를 달리고 있었고, 흙먼지를 잔뜩 뒤집어쓴 촌락들이 보일 뿐이었다. 졸린 탓도 있었지만 모든 게 느릿느릿 움직였다. 먹이를 찾아 쓰레기를 뒤지는 소들도, 개들도, 풀밭에 누워 휴식을 취하는 사람들도 흐느적거렸다.

도회지도 그 이면을 들여다보면 흐느적거림으로 가득했다. 조금이라도 풀이 자라 있는 녹지 공간에는 예외 없이 사람들이 드러누워 시도 때도 없이 잠을 자느라 뒤척거렸고, 나무 그늘이건 햇볕 아래건 공공의 빈 공간이면 틀림없이 쪼그려 앉은 노숙자들이 그곳을 점거하고 있었다.

뿌연 먼지의 허공 속에서 뜨는 해나, 지는 해도 바쁠 것이 없었다. 최대한 게으름을 피우며 애드벌룬이 뜨고 가라앉는 것처럼 천천히 움직였다. 처음에는 무슨 착시현상인가 싶어 눈을 부벼 보곤 했지만 모든 게 느린 속도였다.

성격이 급한 편인 적음으로서는 가장 견디기 힘든 일이었지만 버스로 이동하면서 어느새 자신이 적응되어가고 있는 것을 느끼고는 스스로 놀랐다.

모든 버스마다 시속을 60km 안팎으로 제한해 놓은 듯한 나라는 아마 인도밖에 없을 것 같았다. 좁은 도로를 고려해서 그런지, 아니면 차의 성능을 고려해서 그런지 그것도 아니라면 다른 우마차들과의 사고를 피하기 위해서 그런지는 알 수 없지만 느린 속도를 원망하는 사람은 아무도 없었다.

그들은 오래 전부터 뚫려 있는 대지의 길을 서두르지 않고 달릴 뿐이었다. 사고가 나도 우회하는 차는 없었다. 사람들은 앞차가 치워질 때까지 뒤에 멈추어 노닥거렸다. 신경이 날카로운 한국인으로서는 머리가 돌아버릴 지경이었지만 그곳의 풍경을 목격하고는 참아냈다.

바라나시에서 아그라까지 고속도로를 달리고 있을 때 차들이 수십 수백 대가 밀려 있었다. 조금도 꿈쩍을 안 했다. 알고 보니 좁은 다리에서 두 차가 마주 달리다 충돌한 사고가 났기 때문이었다.

운전수들은 마치 사고를 기다렸다는 듯이 차 안에서 낮잠을 자거나 차를 벗어나 멀건히 담배를 빨아댔다. 화가 나 있는 사람은 아무도 없었다. 사고가 난 지 몇 시간이 되었느냐고 묻자 무려 5시간이나 되었다고 말했다. 그 누구도 다리로 가 사고 난 차를 끌어내려고 하지 않았다. 경찰도 군인도 부르려 하지 않았고 불러도 올 가망이 없는 모양이었다.

물론 길을 벗어나면 대지였으므로 우회하여 서행을 할 수 있을 텐데도 운전수들은 습관적으로 그럴 필요를 느끼지 않는 듯하였다. 하긴 인도에서 길을 벗어난다는 것은 대단히 위험한 일이었다. 늪이 많고 독사가 있고 거친 덩굴들이 대지를 뒤덮고 있기 때문이었다. 인도인들의 머릿속에는 '길이 아니면 가지 않는다'는 약속이 은연중 각인돼 있는 것 같았다.

인도에서는 길 위에 있는 것이 안전했다. 용변을 보려고 길을 벗어나려면 조금만 벗어나야 했다. 인도인들은 용변을 볼 때 길 가까이 접근하여 천연덕스럽게 해결하곤 했다. 아침의 버스 속에서 처음에 그들을 볼 때 무슨 명상을 저렇게 하는가 싶었는데 나중에 보니 그게 아니었다. 그러나 그것도 며칠 만에 그들을 이해할 수 있었고, 그들을 흉내 내어 순례단의 남자고 여자고 간에 아침마다 길 가까이서 엉덩이를 스스럼없이 드러냈다.

인도의 어느 길가나 물컹한 똥 천지였고 똥을 밟지 않으려고 조심해야 했다. 이상한 것은 그럼에도 불구하고 똥 냄새를 별로 느낄 수 없다는 점이었다. 산지사방으로 툭 터진 넓은 대지에다 뜨거운 햇볕이 똥을 재빨리 말려버리기 때문이었다.

적음은 인도의 첫 번째 여행을 떠올릴 때마다 끝없는 길밖에 생각나는 게 없었다. 어디를 가나 인도의 길은 시작도 없고 끝도 없는 대지에 뻗어 있었고, 가장 많이 본 게 있다면 대지에 손금처럼 나 있는 길뿐이었다. 길을 한번 잘못 들면 몇십 분이 아니라 몇 시간을 대지에서 허비해야 했다. 목적지를 가려면 정직하게 달려야지 우회하거나 지름길을 찾아 잘못 들었다가는 낭패를 보기 일쑤였다.

인도인들에게 길은 또 다른 힌두나 다름없었다. 숄 같은 것을 머리에 쓰고 마치 수도자처럼 터벅터벅 길을 걸어가는 인도인들을 보면 그런 생각이 들었다. 그들은 무덤덤한 길의 표정을 어느새 깊이 닮아 별로 기쁠 일도 없고 슬플 일도 없다는 듯이 무덤덤하게 살아가고 있었다.

라즈기르 즉 왕사성 가는 길도 역시 인도식이었다. 2천5백여 년 전이나 지금이나 정직하게 하나밖에 나 있지 않았다. 지름길이나 샛길은 없었다. 가야에서 라즈기르까지는 인도인 택시 운전수의 말로 칠십 몇 킬로미터인데 인도인들이 자랑하는 앰배세더 택시로 3시간은 달려야 했다. 유키코가 택시를 값싸게 불러왔으므로 거절할 수도 없었다.

"1천 루피에 하루를 빌렸어요."

1천 루피라면 우리 돈으로 3만 5천 원 정도 되었다. 국내물가를 감안한다면 아주 싼 편이었다. 오전 8시부터 빌리기로 하였는데, 운전수는 새벽부터 와서 호텔 로비에서 씹는 담배를 우물거리며 기다렸다. 그가 일찍 온 것은 아마도 다른 운전수한테 손님을 뺏기지 않으려고 그런 듯했다.

호텔 식당에서 끼니마다 며칠째 메뉴를 바꾸지 않고 빵 몇 조각과 우유 한 잔, 바나나 한 쪽으로 식사했기 때문에 배는 늘 더부룩했다. 먹어도 먹은 것 같지 않았고 배설을 해도 반쯤은 설사가 되어 개운치가 못했다.

왕사성 가는 길에는 배가 더욱 부글거렸다. 다행히 아침길이어서 열린 차창으로 들이치는 시원한 바람에 불편한 속을 달랠 수 있었다. 길은 2차선이었지만 아스팔트가 가운데 부분만 포장되어 있어 1차선이나 다름없었다. 반대쪽에서 트럭이나 버스가 돌진해 올 때는 한쪽으로 비켜서 있다가 달리곤 했다.

펼쳐진 평원을 북쪽으로 한없이 달리다 보니 산들이 나타났다. 옛 왕국들이 왜 그곳을 빼앗기 위해 전쟁을 벌였는지 짐작이 되었다. 산들은 천연의 성곽 역할을 하면서 넓은 대지를 감싸고 있었다. 부처가 살아계실 적에 번영을 누렸던 마가다국의 수도 왕사성은 바로 산들로 둘러싸인 넓은 분지에 있었다.

"스님, 잠깐만요."

유키코가 용변을 보기 위해서 택시를 세웠다. 택시는 관목이 곱슬머리처럼 다닥다닥 달라붙은 산록으로 들어섰지만 아직 왕사성에 도착한 것은 아니었다. 길가에서 용변을 볼 때는 유키코와 묵계한 게 하나 있었다. 차를 중심으로 왼쪽에서는 적음, 오른쪽에서는 유키코가 용변을 보았다. 방향이 서로 꼬여 어색해한 적도 있지만 어느새 그들도 인도인과 동화되어 쪼그려 앉은 자세로 신체가 노출되어도 부끄러워하지 않았다.

사실 인도인들의 성기를, 그것도 남성의 그것을 무심코 보았을 때 적음은 무척 놀랐다. 적음이 보아온 성기가 아니었

다. 감추어야 할 은밀한 무엇이 아니라 기다란 막대기처럼
축 처진 채 아무렇지도 않게 드러나 있었다. 발기가 조금도 안
될 것 같았다. 성기로서 기능을 상실한 무표정한 모습이었다.

'아니, 뭐 저런 게 있어. 인도인의 남근은 저런 건가.'

처음에는 그것이 너무 크고 먼지가 묻은 것처럼 하얘서 성
기가 아닌 줄만 알았는데, 사타구니 사이에 정확히 위치해
있는 것으로 보아 그것은 분명 의심의 여지가 없는 남성의
생식기였다.

그들은 똥을 눌 때만은 절대로 그것을 감추지 않았다. 화
장지를 쓰지 않고 왼손으로 닦기 때문에 손을 씻는 물통을
하나씩 준비하고 있었지만, 그 물통으로 그곳을 가릴 생각이
전혀 없는 듯하였다. 물통을 사타구니 사이에 두면 남근이
저절로 은폐가 되겠지만 대부분 물통은 엉덩이 옆에 있었다.

적음은 유키코가 볼일을 보는 동안 자신도 더부룩한 속을
진정시킬 겸 쪼그리고 앉았다. 인도인처럼 길 가까이서 볼일
을 보았다. 예상했던 대로 설사는 더 심해지지는 않았으나
항문을 시원케 할 만큼 배설되는 것도 아니었다. 상쾌하지
는 않지만 그런대로 속을 다독거려주는 정도였다.

유키코도 차에서 결코 멀리 가지는 않았다. 차에서 얼마나
떨어져 용변을 보는가에 따라서 인도와의 적응도를 가늠해

볼 수도 있었다. 유키코와 첫날에는 서로가 차에서 상당히 떨어진 거리에서 용변을 보았는데 어느새 차에서 대여섯 걸음 떨어져서 천연덕스럽게 볼일을 치르고 있었다.

뿐만 아니라 속살을 슬쩍 보아도 아무렇지도 않았다. 처음처럼 놀라거나 어색해 하지 않게 되었다. 그래야만 여행할 수 있는 곳이 인도이기 때문이었다.

"스님의 스승님을 찾아 인도로 왔다고 했죠."

"그렇소. 법상 스님이라고 하지요."

"저도 찾아볼게요."

"매부리코에다 부처님처럼 미간 사이에 점이 하나 있지요."

잠시 다리 운동을 한 다음, 택시에 다시 올라타 인도산 생수를 마셨다. 다른 것은 다 호텔에 놓고 다니는데 생수만큼은 꼭 서너 병씩 가지고 다녀야 했다. 인도 특유의 광물질이 섞인 지하수만큼은 절대로 적응이 안 되기 때문이었다. 택시가 움직이기 시작하자 유키코가 또 법상 스님을 들먹거렸다.

"스님을 찾는 이유는 뭐예요."

"스승이니까 만나보고 싶은 거요."

"짐작이 가는 곳은 없구요."

"부처님 성지를 몇 년째 순례하고 있다는 소문만 들었소."

"그럼, 왕사성이 내려다보이는 영취산에 계실지도 모르겠네요."

"제발 거기에 계셨으면 좋겠소."

"만약 계신다면요."

"내 여행은 즉시 중단될 것이오."

"스님이 계시지 않는다면요."

"부처님 성지를 하염없이 돌아다닐 수밖에요."

"스님을 제가 찾는다면요."

"애지중지하는 이 염주를 주겠소. 하하하."

적음은 자신이 가지고 있는 염주를 상품으로 걸고는 소리나게 웃었다.

택시는 영취산 입구에서 멈추었다. 인도 정부가 관광지로 개발해 놓아 입구는 기념품 가게나 식당들이 몇 개 있어 그런대로 관광지구나 하는 느낌이 들었다. 외국인들을 위해서 설치한 수세식 화장실도 있었다. 기념품과 카탈로그를 파는 아이들도 관광객이 도착할 때마다 우르르 몰려와 흥정을 벌이곤 했다. 오면서 잠시 잊고 있었던 거지들도 나타나 곧 눈물을 떨어뜨리며 울 듯한 표정으로 손을 내밀어댔다.

"노우 노우."

택시 운전수가 파리를 쫓듯 괴성을 지르며 그들을 떼어내려 하지만 소용없었다.

"마부, 마부. 원 달라."

"붓다, 붓다. 텐 달라."

어쩌면 택시 운전수는 자기가 그래도 행상 아이들과 거지들이 달려든다는 것을 잘 알면서도 손님을 위해서 일부러 그런 시늉만 내는지도 몰랐다. 행상 아이들을 쫓느라 대신 흥정을 해줄 때도 있었다.

"붓다 원 달라."

작은 부처상을 10달러에서 1달러로 10분의 1 가격에 달라고 하니 아이들이 기가 막힐 만도 했다. 아이들이 울상을 지으며 얼씬도 못했다.

적음은 유키코와 함께 자장 같은 소스가 나오는 짜빠티로 점심을 한 다음 영취산을 오르기로 했다. 시계를 보니 어느새 12시를 조금 넘고 있었다. 가야에서 왕사성까지 예상 시간보다 1시간 정도 더 걸린 셈이었다. 아마도 가야의 시장 거리에서 지체한 것과 오던 중에 두어 번 용변을 본 것 때문에 늦어진 것 같았다.

거지와 행상 아이들이 영취산 입구까지 따라오며 성가시게 굴다가는 더 이상 가망이 없자 떨어져나갔다. 대신 늙은 경찰이 한 명 따라와 동행을 해주었다. 총기를 소지하고 있는 것으로 보아 단순한 안내인은 아니었다. 인도에서 안내인이나 불교 유적지 관리인은 아주 초라한 행색으로 긴 막대기를 들고 다니는 게 보통이었다. 긴 막대기로 행상 아이나 거지들을 쫓아 주기도 하고 순례자를 안내하여 받은 팁으로 생계를 유지하는 모양이었다. 긴 막대기가 그들에게는 신분도 나타내주고 생활의 도구도 되는 셈이었다.

이가 빠져 합죽이가 된 늙은 경찰은 영어가 유창했다. 적어도 인도에 온 이후 만난 사람 중에 가장 세련되고 자신의 의견을 조리 있게 말하는 사람이었다.

"제가 정상까지 모시겠습니다. 두 분만 올라가면 위험합니다. 한국에서 오셨군요. 저는 이제 얼굴만 봐도 일본 사람인지 한국 사람인지를 바로 맞출 수 있답니다."

적음은 그를 만난 것을 행운으로 생각했다. 그는 영취산을 찾아온 관광객들을 도둑이나 강도로부터 보호하기 위하여 파견된 경찰이었다. 잘 믿어지지 않지만 관광객의 발길이 뜸해지는 시간을 노려 영취산 산록에 숨어 있던 도둑이나 강도가 가끔씩 나타나는 모양이었다.

시멘트로 덮인 산길을 조금 오르자 금세 땀이 흘렀다. 그렇지만 적음은 닦을 생각을 못했다. 자신이 지금 부처님이 걷던 길을 밟고 있으며 스승인 법상을 찾아 올라가고 있다는 생생한 현실감으로 힘은 들었지만 가슴이 벅차오르는 느낌이었다.

'이 길을 빔비사라 왕이 부처님을 친견하기 위해 만들었다지.'

오르는 산길 중간쯤에서 적음은 잠시 쉬었다. 유키코가 자신의 다리에 가벼운 쥐가 났다고 호소했다.

"5분만 쉬었다 가요. 스님."

"그럼, 여기서 기다리시오."

"그러긴 싫어요. 저 위에 법상 스님이 있을지도 모르잖아요. 제가 꼭 찾아 스님의 염주를 받고 말 거예요."

초입에서부터 따라오던 행상 아이도 어느새 내려가고 문득 홀로 된 느낌이었다. 눈앞에서부터 멀리 흔적도 없이 사라진 왕사성 터에 관목 숲이 펼쳐져 있는 게 보였다. 거기에는 번성했던 마가다국의 수도를 상징하는 그 어떤 유물도 남겨진 게 없었다. 왕사성은 신기루처럼 사라져 보이지 않았고 그 광활한 터는 막이 내린 연극의 무대처럼 자연의 분지로 환원되어 있었다.

왕사성.

옛날, 부처가 제자들을 거느리고 있을 때는 라자그리하라고 부른 성. 군사의 힘이 강성해져 바이샬리나 쿠쉬나가라의 도시국가 및 나중에는 코살라의 수도 사위성舍衛城까지 평정했던 도시국가. 석가모니 부처의 덕화德化로 불교를 믿게 된 빔비사라 왕의 승인 하에 자이나교나 아지비카교 등등 여러 종교가 번성했던 철학의 도시국가. 성문으로서 큰 문이 32개, 작은 문이 64개였다고 하니 그 거대한 성을 짐작해 볼 수 있는 국가였다.

유키코가 다시 앞서서 올라갔다. 법상을 자신이 찾아 적음이 가지고 있는 염주를 얻고야 말겠다는 듯 두 팔을 휘저으며 걸었다. 적음은 염주를 굴리며 천천히 산정을 바라보았다.

그러나 정상을 먼저 올라갔다가 내려오는 유키코의 표정은 어두웠다. 영취산의 다른 이름이 독수리 봉이고 구법승 현장도 〈대당서역기〉에 독수리가 산정에 날고 있었다고 기록했던 것처럼 그녀의 어깨 너머로 커다란 독수리 서너 마리가 낮게 날고 있었다.

"스님, 정상엔 아무 것도 없어요. 순례자들뿐."

유키코의 영어를 경찰이 알아듣고는 웃으면서 대신 말하였다.

"없다구요, 그럴 리가 있습니까. 부처님이 계시겠지요."

"뭐라고 말씀하셨습니까."

적음은 경찰이 농담을 하고 있다고 생각했다. 그러나 어떤 의미로 '부처님이 있다'라고 하는지는 알 수 없었다. 유키코도 몹시 의아한 얼굴을 했다.

"부처님이라고 말씀하셨습니까."

"물론입니다. 우리 인도 사람들은 아주 옛적에 부처님을 '눈을 뜬 사람'이라고 불렀습니다. 눈을 뜬 사람……. 우리도 아침마다 잠에서 눈을 뜨니까 부처가 되는 셈이지요."

"영취산 산정에만 있는 게 아니라 우리도 부처님이네요."

유키코의 재치 있는 말에 적음은 소리 없이 웃었다. 아주 옛적에 부처를 '눈을 뜬 사람'이라고 불렀다는데 사실이었다. 무지한 상태에서 지혜의 눈을 뜬 사람이 부처이기 때문이었다. 적음은 초기 경전에 부처를 '눈을 뜬 사람' 혹은 '거룩한 스승', '눈이 있는 분'이라고 적혀 있는 것을 가까스로 기억해 냈다.

늙은 경찰의 말은 옳았다. 그의 말은 농담만은 아니었다. 그의 말 속에는 진리가 담겨 있었다. 부처나 중생은 눈을 뜨고 있다는 점에서는 같았다. 그러나 부처는 지혜의 눈을 떴기에 거룩한 스승이 되었던 것이다.

과연 유키코의 말대로 정상엔 순례자들만 있었다. 법상 스님은 어디에도 없었다. 향을 공양할 수 있도록 만든 단에는 촛농이 녹아 납처럼 엉켜 있었고, 하얗고 붉은 꽃들이 어지럽게 뿌려져 있었다. 하늘에는 독수리 한두 마리가 먹이를 노리듯 저공으로 날았으며, 산 아래로는 왕사성의 너른 터가 보였다.

적음은 관리인에게 신발을 맡기고 버선을 빌렸다. 물론 내려갈 때 얼마를 달라고 할 것이지만 무조건 적선하는 것보다는 나았다. 적음은 향을 사서 단으로 가져가 피우면서 「반야심경」을 독송했다. 그러자 순례자들이 적음 뒤로 무릎을 꿇고 앉아 합장했다.

그 사이 경찰은 관리인들과 뭐라고 잡담을 나누었다. 그들은 아마도 힌두를 믿는 듯했다. 누런 치아를 드러내놓고 노닥거렸다. 불교 의식에는 관심이 없고 산정을 찾아온 사람의 숫자에만 흥미를 갖는 것처럼 느껴졌다.

하산하면서 적음은 경찰에게 법상의 모습을 설명해주고는 물었다.

"그런 스님을 본 적이 있습니까."

"오, 잠깐."

경찰은 커다란 눈을 껌벅거리더니 수첩을 꺼내 뒤적거렸다. 이곳에 오랫동안 파견되어 있었다면 법상 스님의 인상을 기억할지도 몰랐다. 더구나 경찰은 외국인에 대해서 호기심이 많으므로 기대를 부풀게 했다. 한참 수첩을 뒤적거리더니 눈을 크게 떴다.

"이분 아닙니까."

"그렇습니다. 그렇습니다."

수첩의 한 페이지에 '법상'이라는 이름이 한글과 영문으로 동시에 적혀 있었고, 영어 발음기호를 이용하여 안녕하십니까, 감사합니다. 등등 간단한 우리말 인사법이 적혀 있었다.

"반년 전, 이곳에 머문 적이 있습니다."

"혹시 다시 오시거든 이곳으로 연락을 주시겠습니까."

적음은 호텔의 전화번호와 국내의 불이암 암자 주소를 종이에 적어 주었다. 경찰은 쪽지를 수첩에 끼워 넣더니 다시 '눈을 뜬 사람' 타령을 했다.

"그분은 정말 '눈을 뜬 사람'입니다. 이곳 인도 사람들뿐만 아니라 다른 나라 사람들도 그분 제자가 되어 그분을 따르고 있습니다."

적음은 인도인 경찰에게 10달러를 주었다. 산정까지 자청하여 안내해준 것도 고마웠고, 법상 스님의 최근 소식을 알려준 것에 대한 사례로 팁으로서는 좀 과했지만 선뜻 꺼내주었다.

적음이 법상을 찾아 세번째로 갔던 곳은 죽림정사였다.

왕사성이 보이는 영취산에서 가까운 거리에 있으므로 그곳을 지나칠 수는 없었다. 죽림정사는 빔비사라 왕이 석가모니 부처가 왕사성 가까운 곳에 머물도록 하기 위해 대나무 숲속에 터를 닦아 기증한 최초의 절이었다. 물론 법상 스님이 영취산에 머물렀던 것은 반년 전이므로 죽림정사에는 없을 가능성이 더 컸다. 그러나 적음은 단 1퍼센트의 가능성도 놓치고 싶지 않았다. 택시를 하루 동안 빌렸으므로 가야의 싯타르타 호텔로 돌아가는 데 시간도 충분했다.

유키코가 입장료를 지불했다. 법상을 먼저 찾아 적음이 가지고 있는 염주를 선물 받으려고 죽림정사에서도 역시 먼저 유키코가 발 빠르게 행동했다. 법당이 있긴 했지만 침침하고 꽃이 흩뿌려진 힌두의 분위기가 물씬 느껴지는 곳이었다. 적음은 왠지 거북하여 '관세음보살'을 외우는 것만으로 참배를 대신했다.

2천5백 년 전의 절은 그 규모가 대단했을 터였다. 절이 세워지기까지의 인연은 이러했다.

빔비사라 왕은 석가모니가 보드가야의 보리수나무 아래에서 성도成道하여 부처가 됐다는 소식을 듣고 누구보다도 기뻐했다. 빔비사라 왕은 석가모니 부처보다 다섯 살 아래인 젊은 왕으로서 태자 시절부터 석가모니에게 귀의했던 독실한 추종자였던 것이다.

그러나 성도한 석가모니 부처는 빔비사라 왕이 있는 왕사성으로 가지 않고, 먼저 보드가야에서 사르나트로 걸어갔다. 거기에는 빔비사라 왕보다 먼저 깨우쳐 주어야 할 다섯 명의 수행자가 있었다.

사르나트로 가서 설법하기 시작한 석가모니 부처는 많은 이교도들을 자신에게 귀의시켰다. 사르나트의 녹야원에서 최초로 다섯 사람, 다음은 야사스와 그의 친구 네 사람이 붙어나 모두 열 사람, 다시 그를 아는 50인을 합해 60인을 귀의시켰던 것이다. 그리하여 이들은 석가모니 부처의 허락을 받고 전도를 위해 각기 다른 지방으로 한 사람씩 떠나게 되었다.

귀의하는 사람들은 이들뿐만이 아니었다. 석가모니 부처가 왕사성으로 오는 도중 숲속에서 놀고 있던 청년 30명을 출가시켰고, 다시 마가다국의 가장 큰 바라문 교단이었던 카샤파 삼형제와 그들을 따르던 제자 1천 명을 귀의시켰다. 이로써 부처는 1천 명 이상의 제자들을 데리고 왕사성으로 돌아온 것이었다.

적음은 절의 이곳저곳을 기웃거렸다. 가시나무처럼 엉키고 거치른 인도의 대나무들 사이를 둘러보기도 했고, 절 뒤편의 맑은 목욕지를 서성거려 보기도 했다.

빔비사라 왕이 기증하였을 때만 해도 죽림정사는 선정에 들기 좋은 고요하고 아늑한 곳이었으리라. 그러나 오늘의 죽림정사는 힌두교도들에 의해 방치되고 관광지화 되어 지저분하고 소란스러웠다. 법상 스님이 이곳을 들른다고 하더라도 오랫동안 머무를 것 같지 않았다.

적음이 유키코의 안내없이 혼자서 네 번째로 갔던 곳은 날란다 대학 유적지였다. 날란다는 라즈기르에서 12km, 인도식으로 표현한다면 눈 한 번 감았다가 뜰 정도의 아주 가까운 거리에 있었다.

유키코가 없지만 불편은 별로 없었다. 라즈기르를 함께 달려본 경험이 있는 운전수가 있기 때문이었다. 그는 지독한 느낌이 들 정도로 말이 없었다. 묻는 말에만 대답할 뿐 절대로 먼저 말하는 법이 없었다. 식사를 할 때도 자리를 같이 쓰려 하지 않았다.

나중에 안 일이지만 그것이 바로 적음을 예우하는 일이었다. 신분이 다르기 때문에 말도 함부로 할 수 없고, 식사도 함께 할 수 없는 것이었다. 수행자인 적음을 바라문으로 존대했던 것이다.

적음이 무슨 말을 물을 때마다 그의 눈빛은 몹시 순해졌다. 교사에게 자신의 잘못을 발각당한 학생처럼 공손한 태도를 보였다. 적음이 그럴 필요가 없다고 얘기해주어도 소용없었다.

더구나 적음은 대각사 안내문에서 받은 감격이 아직 생생했던 것이다. 부처는 한 바라문에게 이렇게 말했다고 적혀 있었다.

'출생의 신분에 의해서 브라만이 되지 않고, 어떤 신분으로 태어나도 그 사람의 행위에 의해서 브라만이 된다.'

2천5백 년 전에는 지금보다도 더 철저한 계급 신분사회였으리라. 그런데 부처는 평등주의를 선언했던 것이다. 그가 한 행위에 따라서 브라만도 되고 천민도 된다는, 당시 사람들의 통념을 깨뜨려버렸던 것이다.

그럼에도 불구하고.

인도에는 아직도 신분 계급이 분명하게 남아 있었다. 2천5백 년 전에 선언했던 석가모니 부처의 평등사상도 무용지물이 되어버리고 만 셈이었다. 날란다로 가는 도중에 몇 번을 설득했지만 그의 태도는 원래대로 돌아가곤 했다.

"자, 들어요."

캔 음료수를 권할 때마다 그는 바로 마시지 않고 고개를 돌렸다. 기념품 가게를 들어설 때도 그는 입구까지만 따라와 마치 충직한 비서처럼 대기했다. 오토 릭샤를 자가용 승용차로 굴릴 정도면 결코 가난한 인도인은 아닐 것이었지만 필요 이상으로 적음을 의식했다.

운전수는 날란다 대학 유적지 안에는 들어오지 않았다. 자신의 택시를 지켜야 한다고 말했다. 정문 옆의 관리소를 지나자 바로 대학 유적지였다. 관리소 안은 집기나 책상은 아무 것도 없었다. 외양간처럼 흙바닥에 짚덤불이 쌓여 있을 뿐이었다. 그 안에서 관리인이 나오는 것을 보면 관광객을 통제하기 위해 사용하는 사무실이 분명했다.

적음은 그런 인도의 분위기에 상관하지 않았다. 차라리 날란다 대학의 유적지 곳곳에 피어 있는 꽃들의 이름이 무엇인지, 법상 스님이 지금 어디에 있는지, 그런 것에 더 신경을 곤두세웠다.

"감나무에 감이 열려 있는 것처럼 보이는 저 붉은 꽃 이름이 무엇이오."

"씨마르, 씨마르입니다."

구멍 뚫린 헌 바지를 입고 있는 관리인이 대답했다. 물론 그의 대답을 믿을 수는 없지만 물어볼 수 있는 인도인은 그뿐이었다.

"저 희고 붉은 꽃을 무어라 부릅니까."

인도에서 가장 많이 본 꽃 중의 하나였다. 관리인은 지나 칠 만큼 큰 소리로 대답했다.

"부겐빌리아."

날란다 대학의 유적지는 믿어지지 않을 만큼 순례자들이 보이지 않았다. 그 시간에는 관리인과 인도 아가씨 몇 명, 그리고 적음이 전부였다. 하긴 대학 유적지이므로 관광객들에게는 별로 매력이 없는 곳일 수도 있었다. 그러나 적음은 자신도 놀랄 정도로 가슴이 경건해졌다. 날란다 유적지를 보는 순간 유적지가 아니라 수도원에 들어선 듯했다. 청정한 분위기 때문에 참선과 기도를 저절로 하고 싶어지는 그런 수도원에 들어선 느낌이었다.

현장 스님의 기념관은 대학터에서 2km쯤 떨어진 곳에 있다고 관리인이 말했다. 현장이야말로 자신이 남기고 있는 〈대당서역기〉에 날란다 대학의 학풍을 가장 사실적으로 기록하고 있는데, 바로 그러한 인연을 기리기 위해 기념관이 건립되었다고 한다. 〈대당서역기〉에 현장은 1천3백 년 전, 구법의 열정으로 가득 찼던 당시 대학 분위기를 이렇게 기록했던 것이다.

'스님 수는 수천 명이 넘는데 모두 재능과 학식이 탁월하다. 그중에서도 덕행으로 존중받고 명성이 외국에까지 나 있는 스님만도 수백 명이 넘는다.

계행은 청정하고 수칙은 여법하다. 승도는 이미 만들어진 엄한 규칙을 스스로들 지키고 있기 때문에 인도의 여러 나라에서 모범으로 삼아 우러르고 있다. 교리를 하루 종일 연구하고서도 시간이 부족하여 아침저녁으로 서로 훈계하며 나이를 따지지 않고 서로 돕고 있다. 만약 삼장의 깊고 그윽한 교의를 말하지 못하는 자는 스스로 부끄럽게 여긴다.

이렇게 철저히 공부하는 까닭으로 명예를 다지고자 하는 승도는 이곳으로 와서 의문을 제기하여 해결함으로써 비로소 명성을 얻게 된다. 이런 학풍을 알아주게 되자, 일부 사람들이 여기에서 유학을 하였다고 거짓말을 하고 다니지만 어디서나 정중한 대접을 받는다고 한다.

외국이나 다른 지역의 스님으로서 이곳의 토론 자리에 끼어 힐문을 당하고는 자기 나라로 돌아가는 자가 많은데, 학문과 지식이 고금에 통달한 스님만이 비로소 입학할 수가 있는 것이다. 유학하러 찾아온 학문이 깊은 후진의 학자 스님도 열 사람 중 칠팔 명은 물러가기 일쑤이며, 나머지 이삼 명의 해박한 스님도 이곳 스님들의 날카로운 질문공세에 꺾여 자신의 명성을 실추당하지 않는 사람이 없다.'

이처럼 입학하기가 까다로웠고, 또 입학한 후에는 하루 종일 스님들끼리 토론하고 훈계하며 삼장의 깊고 그윽한 교의를 체득하기 위해 구법의 열정을 불살랐던 곳이 날란다 대학의 분위기였던 것이다. 이런 학풍 때문에 사람들은 스님들을 존경하게 되었고, 날란다 대학의 학위를 사칭하고 다니는 사람까지 생기게 되었다고 현장은 기록하고 있다.

적음은 부겐빌리아 덤불의 꽃무더기 아래 가만히 주저앉았다. 햇볕이 뜨거웠지만 당시 스님들의 뜨거웠던 구도심이 연상되어 견딜 만했다. 향기 없는 꽃무더기였지만 부겐빌리아의 붉은 꽃잎들은 강한 햇살에 더욱 선명했다. 날란다 대학을 거쳐 간 수많은 학인들에게 바쳐지듯 부겐빌리아는 만개해 있었다.

다섯 번째로 법상을 찾아 나섰던 곳은 바이샬리. 다섯 번째는 유키코가 원했으므로 다시 동행했다. 다만 떠나기 전에 호텔에서 지배인과 약간의 언쟁이 있어 기분이 찜찜한 상태에서 출발했다.

호텔에 쥐가 있다니 믿어지지 않는 일이었다. 막 바랑을 메고 방을 나서려는데 유키코가 묵고 있는 방에서 비명소리가 들려왔다. 적음은 문이 조금 열려져 있는 유키코 방으로 들어가 놀란 그녀를 진정시켰다.

"스님, 이 객실에 쥐가 있어요."

"어디요."

"저 침대 밑에요."

유키코가 몹시 놀란 얼굴로 침대 밑을 가리켰다. 명색이 일급 호텔에 쥐가 있다니 믿어지지 않는 일이었다. 바퀴벌레까지는 이해한다 하더라도 쥐가 있다는 것은 이해할 수 없었다.

유키코가 분한 듯 객실 관리인을 불렀다. 그가 다가오자 코를 씩씩거리며 따졌다. 관리인은 딴청을 피웠다.

"손님, 잘못 보셨겠지요. 어디 쥐가 있다는 말입니까."

"저기를 보세요. 저 침대 밑을요."

관리인이 바닥으로 늘어진 침대 시트를 걷어 올리며 살펴보는 시늉을 했다. 이미 쥐는 달아나고 없었다.

"분명히 있었어요. 제가 옷을 입으려고 하는데 그 밑으로 도망쳤다구요."

"자, 손님. 보세요. 없잖습니까."

그렇다면 유키코가 헛것을 보고 놀랐다는 말밖에 되지 않는 셈이었다. 인도인답지 않게 살이 찐 관리인이 어깨를 으쓱하며 별것 아니라는 표정을 지었다. 그의 얼굴은 훈제한 양고기처럼 번들거렸고, 와이셔츠 단추가 곧 떨어질 것처럼 배가 툭 튀어나와 있었다.

유키코는 화가 나 붉으락푸르락했다. 분명히 쥐를 보았는데 관리인이 헛것을 보았다고 몰고 가자 더욱 화를 냈다.

"저를 바보로 만들 셈이군요. 솔직히 사과하면 봐 줄 수도 있어요. 헛것을 보았다니요."

"자, 보세요. 없잖아요."

"주의를 주었으니 됐어요."

적음도 관리인의 말을 반박할 만한 증거를 발견하지 못했으므로 그냥 나가자고 재촉했지만 유키코는 막무가내로 버티었다.

"사과하지 않으면 숙박비를 못 주겠어요."

"일본인들이 까다롭다는 것을 알고 있습니다만 그래도 이 경우는."

관리인은 시종 느긋하였다. 설령 쥐가 발견되었다고 하더라도 그는 눈을 껌벅거리고만 있을 것 같았다. 쥐 한 마리를 놓고 과연 이렇게까지 흥분할 필요가 있느냐는 듯한 태도였다.

그런데 바로 그때 쥐 한 마리가 나타나 거울이 달린 가구 뒤로 숨어들어가 버렸다. 적어도 이제는 유키코가 헛것을 보지 않았다는 것을 증명한 셈이었다. 그래도 관리인의 표정은 느긋했다. 쥐가 나타나 낭패한 표정을 짓기는커녕 미소를 짓고 있었다.

"자, 이래도 나를 바보로 만들 셈이에요."

"오, 손님. 그건 오햅니다."

관리인은 얼른 말을 바꾸었다.

"손님이 헛것을 보았을 수도 있다는 말이지 꼭 그렇다는 것은 아니었습니다."

"말 바꾸지 마세요."

"자자, 화를 푸시고 지금 더 좋은 방으로 바꾸어드리겠습니다."

"정식으로 사과하세요."

"제가 실수했으니 방을 할인해서 바꾸어드리겠습니다."

"잘못을 인정하니 참겠어요."

유키코는 할인을 받는 것으로 타협하려는 듯했다. 더 이상 항의를 않고 바이샬리로 떠날 준비를 했다.

그러자 관리인이 어깨를 좌우로 흔들며 한마디를 했다.

"쥐는 신神의 친구랍니다."

적음이나 유키코가 어이가 없어 그를 멍하니 바라보자 그가 다시 농담을 던지듯 가볍게 한마디를 더 하고는 나갔다.

"아가씨, 세상은 쥐하고도 더불어 살아가는 곳이랍니다. 사람만 사는 곳이 아니지요."

바이샬리는 비하르 주에서도 가장 궁벽하고 가난한 오지였다.

비하르 주의 주도州都 파트나 시를 벗어나서부터는 먼지 풀풀 날리는 비포장도로였다. 하지푸르라는 소도시를 지나자, 보이는 집들은 대부분이 움막 같았고, 사람들의 모습은 갑자기 선사시대로 돌아가 버린 듯했다. 물을 긷는 아낙네들은 머리에 석기시대인 처럼 토기를 이고 있었고, 아이들은 산토끼처럼 아예 맨발로 뛰어다니고 있었다.

다른 곳과 같은 풍경이 있다면 햇볕이 드는 집 벽이나 담벽에 온통 소똥이 발라져 있다는 정도였다. 소똥을 말려 땔감으로 쓰는 모양이었다. 땔감으로 쓰이는 소똥의 건조는 인도 전역에서 볼 수 있는 공통의 풍경이었다.

소똥을 더럽게 생각하는 인도인은 하나도 없었다. 고마운 생활필수품이었다. 아낙네들이 짚을 썬 풀과 소똥을 섞어 밀가루 반죽을 개듯 만지고 있는 모습을 흔하게 보았던 것이다. 아이들이 소똥을 주워 바구니 같은 들것에 담아가지고 오가는 모습도 여러 번 볼 수 있었다. 인도인에게 소가 숭배의 영물이 되는 것은 아주 당연했다.

길가 들판에 흰 뼈 무더기를 발견할 수 있는데, 소는 죽어서도 그렇게 대접받고 있었다. 사람은 화장을 시켜 강물에 던져버리지만 소는 들판의 지정된 장소에서 풍장風葬의 대접을 받았다.

어느새 유키코와 적음의 얼굴은 먼지가 달라붙어 바이샬리인처럼 닮아 있었다. 먼지를 서너 시간 동안 뒤집어쓰다 보니 머리는 물론이고 눈썹까지 누렇게 변해 있었다.

한편, 바이샬리가 차츰 가까워지면서 적음은 막연히 불안했다. 법상 스님을 찾아나서는 길이 점점 길어지면서 불길한 예감이 들었다.

분명 법상이 걸어갔을 법한 길인데 가는 데마다 법상은 없었다. 헛걸음만 하고 말 것인가. 유키코는 적음을 만나 숙식이 해결되고 있고, 법상을 찾으면 적음에게 염주를 받기로 되어 있으므로 흥이 나는 모양이지만 적음은 알 수 없는 불안이 치밀었다.

지금까지 수확이라면 영취산의 늙은 경찰한테서 들은 얘기가 전부였다. 법상 스님이 영취산을 들렀다는 것 뿐이었다. 벌써 인도에 온 지 며칠인가. 더구나 비하르 주의 혹서기가 오기 전에 법상 스님을 찾아야 했다. 뜨거운 햇볕이 작열하기 시작하면 대지는 가마솥처럼 들끓을 것이고, 더위에 약한 적음으로서는 한 발짝도 뗄 수 없을 것이었다.

날씨도 날씨려니와 최림 문제도 고민이 아닐 수 없었다.

최림은 어찌되었을까. 왜 아직까지 연락이 없는 것일까. 소식이 끊어져 그와 약속한 싯타르타 호텔을 떠날 수도 없었다. 싯타르타 호텔에 묶여 있는 한 행동반경은 그만큼 좁을 수밖에 없지 않은가. 인도의 교통 사정을 감안해 볼 때 반경 250km는 벗어나기 힘들었다. 그 정도의 거리도 왕복 10시간을 달려야 하는 거리였다.

적음과 유키코는 바이샬리에 도착했다. 바이샬리는 불교 경전에 비야리성으로 자주 나오는데, 그것은 부처가 그곳을 여러 번 들렀다는 증거였다. 열반에 들기 전에도 부처는 '이번 길이 내가 바이샬리를 보는 마지막 길이 될 것이다'라고 말한 적이 있다.

뿐만 아니라 바이샬리는 불교의 대승 경전인 유마경의 주인공이 살았던 곳으로 유명한 곳이었다. 〈유마경〉은 불교 신자들에게 잘 알려져 있다시피 유마가 자신을 문병 온 부처의 제자에게 "중생이 앓기 때문에 자신도 앓는다"고 답변한 내용 등이 실린 대승 정신이 담겨 있는 경전이었다.

아이들이 달려들자 유키코가 몇 루피씩을 아이들에게 나누어주었다. 그리고 보니 유키코에게는 적선하면서 꼭 내뱉는 습관이 하나 있었다. 장난스럽기는 하지만 어찌 들으면 눈에 거슬리는 고약한 습관이었다. 반드시 엄지를 내밀면서 이렇게 말하곤 했다.

"저팬 넘버 원(일본이 최고)."

시골 아이들은 박수를 치면서 맞장구를 쳤다. 적음은 거북했지만 유키코의 안내를 받아야 하기 때문에 모른 체했다.

바이샬리에서 처음으로 가본 곳은 '암라팔리가 태어난 집'이라고 쓰인 표지판이 있는 곳이었다. 그곳에는 수백 년 묵은 망고나무가 늙은 인도인처럼 서 있었다. 암라팔리는 바이샬리에서 가장 유명한 기생이었는데, 그녀는 원래 고아였다고 한다. 암라나무 밑에 버려져 있는 것을 동산의 동산지기가 주워 처녀 때까지 잘 길렀는데 그 미모가 너무 빼어나 바이샬리 안팎에서 청혼이 쇄도했다고 한다. 그리하여 할 수 없이 청혼한 사람들끼리 회의하여 그녀를 바이샬리의 기생으로 만들자고 했다는 것이다. 그녀와 결혼하게 된다면 그 누구도 가정이 원만치 못할 것이기 때문이었다.

그런데 당시에는 기생이 되면 사람들에게 재산도 받고 지위도 인정받아 호화로운 생활을 할 수 있었다고 한다. 바이샬리는 당시 인도에서 최고의 상업도시로서 다른 나라의 손님을 맞기 위해서는 그런 기생이 필요했던 것이다.

비록 기생이었지만 암라팔리(팔리어로는 암바팔리)는 재력과 자신에게 주어진 지위를 이용하여 여왕처럼 행세할 수 있었다. 그러던 그녀가 부처의 설법을 듣고는 감동하여 자신이 소유하고 있던 망고동산을 희사하여 승원을 만들어버린다. 그때 부처는 암라팔리를 위해 이렇게 설법을 해주었다고 한다.

"암라팔리여, 이 세상에는 두 종류의 기쁨이 있소. 하나는 받는 기쁨이요, 다른 하나는 주는 기쁨이요. 그대는 이제 받는 기쁨에서 주는 기쁨의 뜻을 알게 되었소."

나중에 암라팔리는 출가하여 비구니가 되었다고 하는데, 그녀가 기증한 망고동산의 망고나무가 아직도 살아 있었다. 물론 암라팔리가 살았던 2천5백 년 전 당시 망고나무의 손자, 그 나무의 손자, 손자의 손자 나무이겠지만.

어디 그뿐인가.

손을 내밀며 따라오는 아이들 또한 2천5백년 전 대부호의 후손이라고 할 수 있었다. 바이샬리에 낳은 자식들이 자식을 낳고 또 자식을 낳고 낳아 오늘에 이른 것이다. 2천5백 년 전 인도에서 가장 문명이 발달되고 왕권의 전제를 싫어하여 당시 도시국가 중에서 최초로 공화제를 채택한 바이샬리. 인도의 전통종교인 힌두교를 거부하고 진보적인 불교를 받아들였던 바이샬리. 교통수단으로 말과 마차가 많았고 장사의 귀재들이 많았던 바이샬리.

그러던 바이샬리가 오늘날 가장 못사는 곳으로 전락하고 만 것이다. 왜 그런 것일까. 바이샬리 거리를 걷다보니 갑자기 2천5백 년의 세월이 달아나버린 듯했다. 시대의 흔적이 전무했다. 바이샬리의 2천5백 년이 호수에 던져진 돌멩이처럼 완벽하게 실종되어버린 듯한 것이다.

그 이유는 무엇일까. 불가사의한 역사의 수수께끼가 아닐수 없다. 혹시 암라팔리 같은 성스러운 기생도 있었지만 음행을 일삼던 기생들과 쾌락에 빠져버린 남녀들이 바이샬리를 병들게 하고 몰락하게 한 것은 아닐까. 먹고 사는 게 풍족해지면 그만큼 부패의 유혹도 커지기 마련. 당시 바이샬리의 비구였던 수다나도 음행을 저질러 부처에게 이런 꾸지람을 듣는다.

"차라리 남근을 독사의 아가리에 넣을지언정 여자의 몸에는 대지 말라. 이와 같은 인연은 악도에 떨어져 헤어날 수 없기 때문이다. 애욕은 착한 법을 태워버리는 불꽃과 같아서 모든 공덕을 없애버린다."

어쩌면 바이샬리가 몰락한 이유 중의 하나가 부처의 이 꾸지람 속에 담겨 있는지도 모른다. 2천5백 년 전에는 가장 번성했던 도시국가가 오늘에는 가장 궁벽한 시골로 전락해버린 이유가 성의 탐닉과 타락에 있을지도 모르는 것이다. 독사의 아가리에 남근을 집어넣고도 살아남을 사람은 이 세상에 아무도 없을 테니까.

유키코는 아쇼카 대왕의 돌기둥이 보이는 곳으로 가면서 계속 아이들에게 '저팬 넘버 원'이라는 소리를 내뱉고 있었다.

일본의 동경이라고 해서, 한국의 서울이라고 해서 지금의 바이샬리가 되지 말라는 법은 없을 것이다. 일이천 년이 흐른 뒤에는 바이샬리처럼 오늘의 문명이 자취를 감추고 말지도 모르는 것이다.

바이샬리의 아이들은 계속 따라오면서 루피를 달라고 찰거머리처럼 달라붙곤 했다. 파멸을 경고하는 메시지를 지금 저 아이들을 통해서 보내고 있는 것은 아닐까. 적음은 그렇게 생각했다.

바이샬리를 찾아온 유적지의 종점이기도 한 아쇼카 대왕의 돌기둥.

아쇼카 대왕의 돌기둥 높이는 18.5미터, 꼭대기에는 실물 크기의 사자 한 마리가 북쪽을 쳐다보고 있었다. 저 사자는 바이샬리의 흥망을 지켜본 유일한 동물이리라. 돌기둥 부근에는 원숭이들이 파서 부처에게 드렸다는 300평 크기의 연못도 하나 남아 있었다.

법상을 찾지 못한 허탈함과 함께 적음은 우울한 기분이 들었다. 넓은 들을 바나나와 코코넛 등이 풍성하게 뒤덮고 있음에도 불구하고 적음은 침울함을 떨쳐버리지 못했다.

"법상 스님이 어디 계실까요."

"글쎄요, 갑자기 막막해지는 기분이오."

"영취산에서는 곧 만나 뵐 수 있을 것 같았는데."

유키코도 안내하고 있지만 발에 힘이 빠지는 모양이었다. 목소리가 호텔을 출발할 때와 달리 풀이 죽어 있었다.

적음은 택시에 올라타 자신도 모르게 그동안 지나쳐왔던 도시들을 중얼거렸다.

캘커타, 가야, 보드가야, 라즈기르, 날란다, 파트나, 하지푸르, 바이샬리……. 주로 비하르 주의 동부지방을 돈 셈이었다. 이제는 북부, 서부, 남부를 돌아야 되는데 갑자기 길이 사라지는 기분이 들었다. 그 길 위에 법상이 걷고 있을 것이라는 확신이 들지 않고, 법상을 못찾을 것 같다는 낭패감이 엄습했다.

택시가 다시 가야로 가는 길을 달리고 있을 때 유키코가 소리쳤다.

"스님, 저기를 좀 봐요."

서쪽 하늘이 오렌지 빛깔로 물들고 있었다. 공기가 맑은 궁벽한 시골이어서 그런지 석양이 선명하게 보였다. 망고 같은 해가 토해내는 오렌지 빛깔이 끝없는 대지를 온통 주홍색으로 물들이고 있었다.

"저 새들도 붉은 색이에요."

"저기 호수도 불타고 있는 것 같군."

먹이를 노리는 독수리도, 시끄럽게 우짖는 까마귀 떼도, 들을 채우고 있는 바나나도, 군데군데 거대한 짜빠티처럼 널려 있는 연못도, 호숫가에서 빨래하는 시골 아낙네들도 모두가 오렌지 빛깔로 물들고 있었다.

이후, 적음은 라즈기르를 한 번, 보드가야를 세 번이나 더 가보았다. 그러나 법상은 없었다. 라즈기르를 찾아가 그 늙은 경찰에게 부탁했지만 별 성과가 없었고, 보드가야의 대탑 주위를 다리가 휘청거릴 만큼 돌아다녀 보았지만 역시 마찬가지였다.

마침 성지 순례를 온 J사찰의 신도와 스님들을 만나 그들에게도 부탁했지만 아직까지는 아무 연락이 없었다. 다만, J사찰의 스님들이 법상 스님을 잘 알고 있으므로 도움을 받을 수 있다는 것이 위안거리라면 위안이었다.

그러나 적음은 물러서지 않았다.

'무슨 일이 있더라도 우리 큰스님을 찾고야 말리라. 부처님, 사문 적음에게 가피를 내려주시옵소서.'

그러자 조금 힘이 솟아나고 다음 행선지가 떠올랐다. 이제는 더 이상 싯타르타 호텔에서 최림을 기다릴 수는 없었다. 호텔에 메모를 남겨두고 비하르 주의 북부 거점인 소도시 고락푸르라로 숙소를 옮겨야만 할 것 같았다.

그래야만 부처가 열반한 쿠쉬나가라, 부처가 태어난 룸비니, 부처가 오랫동안 수행한 쉬바라스티, 부처의 성지 중에 가장 서쪽에 있는 상카시아 등을 효과적으로 순례할 수 있을 것 같았다.

더 이상 남부에서 머무를 수는 없는 일이었다. 혹서기로 접어들면 단 한 발짝도 길을 나설 수 없을 만큼 폭염이 내리쏟아지기 때문이었다. 적음은 인도의 혹서기가 얼마나 무서운지 국내에서 책을 통해서 잘 알고 있었다. 바퀴벌레가 죽고, 까마귀가 부리로 피를 흘리며 허공에서 떨어져 죽는다는 폭염이었다. 그늘에 숨어 있던 쥐까지도 살아남지 못하는 폭염이었다. 사람이라고 예외가 아니었다. 사람들도 무서운 폭염에 수십 명씩 전염병에 걸린 것처럼 떼죽음을 당하기 일쑤였다.

부처의 그림자

싯타르타 호텔에 머문 지 14일이 지나면서부터 적음은 다시 희망을 갖기 시작했다. 성지 순례단으로 온 J사찰 스님과 또 그 스님에게 부탁을 받은 또 다른 순례단의 스님들로부터 가끔 연락이 오곤 했다. 이제는 국내에서 인도로 온 모든 스님들이 법상 스님을 수소문하고 있는 형국이었다. 직접 보았다는 스님은 없었지만 법상 스님이 어디어디를 순례길에 들렀다가 떠났다는 식의 소식들이 들려왔다. 법상이 들렀다는 곳들은 틀림없이 불교 유적지들이었다. 쿠쉬나가라, 룸비니, 쉬바라스티, 사르나트, 상카시아 등등.

더구나 16일째에는 최림으로부터 전화 연락이 왔다. 예상했던 대로 그는 병원에 입원해 있었다고 말했다. 급성 장염이 발병하여 기나락 씨의 도움으로 병원으로 실려 갔다가 이제야 거우 거동할 수 있게 되었다는 것이었다. 알고 보니 최림이 전화를 안 한 것은 아니었다. 호텔의 숙박계에 '적음'이라고 쓰지 않고 본명을 썼기 때문에 연결이 안됐던 것이다. 수십 번의 시도 끝에 16일째 되는 날 새벽, 프런트의 친절한 직원을 만나 적음의 인상착의를 대고 겨우 전화 연결이 됐던 것이다.

16일째 되는 날 아침, 적음은 숙소를 옮기기로 했다. 유키코가 쥐를 본 이후 싯타르타 호텔 방을 경계했고, 또 북부를 돌려면 어차피 그곳의 거점인 고락푸르로 가야 했다. 고락푸르에 머물 곳은 유키코가 주인을 잘 안다는 아반티카호텔. 최림에게 그곳으로 오라고 알려주었으므로 밤늦게라도 그와 재회가 가능할 것 같았다.

적음과 유키코는 처음으로 버스를 탔다. 다행히 버스는 승객들이 많지 않았으므로 편했다. 다리를 죽 펴고 앉아 갈 수 있었다. 이런 버스를 탄다는 것은 일종의 큰 행운이었다. 달리는 버스마다 차문이 떨어져 나갈 것처럼 사람들이 주렁주렁 매달려 있고, 또 차 지붕 위에도 짐짝처럼 사람들이 얹혀 있는 위태위태한 모습을 흔히 볼 수 있는데, 고락푸르로 달리는 버스는 한가했다.

버스 운전수는 대단한 멋쟁이였다. 보기 드물게 주름을 잡은 바지에다 야자수가 큼지막하게 그려져 시원해 보이는 남방을 입고 있었다. 거기에다 새카만 선글라스를 커다란 콧등 위에 걸쳐 쓰고 있었다. 키가 작고 빼빼 마른 남자 차장과는 대조적이었다. 남자 차장은 헝클어진 머리에 얼굴은 마른 진흙처럼 검고 푸석푸석했다. 외모만 보아도 두 사람 사이에는 크샤트리아(무사계급)와 수드라(천민) 정도의 신분 차이가 나는 듯했다.

모든 버스가 다 그러한지는 모르겠으나 적음이 타고 있는 버스는 운전석이 방처럼 칸막이가 되어 있는 게 특이했다. 그것은 운전수의 신분을 은연중 과시하는 것 같기도 하고, 만원버스 때 하급 불가촉 천민들과의 접촉을 피하기 위해서 그런 것이 아니겠는가 하는 생각이 들었지만 알 수 없는 일이었다.

운전수 방은 신방처럼 아기자기하게 잘 꾸며져 있었다. 힌두의 신상이 액자 속에 넣어져 고정되어 있었고, 그 주위에는 꽃목걸이들이 바쳐져 있었다. 핑크색 커튼이 쳐져 있어 제단 같다는 느낌도 들었다.

버스 밖은 여느 버스처럼 범퍼 밑에 헌 구두짝을 부적처럼 달고 있고 뒤에는 경적을 울려달라는 '호온 프리즈'라는 영문을 크게 써놓고 있었다.

인도의 길은 이제 낯설지는 않았다. 또한 적음은 인도의 시간에도 익숙해져 있었다. 인도의 생활방식에도 적응되어 가고 있었다.

고락푸르에 도착하면 가장 먼저 가보고 싶은 곳은 쿠쉬나 가라.

버스의 차창 밖은 그대로 너른 들판이었다. 시골의 한적한 농가들은 꼭 우리의 촌락을 연상시키고 있었다. 농가에는 모이를 쪼고 있는 닭이나 어슬렁거리는 개들이 집을 지키고 있을 뿐 농부나 아낙네들은 보이지 않았다. 들판으로 나가 땡볕 아래서 일을 하고 있으리라. 들판은 바나나 밭이 한동안 계속되기도 하고 사탕수수 밭이 뒤덮고 있기도 했다. 그런가 하면 망고나무숲과 사과나무 과수원이 보였고, 아무 것도 자라지 않는 회색 늪지가 끝도 없이 펼쳐지기도 했다.

단조로운 들판의 풍경을 보고 있으면 저절로 잠이 왔다. 적음은 부족한 잠을 보충하려고 눈을 감았다. 유키코는 이미 잠에 곯아떨어져 있었다. 버스에 타자마자 눈을 감고 꾸벅꾸벅 졸았던 것이다.

유키코는 잠을 자면서 잠꼬대를 하는 버릇이 있었다. 일본 말을 하기 때문에 알아들을 수는 없었지만 갑자기 웃기도 하고 괴성을 질러 앞좌석의 인도인이 뒤돌아보기도 했다.

적음은 깊은 잠에 빠지지는 못했다. 눈을 떴다가 감았다가

하는 바람에 머리가 더욱 무거워졌다. 유키코가 또다시 잠꼬대를 하면서 외마디 비명을 질렀다.

'아아아아.'

유키코의 비명소리를 몇 번 더 듣고 나서였다. 버스는 고락푸르에 도착했다. 버스에서 내린 적음은 유키코가 안내한 대로 오토 릭샤로 갈아타고 아반티카 호텔로 갔다. 한 시간 정도의 점심시간을 빼고 버스를 꼬박 10시간을 탄 모양으로 아반티카 호텔의 로비 시계는 오후 9시 32분을 가리키고 있었다.

그곳에는 최림이 뜻밖에 먼저 와 기다리고 있었다. 열차를 타고 온 게 아니라 캘커타에서 바라나시까지 항공편으로 날아와 다시 고락푸르까지 택시를 타고 달려온 모양이었다. 그렇지 않고서 적음보다 먼저 와 기다린다는 것은 불가능했다.

최림은 중병을 앓고 난 사람처럼 얼굴이 몹시 수척했다. 눈은 퀭하였고 광대뼈는 뾰족하게 튀어나와 보름 전에 보았던 그의 얼굴과는 달랐다. 더구나 수염을 깎지 않아 오지를 헤매며 탐험하는 탐험가를 연상시키는 모습으로 변해 있었다.

"최 거사님, 이제 괜찮습니까."

"이제는 인도 사람이 된 기분입니다."

"자, 방으로 들어갑시다. 아, 참."

적음이 쭈뼛거리는 유키코를 최림에게 소개를 시켜주었다. 그러나 최림은 유키코의 소개를 받는 둥 마는 둥하고는 방으로 들어가 버렸다. 그럼에도 불구하고 유키코는 조금도 신경 쓰지 않는 얼굴이었다. 자신의 배낭을 들어주는 호텔 직원에게 술 한 병과 담배를 부탁하고는 자기 방으로 들어갔다.

적음은 최림에게 그동안 법상을 찾아 헤맸던 이야기를 다 들려주었다. 실제로 분명한 정보는 하나도 없었다. 법상이 인도에 있다는 것일 뿐 막연하기는 국내에서 출발할 때나 지금이나 마찬가지였다. 최림은 오지를 탐험하는 대원처럼 지도를 꺼내놓고 적음과 작전을 짰다. 아반티카 호텔을 전진기지로 삼아 각자 불교유적지를 하나씩 맡아 돌기로 했다. 쿠쉬나가라는 적음이, 부처의 탄생지 룸비니는 유키코가, 기원정사가 있는 발람푸르는 최림이 가보기로 정했다.

부처가 마야 부인을 위해 도리천으로 올라가 내려왔다는 상카시아는 적음이, 그런 다음 세 사람 모두가 마지막으로 바라나시로 출발하기로 일정 계획표를 그렸다.

갑자기 최림은 술이 마시고 싶어 견딜 수 없었다.

"스님, 한 잔 해야 잠이 올 것 같습니다."

최림은 프런트에 맥주를 세 병 시키고는 따뜻한 물로 샤워를 하기 위해 화장실로 들어갔다. 몸을 따뜻한 물로 씻었지만 국내에서처럼 수염을 깎지는 않았다. 인도에 와서 변화가 하나 생긴 게 있다면 바로 수염을 기르고 있다는 사실이었다. 지저분한 것을 참지 못하는 그의 성격이 너그러워진 탓이었다.

최림은 스스로 생각해도 놀라웠다.

15일 동안 급성 장염으로 병원에 입원해 있으면서 까다로운 그의 성격이 무던해진 것이었다. 그렇지 않았다면 그는 지금쯤 병원에서 굶어죽어 나갔을지도 몰랐다. 병원 음식도 불결한 기분을 주기는 마찬가지였다. 인도 음식이 입에 맞고 안 맞고를 떠나 우선 음식을 만들고 나르는 사람들이 청결하지 못한 것에는 기가 막힐 지경이었다. 그런데 기나락 씨가 가져오는 바나나로 요기를 하는 것도 하루 이틀뿐 한계가 있었다.

그때 최림은 인력거꾼 기나락 씨의 말을 받아들이지 않을 수 없었다.

"부처는 더러운 것도 깨끗한 것도 없다고 했어요. 그 하나만을 집착하니까 병이 생긴다고 했지요."

기나락 씨의 말은 옳았다. 적어도 인도에서는 시비 분별심을 없애야만 생존할 수 있었다. 더러운 것과 깨끗한 것도 따지고 보면 인간 중심의 사고에서 나온 말일 뿐이었다. 사람들은 구더기를 더럽다고 하지만 구더기는 자신을 더럽다고 하지는 않을 터였다. 사람들은 바퀴벌레를 징그럽다고 하지만 바퀴벌레는 자신을 징그럽다고 하지는 않을 것이었다.

적음은 최림이 권하는 술을 마지못해 한 잔 받아 마셨다. 출가한 이후 처음으로 받아 마시는 술이었다. 그래서인지 술이 들어가자마자 속이 화끈거렸다.

"스님, 내일 또 희망의 해가 뜰 겁니다. 까다롭기로 따지자면 이 최림이 아닙니까. 그런데 이 인도란 나라에 와서까지 유난을 떨다가는 죽어 나자빠지겠더라구요."

"이제 보니 최 거사님도 도인이 다 되어가는 모양이오."

최림은 자작으로 거푸 들이켰다.

"폭음을 하시는구만. 그러니까 장이 나빠진 거 아니오."

"이제는 거뜬합니다. 인도 음식, 무엇이나 먹어도 탈이 나지 않을 겁니다."

최림은 호기를 부렸다.

"스님, 우리 밖으로 나가시죠. 이국땅에서 잠만 주무시려고요."

"난 피곤해서 자신 없소."

"그럼, 혼자라도 다녀오겠습니다. 약한 인도 양주보다는 외제 술을 구해오겠습니다."

최림은 고락푸르의 밤거리를 배회하고 싶었다. 여자가 있는 술집에도 가보고, 릭샤를 타고 고락푸르의 밤 시장거리를 달려보고 싶었다.

최림은 호텔 직원에게 릭샤를 불러달라고 부탁했다. 그러자 직원은 영어를 잘 몰라 계속 엉뚱한 소리를 하였다.

"마사지 걸. 150루피."

그것밖에 아는 영어가 없는 듯 고개를 흔들기만 했다. 술집을 물어봐도 연신 '마사지 걸 150루피'만 되풀이했다. 시골 소년답게 순진한 웃음을 흘리면서.

큰 소리로 동문서답하고 있는 사이에 유키코가 나와 최림을 거들어 주었다. 그녀는 힌두어를 어느 정도 알고 있었다. 유키코의 한마디에 호텔 직원은 뒷머리를 긁적이면서 릭샤꾼을 불러왔다.

최림은 통역에 대한 답례로 유키코에게 제의했다.

"릭샤로 산책이나 할까요."

유키코는 자신도 거리로 나가려던 참이었다며 찬성했다.

"좋아요."

힌두어를 아는 유키코가 릭샤꾼에게 말했다.

"먼저 술집으로 가요."

"여기서 멉니다."

"그래도 가 봐요."

유키코가 통역하여 최림은 그들이 무슨 말을 하는지 알 수 있었다. 릭샤를 타고 밤거리를 한참 달리자, 슈퍼마켓 같은 가게들이 나왔다. 그러나 최림이 기대하던 술집은 아니었다. 술집이 아니라 마치 전당포 같았다. 입구는 철창으로 막아져 있었고, 술을 내주는 창구는 전당포처럼 반원으로 뚫려 겨우 술병 하나가 들락거릴 정도였다. 그것도 아무 요일에나 술을 파는 게 아니라 정해진 날이 아니면 철문을 내리는 듯했다.

술집에 여자가 있으리라는 최림의 기대는 여지없이 무너졌다. 할 수 없이 최림은 영국산 양주 한 병을 사들고 다시 다른 거리를 달렸다. 거리에는 약속이나 한 듯 여자들은 없었다. 대부분 남자들이 어두운 거리를 어슬렁거렸다.

시장거리를 들어섰지만 오래 서성거리며 구경할 수는 없었다. 최림과 유키코를 쳐다보는 인도인들의 시선이 낮과 달리 은밀하고 따가웠다. 밤이 되자, 알전구의 빛을 받아서인지 그들의 눈동자는 더욱 축축하게 보였다. 어떤 사람의 눈은 맹금류의 눈처럼 공격적으로 보이기도 했다.

고락푸르의 거리를 여기저기 많이 달린 듯 술이 다 깼고, 반팔을 걸치고 나온 바람에 팔과 목덜미에는 이미 소름이 돋아 있었다. 일교차에서 발생하는 추위였다. 거리로 몰려나온 사람들을 피하느라 속도를 내지 못하고 달리는 릭샤였지만 밤의 찬 공기는 맨살을 파고들었다.

"이젠 들어가죠. 추워서 더 있기가 힘들어요."

"그럽시다."

춥기는 최림도 마찬가지였다.

호텔로 돌아온 최림은 유키코 방으로 갔다. 전당포 같은 술집에서 어렵게 사온 독한 영국산 양주를 마시기 위해서였다.

"호텔서 파는 인도 양주는 약해서 맹물 같더군요."

"저도요."

술에 관한 한 두 사람의 의견은 시종 일치를 보고 있었다. 최림은 유키코의 방을 둘러보면서 비로소 그녀가 여자라는 것을 실감하였다. 창턱을 이용하여 널어놓은 빨래나 물건들이 하나같이 여자를 상징하는 것들이었다. 브래지어, 팬티, 거들 같은 것들이 널려 있었다.

유키코는 그런 물건들을 굳이 감추려들지 않았다. 오히려 유키코의 거침없는 태도는 최림을 당황하게 했다.

"거, 방으로 오니까 또다시 더워지네요."

"아, 네."

"창문 좀 열어주시겠어요. 담배 연기도 나갈 겸."

"ㄱ러죠, 뭐."

"창문을 여는 김에 거기 빨래 좀 침대 위로 내려주시죠."

최림이 못 들은 체하자 그녀가 치웠다. 아무튼 유키코는 무엇이든 거리낌이 없었다. 두 사람은 사온 양주를 유키코가 가져온 일본제 치즈로 안주 삼아 새벽 두 시까지 비웠다. 이야기를 나눌 만한 별 화젯거리도 없었기 때문에 술만 주거니 받거니 했다.

법상이 유일한 화젯거리였을 뿐이었다.

"참 이상한 분들이에요."

"이상하다구요."

"네."

"뭐가 말입니까."

"내가 왜 두 분이 찾고 있는 법상 스님에게 매력을 느끼고 있지 모르겠어요."

"유키코 씨가 법상 스님에게 매력을 느끼다니 이해할 수 없군요."

"그럼, 최림 씨는 법상 스님을 왜 찾는 거죠."

"정확히 말해서 내가 찾는 게 아니라 찾아달라는 부탁을 받고 인도에 온 겁니다."

"누구의 부탁이죠."

"지웅이라는 법상 스님의 친구인데 이야기하면 길어집니

다."

"아, 벌써 취했나, 뭐가 뭔지 정말모르겠어요."

"그럴 겁니다. 나도 지금 헷갈리니까요."

"그럼 최림 씨 직업은 뭐예요."

유키코가 혀 꼬부라진 소리로 물었다.

"건축 설계삽니다."

"오, 정말 멋진 직업이에요. 한국에 가면 작품을 보여주세요."

"물론이죠. 아주 멋진 탑을 보여드리죠."

"목탑인가요, 석탑인가요."

"높이 100미터가 좀 안 되는 9층 목탑입니다."

유키코의 눈이 휘둥그레지는 것을 보고 최림은 일어섰다. 손목시계를 보니 새벽 두 시가 좀 지나고 있었다. 유키코는 몹시 취한 듯 휘청거리며 최림의 등 뒤에서 떠들었다.

"법상 스님, 내가 꼭 찾고 말 거예요."

적음은 이미 코를 골며 깊은 잠에 떨어져 있었다. 최림은 왜 유키코가 법상을 찾으려고 하는지 이해할 수 없었다. 만나고 싶다는 말을 잘못 표현하여 찾고 말겠다고 말한 것인지도 알 수 없는 일이었다.

그렇다고 깊은 잠에 빠져 있는 저음을 깨워 물어볼 수도 없었다. 최림은 창문을 열어 소도시 고락푸르의 새벽 거리를 바라보았다. 거리는 수면제가 살포된 것처럼 죽은 듯했다. 컴컴한 밤하늘에 별들이 작은 촛불처럼 흔들리고 있을 뿐 움직이는 물체는 아무 것도 없었다.

거리의 평상에서 모포를 뒤집어쓰고 자는 사람들도 죽은 듯 꿈쩍하지 않고 있었다. 그들 옆에 누운 외양간이 따로 없는 소들조차 깊은 잠에 빠져 괴상한 형태의 정물처럼 보였다.

최림은 호텔 식당으로 내려가 아침을 해결했다. 쉬라바스티로 가려면 일찍 서둘러야 했다. 지도를 펴놓고 대략 거리를 계산해보니 고락푸르에서 쉬라바스티까지는 210km. 택시로 꼬박 4시간 걸리는 거리이므로 서두르지 않으면 안 되었다.

가장 여유가 있는 사람은 적음이었다. 고락푸르에서 쿠쉬나가라까지는 불과 1시간이면 충분했다. 여유가 있기는 유키코도 마찬가지였다. 그녀가 가려는 룸비니도 고락푸르에서 2시간이면 넉넉하기 때문에 아침 일찍 나설 필요 없이 늦잠을 즐겨도 되었다.

최림은 기원정사의 도착이 늦어질지 모르지만 요금을 아끼려고 택시를 부르지 않고 버스를 타기로 했다. 그런데 만일 잠을 자게 된다면 발람푸르에서 묵으라는 것이 유키코의 충고였다. 인도의 지리에 밝은 유키코가 아직도 잠이 덜 깬 얼굴로 하품을 하면서 말해 주었다.

"발람푸르에서 숙박을 하게 되면 파틱 호텔로 가세요. 시설이 여관이나 다름없는 곳이지만 시골인 그곳에서는 일급이에요."

갑자기 최림은 혼자 떠난다는 게 외로웠다. 인도 여행이 초행이었으므로 사실은 두려운 마음도 들었다. 그래서 최림은 유키코에게 돌려서 말했다.

"발람푸르에서도 양주를 구할 수 있습니까."

"물론이죠."

"거기서도 지정된 장소에서만 파는 게 아닙니까."

"맞아요. 하지만 파틱 호텔 옆에 가게에서 팁을 주고 구해 달라고 하면 될거예요."

"유키코 씨처럼 미인이나 부탁해야 들어주는 것 아닙니까."

그제야 유키코가 최림의 의도를 간파한 듯 적음을 쳐다보았다. 그러나 적음은 반대할 입장이 아니었다. 지금까지 유키코를 자신이 앞세워 데리고 다녔으므로 앞으로는 최림이 그녀의 도움을 받는 게 공평한 처사였다. 더구나 유키코에게 지불하는 돈은 적음과 최림의 공동 경비에서 지출되고 있기 때문이었다.

한참 후, 적음이 어젯밤에 짠 계획을 바꾸면서 말하였다.

"룸비니야 오늘 제가 가도 됩니다. 쿠쉬나가라를 다녀와서 말입니다. 그러니 유키코 씨는 최 거사님과 동행하는 게 좋겠소."

유키코 역시 술과 담배를 하는 최림이 눈치를 볼 필요가 없으므로 편한 모양이었다.

유키코가 안내한 대로 최림은 발람푸르행 버스를 탔다. 버스를 탄 후 유키코와 이런 저런 농담을 하면서 크게 웃기도 했다.

"어젯밤에 마사지를 받지 그랬어요."

"무슨 마사지 말입니까."

"호텔 소년이 소개시켜 주려고 하던데 뭘 시치미를 떼세요."

"아, 제가 원해서 그런 건 아닙니다."

"그럼, 왜 흥정을 하셨죠. 저를 속일려구 하지 마세요."

유키코가 얼굴 가득 웃음을 머금고 추궁했다. 마치 결혼한 아내처럼 그럴 권리와 의무가 있다는 듯이 물었다.

"흥정이 아니라 이런 데서는 그게 공정 가격인 듯해요."

"150루피면 굉장히 싸구려 마사지예요."

"싸구려가 아니라 뚱뚱한 아줌마가 하는 마사지겠죠."

이번에는 유키코가 윙크를 하며 최림의 옆구리를 때렸다.

"처녀 마사지라면 거절하지 않았겠죠."

"하하하."

최림은 큰 웃음으로 얼버무리고 말았다. 그러나 그때는 호텔에서 파는 양주보다는 독한 외제 양주를 마시고 싶은 생각 뿐이었던 것이다. 더구나 병원에서 퇴원하여 몸이 막 날아갈 듯 하였으므로 마사지 같은 것은 필요 없었다.

유키코가 정색을 하며 중요한 정보를 건네주는 은밀한 표정으로 말했다.

"인도 여자들 냄새가 지독하대요."

"무슨 냄새죠."

"향신료 냄새예요."

"아니오. 그런 냄새라면 걱정하지 않아요."

유키코가 고개를 절래절래 흔들며 말했다.

"아마 마사지를 받게 된다면 코를 막느라고 숨을 쉬지 않는 게 더 힘들거에요."

"그거야 우리 기준이죠. 인도 남자들은 바로 그 냄새 때문에 여자 꽁무니를 쫓아다니겠죠."

발람푸르.

2천5백 년 전에는 코살라국의 영토인 곳. 부처가 사위성으로 들어가기 위해 지나쳤던 길목의 성도. 2천5백년 전 불교의 번성지답게 소도시인 발람푸르 삼거리에 이르자 좌불상이 하나 보였다.

법상도 쉬라바스티(사위성)로 가기 위해 이 거리를 지나쳤을 것이다. 지나치면서 저 좌불상을 보고 합장을 하였으리라. 좌불상은 네 기둥 위에 시멘트 슬라브로 덮인 군인 초소 같은 허술한 닷집에 안치돼 있었다. 바닥에서 좌대까지는 세 층계로 만들어져 있는데, 첫째 층계에 삼귀의가 쓰여 있었다.

유키코가 힌두어를 번역하여 읽어 내려갔다.

붓담 사르남 갓차아미 (거룩한 부처님께 귀의합니다)
담맘 사르남 갓차아미 (거룩한 가르침에 귀의합니다)
상감 사르남 갓차아미 (거룩한 스님들께 귀의합니다)

좌불은 노란색 가사를 입고 있었는데, 소박한 미소와 선명한 눈동자가 인상적이었다. 소란스러운 삼거리의 광장을 지그시 내려다보는 부처의 모습은 이웃사촌 같은 느낌을 주었다. 발람푸르의 거리 중에서도 가장 더럽고 냄새나고 시끄러운 곳이 삼거리일 것 같은데, 바로 이 저잣거리에 부처가 앉아 있다는 것이 신선하게 느껴졌다.

인도의 거리면 어디에서나 소와 개들이 어슬렁거리게 마련이지만 발람푸르의 삼거리에서는 당나귀까지 가세하여 똥을 배설하며 거리를 더럽히고 있었다. 부근에 사탕수수의 집산지가 있는지 두 마리의 소가 끄는 벨가리(소 달구지)와, 두 마리의 말이 끄는 고라가리(마차) 행렬이 끊임없이 이어지고 있었다.

최림은 오토 릭샤로 바꿔타고는 바로 쉬라바스티 기원정사터로 달렸다. 길은 비포장도로였고, 사람들이 아스팔트를 깔기 위해 길거리 위에서 큰 돌을 망치로 석기시대인처럼 일일이 부수고 있었다. 분쇄기를 이용하면 금세 할 수 있겠지만 많은 사람들이 모여 망치로 돌을 두드려 깨고 있었다. 이것도 시간을 계산하지 않는 인도의 방식이라면 방식이었다.

유키코는 하루를 발람푸르에서 묵을 수 밖에 없을 것 같다고 생각했다. 기원정사를 다녀오면 황혼녘이 될 것이었다.

"호텔을 예약하고 올 걸 그랬어요."

"사정을 봐서 결정하지요. 막차가 있을지도 모르니까."

릭샤 운전수가 거들었다. 요즘은 성지순례 시즌이어서 미리 예약하지 않으면 방을 구할 수 없다고 끼어들었다. 그렇다고 릭샤를 돌릴 수는 없었다. 릭샤는 이미 기원정사의 정문 앞에 와 있었다.

고도계를 꺼내보니 바늘은 250미터를 가리키고 있었다. 발람푸르에서 오는 동안 줄곧 200미터였으니까 50미터 더 높은 동산이었다. 2천5백 년 전 사위성 안의 절터로서는 평지보다 높고 아늑한 이 동산밖에 없었을 것 같다는 느낌이 들었다. 기원정사 터는 오늘의 눈으로 보아도 수닷타 장자와 사리불이 욕심을 낼만한 땅이 분명했다.

입구에는 두 대의 손수레가 조잡한 기념품을 팔고 있었고, 시골 아이들이 순진한 목소리로 '박시시(한푼 주세요)'하고 몰려들었다. 그러나 대도시의 거리에서 달라붙는 아이들하고는 달랐다. 장난기도 느껴지고 치근덕거림이 덜했다. 행상하는 사내들도 값싸게 흥정하고는 쉽게 물러갔다.

지금으로부터 1천2백 년 전 현장이 보았다는 동문의 돌기둥은 없었다. 돌기둥 대신 시골 과수원의 입구처럼 철문이 하나 설치되어 관리인이 지키고 있을 뿐이었다.

다른 나라의 수행자들이 소로를 타고 올라가는 동안 가끔씩 나타났다. 티베트, 미얀마 스님들이 많이 찾는다고 관리인이 말해주었다. 유키코에게는 벌써 사내들이 들꽃을 꺾어 들이대면서 따라붙고 있었다. 불단에 바칠 꽃을 줄 테니 기넘품을 사라는 주문이었다. 숲속을 뛰어다니는 원숭이도 어느 곳보다도 더 많았다. 원숭이 중에 어떤 놈은 사탕수수 대를 꺾어와 씹고 있었다.

정문에서 가장 깊숙한 곳에 부처가 선정에 들었다는 불당 터가 나왔는데 순례단은 그곳에서 예불하고는 다시 내려가곤 했다. 최림은 가까이서 그들을 지켜보면서 법상을 찾았다. 그러나 법상은 없었다.

맥이 빠지긴 했지만 최림은 중얼거렸다.

'법상 스님은 이 기원정사에도 분명 왔을 것이다. 또 올 것이다. 아니 지금쯤 발람푸르를 떠나 이곳으로 천천히 오고 있을지도 모른다.'

최림은 유키코와 나란히 풀밭에 앉아 뉘엿뉘엿 지는 해를 바라보았다. 잘 익은 오렌지 빛깔이었다. 기원정사의 청정한 기운 탓인지 오래간만에 보는 선명한 석양이었다. 입을 다물고 앉아 있던 유키코가 말했다.

"사실 인도 중에서 가장 마음에 드는 곳이 바로 이 기원정사 터에요."

"왜 그렇습니까."

"이렇게 포근한 곳을 보지 못했으니까요."

"저두 그런 느낌이 듭니다만."

"부처님께서 가장 오랫동안 계신 곳이 이 기원정사래요."

"책을 보았더니 이 기원정사에서 24안거를 했다고 적혀 있더군요."

안거란 우기가 되어 탁발이 곤란하므로 절에 들어앉아 수행하는 기간을 말했다. 인도는 1년을 우기와 건기로 나누므로 24안거는 24년이 되는 셈이었다.

"어쩌면 법상 스님도 이곳을 가장 좋아할지도 모르겠군요."

최림의 추리에 유키코가 맞장구를 쳤다.

"부처님이 가장 사랑했던 땅이니 그럴지도 모르죠."

최림은 발람푸르에서 이삼 일 더 머무르겠다고 갑자기 결심을 굳혔다. 기원정사 터에서 법상을 만날지도 모른다는 막연한 예감 때문이었다.

최림은 서둘러 앙굴리말라의 집터로 내려갔다.

살인마 앙굴리말라의 집터 역시 벽돌로 된 유적지였다. 기원정사에서 멀지 않은 곳에 있었으므로 탁발을 나서려던 수행자들이 얼마나 두려움에 떨었을까 하는 생각이 들었다. 그러나 부처는 한두 마디의 말과 위의威儀로 그를 참회케 한 일이 지금도 전해지고 있었다.

앙굴리말라의 집터에서도 마찬가지로 아이들이 시커면 손을 내밀고 있었다.

"박시시."

"마부, 원 달라."

유키코가 아이들에게 루피를 나누어주려고 줄을 세웠지만 잘 안 되었다. 일렬 종대로 서라고 소리치지만 아이들은 보이지 않는 뒤에 서면 받지 못할 것이라고 지레 짐작하여 일렬횡대로 서곤 했다. 거기에는 아이뿐만 아니라 쑥스러운 얼굴의 청년도 끼어 있었다.

두 시간을 계약하고 떠난 릭샤 운전수가 시간이 좀 지체되자 거북한 얼굴로 쳐다보곤 했다. 아마도 끌고 온 릭샤가 자가용이 아닌 듯했다. 주인을 의식하여 눈치를 보내고 있을지 몰랐다.

최림은 고락푸르로 가는 막차가 있다면, 늦더라도 떠나려던 생각을 아예 포기했다. 발람푸르에 더 머물면서 법상을 기다리기로 했다. 물론 법상과 만나기로 약속을 한 것은 아니지만 부처의 가피가 내려진다면 만날 수도 있으리라는 생각이 들었다.

뭐라고 얘기할 수는 없지만 기원정사 터야말로 부처의 완벽한 유적지로 보였다. 부처가 흘린 그림자들이 2천5백 년 동안 흩어지지 않고 그대로 모아져 망고나무 잎처럼 파랗게 살아 있는 듯했다. 2천5백 년 전 제자들에게 미소 지으며 하던 설법이, 정사 터 북쪽의 아치라바티 강물 소리처럼 두런두런 되살아날 것 같은 곳이 바로 기원정사 터가 아닐까 싶었다.

'부처의 특별한 가피가 내려진다면.'

최림은 중얼거리면서 생각했다. 법상이 기원정사 터로 달려와 만날 수도 있을 것이었다. 최림은 그런 예감 때문에 발람푸르에서 머물기로 했다. 그러자 유키코는 릭샤 운전수에게 파틱 호텔로 가자고 말했다.

"파틱 호텔로 가요."

"방이 없을 겁니다. 출발하기 전에 말씀드렸습니다만 요즘이 성지순례 시즌이거든요."

"그래도 그곳으로 가세요."

돌을 깨고 길을 다지던 인부들이 벌써 집으로 돌아가 버린 듯 들판 가운데 길은 휑하니 뚫려 있었다. 릭샤가 최대한 속도를 내어 달렸다. 사탕수수를 싣고 가는 벨가리나 고라가리도 어느새 자취를 감추고 보이지 않았다.

릭샤 운전수의 말은 옳았다. 유키코가 이층 건물인 파틱 호텔로 들어가 보았지만 아주 비싸게 부르는 방이 하나 있을 뿐이었다. 말이 호텔이지 여관이나 다름없는 규모였다. 유키코가 투덜거리며 말했다.

"성지순례 철이 아니라면 이 정도 급이야 100루피 정도면 그만이죠. 그런데 200루피를 달라는 거예요."

"발람푸르에도 호텔이 많이 있습니까."

"물론 15루피 짜리도 있지만 그런 곳은 모기와 바퀴벌레 때문에 잠을 잘 수가 없죠. 최소한 더운물은 나와야죠."

"해가 떨어지기 전에 어서 돌아다녀 봅시다."

"그렇게 해요."

그러나 어디나 쓸 만한 방은 이미 예약이 끝나 있는 상태였다. 유키코를 앞세워 발람푸르 거리를 헤매고 다녔지만 호텔 방을 구하지 못했다. 최림은 별 수 없이 그 파틱 호텔 방이라도 하나 얻어놓자고 말했다.

"아까 그 방이라도 예약을 먼저 해놓고 다닙시다. 이러다가 거리에서 자는 신세가 되는 거 아닙니까."

"릭샤꾼이 빨리 돌아오기 위해서 겁주는 말로 들었는데 정말 그 사람 말이 맞아요. 순례 시즌이어서 그래요."

"파틱 호텔의 그 방 하나라도 나가기 전에 예약을 해 두자구요."

"최림 씨는 그럼 어디서 자구요."

"저야 뭐, 유키코 씨 보초도 설 겸 방문 앞 복도에서 자죠."

"호호호."

유키코가 소리내어 웃었다. 그러나 최림은 은근히 불안했다. 당장의 잠자리도 걱정이지만 내일의 잠자리도 기약이 없었다.

최림은 유키코를 호텔로 보낸 다음 식당에서 파는 요구르트처럼 생긴 다히를 한 접시 들이켰다. 그러자 출출하여 쓰리던 속이 부드러워지는 느낌이 들었다. 건너편에 힌두교 사원이 있는지 갑자기 시끄러운 음악이 들려오고 있었다. 사원의 입구인 듯 시멘트로 만든 조악한 신상 앞에 사람들이 꽃 공양을 올리느라고 여념이 없었다.

유키코가 불쾌한 얼굴로 되돌아왔다. 그 사이에 방값이 또다시 20루피나 올랐다는 것이었다. 사람들이 많이 찾는 도시에서는 나라를 불문하고 기승을 부리는 게 바가지요금이었다.

어둑어둑해져서야 최림은 유키코를 데리고 호텔로 들어가 쉬었다. 침대가 하나뿐이었으므로 교대를 해서 자거나, 아예 한 사람은 바닥에 시트를 깔고 자야 할 형편이었다.

좀 전에 방을 예약하러 가면서 구했는지 유키코가 빵과 양주 한 병을 내놓았다. 불편한 잠자리를 걱정하던 참에 그나마 반가운 술이었다.

"먼저 들어가 씻으시죠."

"아니에요. 전 오래하거든요. 그러니 먼저 들어가세요."

화장실 안은 인도산 대리석이 깔려 비교적 깨끗했다. 그러

나 물은 찬물이고 더운물이고 간에 시원하게 분출하지를 못
하고 찔찔거렸다. 수압이 낮으니 샤워를 해도 한 것 같지가
않았다. 대충 세수를 하고 나오자 유키코가 기다리고 있다가
말했다.

"나올 때까지 양주 비우지 마세요."

"걱정 말아요. 하하."

그녀는 계속 물을 틀어놓은 채 콧노래를 불렀다. 아마도
찔찔찔 나오는 물을 다 받아놓은 다음 욕조에서 쉬려는 듯
했다. 최림은 기다리기가 지루해 빵을 안주 삼아 뜯어먹으며
벌써 몇 잔을 들이켰다.

욕조 안에서는 이제 노랫소리까지 들려오고 있었다. 무슨
노래인지 알 수는 없으나 귀에 익은 팝송 같았다. 웃음소리
가 들려오기도 했다.

'참 알 수 없는 여자군.'

최림은 중얼거리면서 또 한 잔을 훌쩍 털어 넣었다.

한편, 유키코가 목욕을 하는 시각에 적음은 쿠쉬나가라 뿐
아니라 룸비니까지 거쳐서 막 싯타르타 호텔로 돌아와 쉬고
있는 중이었다. 적음은 최림과 유키코를 기다리지는 않았다.
그들이 떠날 때 발람푸르에서 하루 이틀쯤 머물지도 모르겠

다고 말을 했기 때문이었다.

'내일은 가장 먼 유적지 상카시아를 다녀와야지. 아니 그곳에서 하루쯤 지체할지도 모르지.'

적음은 쿠쉬나가라를 가서 보고는, 그곳은 법상이 머물 만한 곳이 아니라고 아예 단정을 해버렸다. 열반 성지라 하여어느새 한국 사찰도 하나 세워져 있었는데, 주지에게 법상을물어보니 금시초문이라는 것이었다. 법상이 한국 사찰을 외면할 리가 없을 텐데 주지가 모르고 있는 것을 보면 법상이열반 성지는 아예 순례를 안 했거나 자주 오지 않았다고 추리해 볼 수 있었다.

인도 국경을 넘어 네팔 영내인 룸비니를 가서도 벌만 쏘인채 시간만 허비했다.

룸비니는 아예 공사장이 되어 산만했다. 일본 불교도들이공사비를 기부하여 마야당을 파헤치고 있었고, 네팔 정부는정부대로 룸비니를 성지로 개발하느라고 여기저기를 들쑤시고 있으므로 성지 기분이 도무지 나지 않았다. 아쇼카 대왕의 돌기둥도 낙뢰로 꺾어져 초라했고, 유적지가 온통 공사판의 먼지로 뒤덮여 어수선했다. 갓 태어난 석가모니를 목욕시켜주기 위해 용이 솟아났다는 구룡지를 보고 있다가 벌에게느닷없이 쏘인 것밖에는 기억할 게 별로 없었다.

적음은 조금은 허탈한 심정으로 침대에 누웠다. 그런데 바로 그때 전화벨이 울렸고, J사찰의 한 스님으로부터 다급한 목소리가 들려왔다.

"스님, 법상 스님을 봤심니더."

"어, 어디서 말입니까."

"바라나시, 갠지스 강가에서 말입니더."

적음은 너무나 반가웠으므로 혀가 굳어 말이 잘 안 나올 지경이었다.

"저, 저의 소식을 알려드렸습니까."

"소식은 전하지 못했심니더. 왜냐면요, 지는 그때 배를 타고 강을 건너고 있었심니더."

"틀림없는 법상 스님이었습니까."

적음은 너무 뜻밖이었으므로 거듭 확인했다.

"차츰 멀어졌지만서도 처음에는 엄청 가까이서 봤심니더. 마, 틀림 없심니더."

"갠지스 강 어느 부분이었습니까."

"화장터 부근이었심니더."

"고, 고맙습니다. 스님."

물론 화장터가 한두 군데가 아닐 것이었다. 그러나 적음은 수화기를 놓으면서 합장했다. 심호흡을 한 뒤에 잠시 후에는 최림에게 연락할 방법을 강구했다. 발람푸르의 파틱 호텔이라고 유키코에게 들어 알고는 있지만 전화번호는 모르고 있었다.

'그렇지. 프런트로 내려가 물어보면 알 수 있을 거야.'

가사를 대충 걸쳐 입은 적음은 프런트로 뛰어 내려갔다. 영어를 조금 하는 지배인을 불러 발람푸르 파틱 호텔의 전화번호를 알려달라고 적음은 소리쳤다.

적음이 큰소리로 말했기 때문인지 놀란 지배인이 여러 군데에 급히 문의를 해보더니 금세 호텔의 전화번호를 알아내어 메모지에 적어 주었다. 메모를 건네받은 적음은 호텔 로비에 있는 전화로 최림과의 통화를 계속 시도했다.

너무 예상 밖으로 상황이 반전하여 전개되고 있었다. 긴박감으로 심장이 부풀어 터질 듯했다. 적음은 자신의 이마에 땀이 나고 있었지만 닦을 생각도 잊고 있었다.

"최 거사님, 법상 스님이 계시는 곳을 알아냈소."

"뭐, 뭐라구요."

놀라기는 최림도 마찬가지였다.

"내일 바라나시로 출발해야 할 것 같소."

"그럼, 저희도 바라나시로 바로 가겠습니다."

"거기서 만날 장소는 어디가 좋겠소."

"역 대합실이 어떨까요."

"좋소. 오후 5시쯤 보기로 해요."

적음은 방으로 올라와 지도를 꺼내놓고 거리를 측정해보았다. 다행히 고락푸르에서 바라나시까지나, 발람푸르에서 바라나시까지의 거리는 250km안팎으로 버스나 택시로 5, 6시간의 거리였다. 그러므로 새벽에 출발한다면 점심 전에는 여유 있게 도착할 수 있을 것 같았다.

'아, 이제 법상 큰스님을 뵐 수 있게 되었구나.'

적음은 무릎을 꿇고 감사의 기도를 했다.

'부처님이시여, 부처님의 가피로 오늘 우리 법상 스님의 소식을 들었습니다. 감사하고 또 감사합니다. 사문 적음은 우리 스님을 찾아 인도를 온 이래 오늘로 18일째입니다. 이 고락푸르라는 도시의 아반티카 호텔에 머문 지는 16일 째이구요.

부처님이시여, 국내에서 출발할 때에는 한 달을 계획했습니다만 저희들의 지성이 지극했던지 불과 16일 만에 법상 스님의 소식을 듣게 되었습니다. 물론 법상 스님의 소식을 전해준 분이 잘못 보았을 수도 있을 것이므로 우리 스님을 만나 뵈어야 하겠습니다만 지금 사문 적음은 모든 걱정이 사라진 듯하옵니다. 가슴 가득 법열이 충만하옵니다.

부처님이시여, 때로는 막연한 불안감이 들기도 하였습니

다만 제 옆에는 부처님이 계시기 때문에 저는 법상 스님을 찾을 것으로 확신했습니다. 더욱이 인도로 성지 순례를 온 국내의 모든 스님과 신도 분들이 스님을 찾는 데 도움을 주고 있으므로 그런 확신이 들 수밖에 없었습니다.

부처님이시여, 은사스님께 그동안 스스로 공부한 바를 말씀드리고 나서 또 다른 지침을 받으려고 합니다. 지금까지 해온 공부에서 진일보하려고 합니다. 참선의 맛을 감히 느껴봤으므로 반드시 진일보하여 대오를 이루려 하옵니다.

부처님이시여, 사문 적음도 때로는 신라승 혜초가 되보기도 하고, 때로는 당나라의 법현, 현장이 되어 구법의 길이 얼마나 험난한 것이었는지를 직접 체득해보려고 합니다. 부처님도 그러하셨고 모든 구법승들이 그러하셨듯 인도의 길 속에서 인간의 길을 찾아보려 하옵니다.'

다음날 새벽, 적음은 일찍 눈을 떴다. 별이 아직 총총한 새벽이었다. 회교도 사원에서는 낯익은 음악이 흘러나오고 있었다. 바구니 속의 코브라를 춤추게 하는 그런 선율의 회교 음악이었다. 음악에 따라서 움직이는 것은 코브라만이 아니었다. 어떤 점에서는 사람이나 동물이나 마찬가지였다. 소리에 따라 울고 웃으며 살아가고 있었다.

적음은 호텔 직원에게 5달러 팁을 주고 택시를 불러달라고 부탁했다. 하품을 하며 졸던 직원이 달러를 보자 꿈이 아님을 확인이라도 하듯 눈을 크게 뜨고 '굿 모닝'을 연발했다.

택시를 기다리느라고 호텔 문을 여닫을 때마다 달려 나와 거수경례를 하여 미안하기조차 했다. 한참 만에 택시가 불을 켠 채 굴러오고 있었다. 호텔과 거래하는 전속 택시인지 값을 터무니없이 부르지 않아 안심이 되었다.

"나마스테."

"나마스테."

적음도 합장하며 그에게 인사를 해주었다. 아직도 고락푸르는 어두운 밤이었다. 그러나 거리는 서서히 깨어나고 있었다. 회교도 사원에서는 철사줄처럼 가는 고음의 목관악기선율이 새벽을 휘휘 휘젓고 있었고, 릭샤와 자전거가 한두 대씩 달리고 있었다.

적음은 운전수에게 행선지를 대고는 눈을 감았다.

"바라나시로 갑시다."

"네."

적음은 마음속으로 새벽 예불을 시작했다. 눈을 감고 「반야심경」을 암송하는 것으로 예불을 대신했다. 어느새 택시는 저잣거리를 빠져나와 꿈길처럼 뻗은 길 위를 달렸다.

대지의 어둠이 시나브로 한 꺼풀씩 벗겨졌다.

영원 속으로

바라나시.

순례자들에게는 카시(Kashi)로 불리는 힌두의 성지 중에
최고의 성지. 바라나시라는 단어 속에는 '영적인 빛으로 넘
치는 도시'라는 뜻이 담겨 있다고 한다. 영어식 이름으로는
베나레스.

바라나시 역에 최림과 유키코가 도착한 것은 오후 다섯 시
였다. 미리 도착하여 사르나트의 녹야원을 서성거리다가 시
간을 맞추어 온 그들이었다. 녹야원도 부처의 성지이기 때문
이었다. 갠지스 강은 적음을 만나 함께 가보기로 하고 먼저
그곳을 갔던 것이다. 사르나트의 녹야원을, 갠지스 강가에서
법상을 만나게 된다면 그냥 지나칠지도 모른다는 생각이 들
어서였다.

그것도 시간이 남았기 때문에 가능한 일이었다. 발람푸르

에서 바라나시까지 버스로 오는 데 꼭 여섯 시간이 걸렸다. 아침에 첫차로 출발했는데 점심시간이 좀 못 되어 바라나시에 도착했던 것이다. 제 시간에 도착한 것만도 행운이었다. 길을 가다보면 교통사고가 다반사로 일어나 시간 맞추기가 좀처럼 쉽지 않은 게 인도의 도로이기 때문이었다.

그런데 적음은 아직 보이지 않았다. 사고를 염두에 두고 시간을 넉넉하게 오후 다섯 시로 약속했던 것인데, 역사 안이나 밖이나 적음은 보이지 않았다. 새벽에 출발할 거라고 했으니까 최림보다도 바라나시에 먼저 도착했을 테지만 무슨 일인지 늦었다.

역사 안은 관광객들로 붐비고 있었다. 갠지스 강이나 힌두 사원이나, 녹야원을 보러 온 사람들이었다. 배낭을 멘 이국의 젊은이들부터 뚱보 외국인 부부들까지 앉을 자리를 찾아 기웃거리고 있었다. 물론 인파를 이루고 있는 것은 인도인들이었다. 의자고 바닥이고 간에 할 것 없이 빈 공간을 점거하고 있었다.

경찰들이 긴 대나무봉을 들고 순찰하지만 무엇 때문에 왔다 갔다 하는지는 알 수 없었다. 그들은 그들대로 거지아이는 거지아이대로 행상은 행상대로 심드렁하게 돌아다니고 있었다.

"오다가 교통사고를 당한 것은 아닐까요."

"불길한 예감이 들어요."

최림이 고개를 흔들며 말하자 유키코가 걱정스럽게 대답했다. 광장으로 나와 두리번거려 보아도 적음은 없었다.

바라나시에는 그동안 캘커타에서만 보고 만나지 못했던 인력거꾼들이 많았다. 상대적으로 자전거와 오토 릭샤보다는 많지 않았지만 인력거꾼들은 거리 한쪽에서 손님을 애타게 기다리고 있었다.

사르나트는 바라나시에서 8km쯤 떨어진 거리에 있었다. 바라나시에 막 도착했을 때 최림은 법상을 1초라도 더 빨리 찾고 싶어 갠지스 강으로 가자고 했으나 유키코가 만류했다. 적음과 같이 찾는 게 지금까지 동고동락한 동행자로서의 도리라는 주장이었다.

듣고 보니 유키코의 세심한 배려도 무시할 수 없었다. 지금까지 법상을 찾는다는 한 목적 아래 고생했기 때문에 적음보다 먼저 만난다면 서로의 관계가 갑자기 껄끄러워질 수도 있을 것 같았다.

마지막 정상 정복을 눈앞에 두고 허둥지둥 혼자 가서 깃발을 꽂을 수는 없는 일이었다. 유키코의 말은 조금만 참고 있다가 끝까지 팀플레이를 하자는 충고였다. 선머슴같이 덜렁덜렁하지만 그래도 섬세한 면이 숨어 있는 그녀였다. 그래서 최림은 갠지스 강으로 가지 않고 남은 시간 동안 사르나트의 녹야원에서 시간을 보내기로 했던 것이다.

녹야원,

풀어 보면 '사슴동산'. 동산 가운데서도 거대한 다메크탑은 부처가 보드가야 보리수 아래에서 성도한 후, 사르나트까지 걸어와 고행촌 우루벨라에서 함께 수행했던 다섯 명의 수행자들에게 최초로 설법을 했던 곳. 이름하여 초전법륜지. 처음으로 법(진리)의 수레바퀴를 굴린 동산이었다.

부처는 처음으로 그들에 게 중도中道를 말했다.

'수행의 길을 걷고 있는 사문들이여, 이 세상에는 두 가지 극단으로 치우치는 길이 있다. 사문은 그 어느 쪽에도 치우치지 말아야 한다. 두 가지 치우친 길이란, 하나는 육체의 요구대로 자신을 내맡기는 쾌락의 길이고, 또 하나는 육체를 너무 학대하는 고행의 길이다. 사문은 이 두 가지의 극단을 버리고 중도를 배워야 한다. 여래는 바로 이 중도의 이치를 깨달았다. 여래는 그 길을 깨달음으로써 열반에 든 것이다.'

이어서 부처는 4성제를 설하고, 다시 8정도를 설했다.

최림도 유키코와 함께 다메크탑 주위를 돌면서 고등학교 윤리시간에 배웠던 8정도에 대해서 기억을 했다.

그것은 한마디로 중도에 이르는 여덟 가지의 성스러운 길로서 올바른 견해, 올바른 결의, 올바른 말, 올바른 행위, 올바른 생활, 올바른 노력, 올바른 사념, 올바른 명상 등을 말함이었다.

불당 터와 승원 터마다 순례단이나 관광단을 이끌고 온 가이드들이 핸드마이크로 안내하고 있는 모습이 자주 눈에 띄고 있었는데, 한 가이드는 아쇼카 대왕의 돌기둥에 새겨진 명문을 설명하면서 이렇게 소리치고 있었다.

'녹야원에 안거하는 비구와 비구니는 부처님의 계율에 따라 화합하고, 승가를 분열시키고 대중화합을 깨뜨리는 일을 삼갈 것을 칙령으로 공포한다.'

귀 담아 듣는 수행자나 신도는 거의 없었다. 떠들고 웃고 이야기하며 지나치고 말았다. 어떤 수행자는 사슴동산에 왜 사슴이 없냐고 소리쳤다.

그러다가 한 수행자가 녹야원 후문을 지나 사르나트 고고박물관 안에서 큰소리로 떠들었다.

"사슴이 저기 있군, 그래."

말인즉 옳았다. 박물관에 보관된 초전법륜상에는 다섯 비구와 함께 사슴 두 마리가 양각되어 있었다. 5세기의 작품이지만 왜 녹야원이라는 이름으로 불리는지 그 배경을 짐작해 볼 수 있는 유물이었다. 적어도 초전법륜지가 사슴이 살았던 동산이라는 사실을 간접적으로 증명하는 셈이었다.

최림은 다메크탑의 양식에 대해서는 별 흥미를 느끼지 못했다. 자신이 설계한 천불탑과 비교해 볼 때 더욱 그러하였다. 마치 그릇을 거꾸로 놓은 것 같은 모형의 탑으로서 조형미가 느껴지지 않았다. 사용하는 그릇을 거꾸로 놓는다는 것은 죽음을 의미할 수 있는데, 혹시 그런 상징에서 탑이 형상화된 것은 아닐까. 그렇다면 다메크탑의 그러한 상징은 평면적인 것밖에 되지 않았다. 한량없는 부처를 상징하는 천불탑의 상징과는 비교조차 할 수 없는 일이라고 최림은 생각했다.

다행히 박물관에서 초전법륜상의 풋풋한 청년 부처의 모습을 보고는 위안을 받았다. 그때 부처의 나이 35세, 현재 최림의 나이도 35세인 것이었다. 세속적인 관심이기는 하지만 꿈 많은 처녀였던 수자타가 사모했던 동안의 수행자 싯다르타를 보고서 우유죽을 올리지 않을 수 없었겠구나 하는 생각이 절로 드는 청년 부처의 풋풋한 모습이었다.

적음은 약속 시간보다 40분이나 늦은 5시 40분에 나타났다. 예상했던 대로 오다가 길이 막혀 꼼짝달싹도 못하고 길 위에서 6시간이나 허비하고 돌아온 길이라고 투덜거렸다. 새벽에 출발했지만 다른 차의 교통사고를 만나 속수무책 당할 수밖에 없었다는 것이다.

아직 해가 떨어지지 않아 다행이었다. 그들은 택시를 하나 불러 갠지스 강으로 나갔다. 택시 운전수는 갠지스로 가자고 하니까 잘 알아듣지 못하였다. 그러자 유키코가 거들었다.

"강가(Ganga)."

갠지스는 영어식 이름인 모양이었다. 현지 힌두교도들은 강가로 불러야 알아들었다. 불경 속에 항하恒河라는 말은 강가를 한자로 음역한 것이 분명했다.

불교 경전에 자주 항하수恒河水, 항하사恒河沙라는 표현이 나오고 있는데, 헤아릴 수 없는 무한대를 표현할 때 항하의 물이나 항하의 모래알로 비유하고 있는 것이었다.

"강가 어느 쪽으로 모실갑쇼."

운전수가 힌디어로 묻자 유키코가 적음에게 물었다.

"어느 곳으로 먼저 갈까요, 스님."

"강가 화장터로 가자고 그래요."

유키코가 힌디어로 말했다.

"마니카르니카 가트(화장터)."

운전수는 계속 뭐라고 웃으며 떠들었다. 나중에 유키코의 말을 들어보니 그럴 만도 했다. 화장터는 한두 군데가 아니라는 것이었다. 그래서 유키코는 가장 큰 화장터로 가자고 말한 모양이었다.

갠지스 강가로 나가면서 운전수는 계속 떠들었다. 무슨 내용이냐고 최림이 묻자 유키코가 자세히 알려주었다.

"화장을 하지 않고 강물에 띄워도 구원을 받을 수 있는 네 부류가 있대요."

"예를 들자면."

"수행자는 평소에 열심히 수행을 하였기 때문이래요."

"그리고 또."

"어린이는 죄를 짓지 않았기 때문이고요."

"그 다음은."

"처녀는 청순하기 때문에 화장하지 않아도 구원을 받는대요."

"마지막은."

"장애자래요. 살아서 천대와 구박을 받았기 때문이래요."

갠지스 강이 가까워질수록 장애자의 숫자가 엄청나게 불어나고 있었다. 인도 전역의 장애자들이 바라나시로 모여든 것 같았다. 거리에서 구걸하다 죽게 되면 갠지스 강에 던져지리라는 그 희망 하나 때문에 모여든 것인 지도 몰랐다. 천에 감겨 실려 가고 있는 시신들도 자주 눈에 띄었다. 특별히 장의차가 있는 것은 아니었다.

자세히 보니 화장터로 가는 시신도 그 가족의 능력에 따라 대접이 다른 게 느껴졌다. 대나무 사닥다리 같은 데 시신을 고정시켜 놓고 신발을 신지 않은 빼빼 마른 사람들이 운구하는 모습도 보이고, 인력거에 덩그러니 실려 가는 시신도 보였다. 그 시신의 보호자는 인력거 사용료를 지불할 능력이 있는 듯했다. 그보다는 더 격식을 갖추어 택시 지붕 위에 올려져 실려 가는 시신도 보였다. 그러니 택시 안에 실려 가는 시신 정도라면 상당한 부와 신분을 가진 사람임에 틀림없었다.

강이 보이지 않는데도 택시가 멈추었다. 샛길만 빠져나가면 바로 갠지스 강이었다. 운전수는 바라나시의 모든 샛길은 갠지스 강으로 통한다고 말했다.

택시에서 내리자마자 불구의 걸인들이 달려들었다. 손목이 없는 걸인, 발목이 없는 걸인, 나병 환자인 걸인, 두 다리가 없어 밀것을 타고 움직이는 걸인 등등 지금까지 어디에서도 보지 못했던 장애가 심한 걸인들이 끈덕지게 따라붙고 있었다.

"마부, 박시시."

적음이나 유키코나 최림이나 다 마부(신사)라고 부르고 있었다. 어디를 가건 걸인들로부터 모두 마부의 대접을 받았다. 그런데 그들에게도 어떤 경계가 있는 것 같았다. 일단 갠지스 강으로 내려가는 샛길로 들어서자 더 이상은 따라오지 않았다. 샛길은 미로처럼 나 있었고, 양편으로는 집들이 다닥다닥 붙어 있을 뿐만 아니라 그 사이를 비집고 또 힌두의 신에게 바치는 향이나 꽃 등을 파는 동굴처럼 어두컴컴한 구멍가게들이 있었다.

운전수가 가르쳐준 대로 샛길을 내려가 보니 과연 화장터가 나왔고 갠지스 강이 나타났다. 강물은 회청색을 띠고 있었고, 강가는 화장터에서 시신을 태우는 연기가 자욱했다.

'아, 여기가 갠지스 강이구나.'

최림은 혼잣말로 중얼거렸다.

'법상 스님을 보았다는 곳이 바로 이 갠지스 강이구나.'

유키코는 화장터를 외면했고 적음은 법상을 찾기 위해 샅샅이 살펴보고 있었다. 최림은 역시 화장의 과정을 지켜보지 않을 수 없었다. 화장은 비밀스럽게 이루어지는 의례가 아니라 아무 것도 숨김 없이 공개되고 있었다.

화장터 한쪽에서는 흰 천에 감겨진 시신들이 차례를 기다리고 있었다. 이미 장작에 덮여 불에 타는 시신도 있었는데, 두 발이 삐죽 드러나 보였다. 그런가 하면 불에 태워지기 바로 전의 시신은 강물에 풍덩풍덩 담가졌다가 화장터로 올라오고 있었다. 그렇게 해야만 갠지스 강이 좋은 내생를 약속해 주기 때문이었다.

강으로부터 바람이 불어왔다. 시신에 감겨졌다가 느슨해진 흰 천들이 펄럭거렸다. 갠지스 강이 시신에게 무어라 말을 걸고 있는 것만 같았다. 시신을 태우는 연기가 이번에는 바람을 타고 최림이 서 있는 쪽으로 불어왔다. 최림은 코를 막았다. 살이 타는 냄새가 분명했다. 시신을 태우는 사람이 긴 막대기로 휘젓기 때문에 생연기와 함께 자꾸 몰려오고 있었다.

적음이 침통한 소리로 말했다.

"다른 곳으로 갑시다."

화장터를 조금 벗어난 곳은 순례자들로 가득했다. 갠지스 강물에 목욕을 하는 사람, 양치질을 하는 사람, 항아리를 가지고 와서 강물을 떠가는 사람들로 북적거려 마치 해수욕장을 방불케 했다.

최림에게는 더러운 물이었지만 그들에게는 성수聖水였다.

"물방울이 튈 수 있으니 가까이 가지 마세요."

"참 알 수 없는 힌두교도들이오."

그러자 적음이 고개를 흔들었다.

"3년 전에 왔을 때는 아침이었는데 더 아수라장이었소. 힌두신자들의 해돋이 목욕이라는 의식이었지만."

남자들은 상의를 벗어버린 채였고, 여자들은 사리를 입은 채 물로 들어가 서서 몸에 물을 뿌려 묻히고들 있었다. 화장 터에서 시신을 태운 재가 떠 밀려 오지만 그것에 신경 쓰는 사람은 아무도 없었다. 화장은 죽은 사람의 일이고, 강물을 묻히는 것은 산사람의 일이라는 듯이.

갠지스 강물에는 삶과 죽음이 한데 뒤엉켜 있었다. 그 뒤 엉킴이 청회색 빛깔로 변해 말없이 흐르고 있을 뿐이었다.

화장시키는 일이 직업인 노인에게 물어보니 아까 택시 운 전수와 애기가 조금 달랐다. 태우지 않고 그냥 수장시키는 부류는 자기 명대로 살지 못하고 병사한 이와 어린 아기라고 말했다.

"화장을 아무나 하는 게 아니오. 자신의 생명을 다하지 못 했기 때문이오."

"화장터가 또 어디에 있습니까."

"강을 따라 계속 내려가시오."

노인의 말대로 순례자들의 인파를 헤치고 한참을 내려가 니 화장터가 또 나타났다. 그들이 두 번째로 들른 화장터는 첫 번째 보았던 것보다 규모가 작았고, 더 지저분했다.

그곳에서는 화장을 담당하는 젊은이가 뭔가 중얼중얼 거 리고 있었다. 검은 물체를 나무 봉으로 두드리면서 투덜대고 있었다. 그때 유키코가 비명을 지르며 뒷걸음질을 치더니 손으로 입을 가렸다. 젊은이는 타다 만 시신의 머리를 방망이질하고 있었다.

'발은 잘 타는데 머리는 잘 안탄단 말이야.'

두들겨주어야 머리가 잘 타는 모양이었다. 유키코가 놀란 이유는 숯덩이처럼 변해가는 시신의 머리를 보다가 덜 탄 턱을 보았기 때문이었다.

그러나 젊은이의 방망이질은 죽은 자에게 성의를 다하는 것이었고, 그가 자신의 일을 충실히 하고 있다는 증거였다. 그가 시신 한 구당 받는 사례는 10루피 정도라니 우리 돈으로 환산하면 350원이었다.

그 돈도 없어 시신을 버리고 간 사람도 있다고 한다. 아닌 게 아니라 강을 따라 다시 내려가자 방치된 시신이 하나 보였다. 남자의 시신으로 감긴 천이 풀어져 나체가 되어 있었다.

세 번째로 간 화장터에도 법상은 없었다.

그렇다고 강을 따라 계속 내려갈 수도 없었다. 어느새 날이 어둑어둑해져오고 있었다. 석양이 지고 나서부터는 모든 게 더 괴괴한 모습으로 바뀌고, 까마귀들의 울음소리도 음산하게 들려오고 있었다.

"오늘은 돌아가죠."

유키코가 약간 얼이 빠진 얼굴로 말하고 있었다. 몇 차례 화장터를 보고 나서는 갠지스 강에 대하여 정이 떨어진 얼굴이었다.

"그럴까요."

최림이 적음의 눈치를 보자 적음도 물러서고 있었다.

"숙소가 가까웠으면 좋겠소."

"타즈 갠지스 호텔이 있어요."

"여기서 얼마나 떨어져 있소."

"20분쯤 떨어진 거리에 있어요."

그들은 다시 강을 따라 내려온 길을 거슬러 올라갔다. 오는 도중 두 번째의 화장터에서 보았던, 누군가가 버리고 간 시신이 이제는 치워지고 없었다. 그 젊은이가 화장을 시켜준 것일까. 한 구를 화장하는 데 30분쯤 걸린다고 하니 만약 그랬다면 벌써 재로 변했을 터였다.

그런데 강 중간쯤에 떠 있는 배 한 척의 모습은 예사롭지가 않았다. 뱃머리에 단 붉은 깃발이 펄럭였다. 그들은 뭔가를 강물에 버리고 있었다.

'아, 강물에 던져지고 있는 저것은.'

최림은 중얼거리며 담배를 뽑아 물었다. 세 명의 뱃사람이 일정한 간격을 두고 강물에 던지고 있는 것은 시신이 분명했다. 팔다리가 있고 옷을 입고 있는 시신이었다. 던져진 시신은 곧장 가라앉지 않고 물 위에 떠 있다가 차츰 수면에서 사라지곤 하는데, 마지막까지 보이는 것은 뒤집어진 사체의 엉덩이였다.

최림은 담배연기를 길게 품어 뱉어냈다. 담배연기는 곧 실타래처럼 풀어져 흩어졌다.

아, 사바세계라는 것이 이런 것이었구나. 말로만 듣던, 학교에서 배웠던 사바세계라는 것이 바로 이런 모습이구나. 죽음이 멀리 있는 줄만 알았는데 바로 눈앞에, 코앞에, 발밑에 있구나. 그런데도 나는 죽음이 병원 영안실이나 공동묘지에 멀리 있는 것처럼 살아왔구나.

인생이 아주아주 긴 줄 알아왔구나. 생과 사의 기간이 아주 넉넉한 줄 잘못 알아왔구나. 모든 일을 다 이룰 수 있을 만큼 충분한 것이 삶인 줄 알았구나. 아, 웃고 울며 얼굴을 붉으락푸르락하지만 죽을 때는 연기가 되어 허망하게 사라지고 마는구나. 아, 장작불 속에서 활활 30분만 태워지게 되면 강물에 재로 스며들어 영원히 아주 영원 속으로 사라지고 마는구나.

최림은 누군가가 소매치기하듯 스치고 지나가는 것을 느꼈다. 돌아보니 신발을 신지 않은 아이들이 타다만 나뭇조각을 들고 달아났다. 화장터에서 훔친 것이리라. 도망치는 아이들은 타조를 연상케 했다.

무엇에 쓰려고 훔쳐 달아나는 것일까. 어쩌면 저녁을 지으려고 훔쳤는지 모른다. 아니면, 어디에 또 죽은 아이가 하나 생겨 태우려고 그러는지도 모르고. 아이를 화장시키는 데는 나뭇조각이 어른의 반도 들지 않을 테니까.

샛길로 빠져나온 그들은 곧장 오토 릭샤를 타고 타즈 갠지스 호텔로 갔다. 타즈 갠지스 호텔은 지금까지 그들이 묵었던 호텔들보다 비교가 안 될 만큼 화려했다.

이제껏 구토를 느낀 풍경과는 백팔십도로 달랐다. 정원에는 간이 무대가 설치되어 있고, 정원수마다 색등이 켜져 깜박거렸다. 결혼식 피로연을 알리는 포스터가 여기저기에 붙어 있었다. 악사들은 무대에서 악기를 조율하고, 조경사들은 무대를 꽃더미로 장식하고 있었다. 최림과 적음은 어안이 벙벙했다. 20분 전의 풍경과 너무나 달랐다.

화장터와 결혼식 피로연.

10루피, 우리 돈으로 350원이 없어 시신을 화장터 부근에 놓고 도망치는 사람이 있는가 하면, 일류 호텔의 정원 전체를 빌어 엄청난 돈을 쏟아 부으며 결혼식 피로연을 하는 부자도 있는 것이다.

슬픔과 무상함이 떠돌던 화장터.

생의 찬미가가 울려 퍼지고 있는 결혼식 피로연장.

최림과 적음은 몹시 혼란스러웠다. 그러나 유키코는 바로 이러한 장면을 보러 인도로 왔다는 듯이 탄성을 내지르고 있었다.

"인도의 결혼식은 오전에 하고 피로연은 밤에 한다고 그래요. 이 호텔로 잘 왔어요. 얼마나 화려한지 구경해 보세요."

"난 쉬겠소."

적음은 유키코가 구경하자는 말에 비위가 상한 듯했다. 아무 말 없이 호텔로비로 걸어가고 있었다. 최림도 일단은 방에 들어가 좀 휴식을 취한 다음에 결정하고 싶었다. 갑작스럽게 바뀌어진 상황 변화로 도무지 얼떨떨했다.

규모가 큰 호텔이어서 그런지 방은 많았다. 유키코와 최림은 결혼식 장면이 보이는 쪽으로 방을 배정받았다. 호텔 벽면은 온통 인도산 대리석으로 치장되어 있었다. 바닥의 양탄자도 감촉이 아주 부드럽고 탄력이 좋았다.

최림은 호텔 방에 들어서자마자 침대에 드러누웠다. 식사를 할 수 없을 것 같았다. 갠지스 강가의 화장터가 생각이 나 욕지기가 느껴졌다.

퍽퍽퍽.

화장터에서도 가장 구토를 느꼈던 풍경은 바로 그 방망이질이었다. 시커멓게 타들어가는 시신의 머리를 가격했던 것이다. 그렇게 방망이질을 하여 잘 타야만 내세에 구원을 받을 수 있다는 것인지 구역질을 할 뻔했다.

"전 식당으로 안 내려갈테니 스님 혼자 가십시오."

"무얼 말이오."

"저녁 식사 말입니다."

"나도 공양하지 못할 것 같소."

"스님은 오늘 점심도 못했을 것 같은데요."

"나도 아무 생각이 없어졌소. 몸이나 더운물로 씻고 내일을 위해 일찌감치 잠이나 자 두겠소."

"전 이따가 유키코와 술이나 한잔 하겠습니다."

"술을 마시려면 유키코 방으로 가서 마시세요. 나는 일찍 잠을 잘테니까요."

"그러겠습니다."

"아마도 내일은 강행군을 하게 될 것 같소."

"왜 그렇습니까."

"오늘은 화장터를 보았지만 내일은 배를 타고 강을 건너가 수행자들이 정진하는 뜨거운 모래밭을 돌아다녀야 할 것같소."

적음은 곧 바랑 속에서 팬티와 런닝셔츠를 꺼내들더니 화장실로 들어가 버렸다.

밖은 축제의 분위기가 한껏 고조되고 있었다. 수만 개의 색등이 정원수에 매달려 깜박거리고 정원을 가득 메운 하객들이 신랑 신부를 기다리고 있었다. 무대 중앙에는 신랑 신부 가족들이 자리를 잡고 앉아 얼굴에 조금은 거만한 미소를 띄우고 있었고, 좌측에는 악사들이 인도의 전통음악을 연주하였으며, 연단 앞에는 신랑 신부가 하객들 앞에서 선물을 주고받는 둥그런 무대가 마련되어 있었다. 그리고 둥그런 연단 앞에는 줄을 맞추어 마련된 의자에 하객들이 빈틈없이 앉아 있었다.

그런가 하면 무대 저편에는 뷔페식단이 준비되어 하객들이 줄을 서서 온갖 진수성찬을 음미하고 있었다. 저 하객들의 한 사람 분 식대라면 거리에서 구걸하는 노숙자들 백 명분의 한 끼 식대는 족히 될 것 같다는 생각이 들었다.

적음이 막 샤워를 하고 나올 즈음 유키코한테서 전화가 걸려왔다. 몹시 들뜬 목소리였다.

"구경하지 않을래요."

"그럽시다."

최림은 잠도 오지 않을 것 같아서 유키코의 제의를 받아들였다.

"지금 로비로 내려오세요."

"그래요."

최림은 옷만 갈아입고 로비로 내려갔다. 먼저 와 기다리고 있던 유키코는 소파에 푹 파묻혀 있었다.

"저녁은 했습니까."

"아니오. 저기서 해결하려고요. 저 피로연 식장에서요. 호호호."

호텔 정원의 피로연 축제 분위기는 대단했다. 바라나시의 미인들이 다 모여든 것 같은 착각이 들 정도로 처녀들이 원색의 사리와 보석으로 치장하고서 뭐라고 종알대며 웃고 있었다. 더불어 말끔한 신사복으로 차려입고 나온 남자들도 역시 부리부리하게 큰 눈을 굴리고 있었다. 모두가 정원을 왔다갔다 하면서 음식을 들기도 하고 작은 소리로 이야기를 하며 즐기고 있었다.

"굉장한 부자인가 봐요. 포스터에 보니 이 정원에서 3일간이나 피로연을 한다고 쓰여 있어요."

"놀랍군요."

"이 호텔의 일층은 신랑 신부 측에서 3일 동안 다 빌렸다고 하던데요. 방금 옆에서 하는 얘기를 들어보니까."

꽝꽝꽝.

갑자기 폭죽 터지는 소리가 바로 옆에서 들려왔다. 최림도 놀라고 유키코도 놀랐다. 하객들도 마찬가지였다. 잠시 후에 는 불꽃이 하늘에서 여러 가지 꽃 모양을 그렸다. 하객들 모 두 와와 하고 탄성을 내질렀다.

땅땅땅.

하객들 사이사이에 서 있던 제복을 입은 청년들이 축포를 터뜨렸다. 신랑이 입장한다는 표시였다. 하객들이 피로연 입 구 쪽으로 우르르 몰려들었다. 신랑이 백마를 타고 입장하는 중이었다. 콧수염을 기르고 큰 눈을 두리번거리며 입가에는 미소를 머금은 채 백마를 타고온 신랑이 연단을 향해 오르고 있었다.

신랑이 연단에 앉자 신부도 바로 입장을 했다. 신부는 말 을 타지 않고 사리를 입은 여자들에 둘러싸여 들어오고 있었 다. 그러자 신랑이 둥그런 무대로 나아가 먼저 오른 다음 신 부를 기다렸다. 그 사이 신부 친구들이 신랑에게 다가가 꽃 을 뿌려대자 무대는 금세 꽃과 꽃잎으로 덮였다.

유키코와 최림은 신부를 따르는 행렬을 따라 무대까지 나 아갔다. 신부를 좀더 가까이서 보기 위해서였다. 작고 마른 체구였지만 눈과 코와 얼굴의 윤곽이 뚜렷한 미인이었다. 이미 세상을 다 알아버린 것 같은 신랑에 비해 신부는 순진하게만 보였다. 그녀의 친구들이 깔깔 호호 웃기며 장난을 쳐 보지만 그녀는 다소곳이 고개를 숙이고만 있었다.

"들어갈까요."

"저기서 뭘 좀 먹고요."

"아니오. 내가 호텔 바에서 한잔 사겠소."

"그럼, 좋아요."

방으로 술을 가지고 올라가 마실 수는 없었다. 적음이 잠을 자고 있으므로 그의 잠을 방해해서는 안 되기 때문이었다. 더구나 그가 아까 내일 법상을 찾기 위해 잠을 일찍 자 두겠다고 한 말도 생각났다.

로비의 밝은 조명 아래서 보니 유키코는 상당히 흥분되어 있었다. 결혼식의 피로연 분위기가 그녀를 사로잡고 있는 듯했다. 꽃 세례 속에서 축복을 받는 신랑 신부가 몹시 부러운 모양이었다.

"유키코 씨."

"네."

"유키코 씨의 황홀한 표정을 보니 마치 꿈 많은 소녀 같군요."

"제 얼굴에 그렇게 씌어 있나보죠."

"최림의 눈은 못 속입니다."

"아, 백마를 타고 오는 신랑이 부럽기는 해요."

"이 정도의 피로연을 하려면 굉장한 부자여야 할 것 같은 데요."

"인도 사람들은 이상해요. 릭샤꾼도 거지도 결혼식 때는 자신이 번 돈을 다 쏟아 붓는대요."

"장례식은 간단하게, 결혼식은 화려하게 ……. 뭐 그런 식 이네요."

"맞아요."

호텔 바는 피로연 하객은 물론이고 투숙객들이 휴식을 취하느라고 내려와 성업 중이었다. 최림과 유키코는 구석 자리를 겨우 찾아가 앉았다. 인도산 양주 한 병과 유키코를 위해 훈제한 닭고기를 안주로 시켰다.

"유키코 씨는 결혼 언제할 겁니까."

"좋은 사람 나타나면 아무 때나 할거예요."

"좋은 사람을 찾아야 나타나지요."

"있겠죠, 뭐."

최림은 먼저 유키코에게 양주 한 잔을 따라주었다. 그러자 유키코도 최림에게 답례라도 하듯 따라주었다. 두 사람은 건배를 했다.

최림이 말했다.

"바라나시 온 것을 기념하여."

유키코가 웃으며 대꾸했다.

"미래의 내 신랑을 위해서."

이번에는 서로 잔을 바꾸어 따랐다. 서로 술을 마신 게 벌써 세 번째였다. 첫 번째는 고락푸르의 아반티카 호텔에서였고, 두 번째는 발람푸르의 파틱 호텔에서였던 것이다.

이래서 술을 묘약이라고 하는 것일까. 최림과 유키코는 며칠 사이에 애인 사이처럼 가까워져 있었다. 유키코에게는 여러 가지 성격과 개성이 섞여 있어 종잡을 수가 없지만 일본을 탐탁지 않게 여긴다는 점만은 최림과 일치했다. 몇 잔 마신 후 유키코가 가볍게 물었다.

"제가 사는 일본, 싫어하죠."

"글쎄요. 적대감은 없어요. 하지만 왠지 거북한 건 사실이오."

"과거 한국을 침략했기 때문인가요."

"꼭 그런 건 아니지요."

"그럼."

"뭐라고 할까, 불가사리 같죠, 뭐든지 먹이가 되면 삼켜버리고 마는 불가사리 ……. 그런 게 연상돼서요."

"그게 무슨 말이죠."

"일본인들은 삼킬 줄만 알지 뱉어낼 줄 모르는 불가사리 같다, 이겁니다."

"베풀 줄 모르는 사람들이 많은 건 사실이에요. 다른 나라 사람들이 일본인들을 가리켜 경제적 동물이라고 비난하는 것도 잘 알고 있구요."

유키코가 별 반대 없이 동의했다.

"비난한다고 생각지는 마세요. 이웃사촌을 위해서 하는 말이니까요."

"비난이라면 듣지 않을 거예요. 충고라고 생각하니까 듣는 거지요."

최림은 술을 마시면서도 적이 놀랐다. 유키코에게는 일관성이 없었다. 거지 아이들에게 동전을 던져줄 때는 '저팬 넘버 원' 하면서 지금은 일본 사람들을 비난하는 데 동조하고 있었다.

"아프리카 난민이나 북한 사람들에게 식량을 보내면서 얼마나 생색을 내는지 낯 뜨거울 때가 한두 번이 아녜요. 온 매스컴들이 조그만 원조물을 부풀려서 호들갑을 떨거든요."

"나도 유키코 씨의 그 말에는 동감이오. 어제 본 기원정사에서 그걸 느꼈지요. 수닷타 장자가 팔지 않으려는 제타 태자에게 기원정사 터를 사려고 금조각을 깔았다는 이야기를 알고 말입니다. 수닷타는 상인입니다. 누구보다도 물욕이 강한 상인입니다. 그러나 그는 자신의 전 재산을 내놓아 금조각을 덮기 시작하였습니다. 바로 그렇습니다. 주는 게 기쁨이기 때문에 가능한 일이었을 겁니다. 수닷타에게 그런 기쁨이 없었다면 절대로 금 한 조각도 내놓지 않았을 겁니다."

유키코가 물었다.

"수닷타는 행복한 사람이네요. 주는 기쁨을 아는 사람이었으니까요."

"그럴 겁니다."

최림은 술이 더 들어가자 마저 이야기를 계속했다.

"아무런 조건 없이 전 재산을 내놓았기 때문에 더욱 행복한 겁니다. 그렇게 재산을 내놓으면 자신이 알거지가 될 텐데 그걸 계산하지 않고 마음이 시키는 대로 기부를 한 것이죠."

"법문하고 있는 것 같은데요."

"그런데 어디 그게 쉽겠습니까. 수닷타는 차가운 머리로 계산해서 재산을 내놓지 않았을 겁니다. 아마도 따뜻한 마음이 그렇게 시켜서 기부를 했을 겁니다. 따뜻한 마음이 움직이지 않았다면 전 재산을 결코 내놓지 못했을 겁니다."

"아, 알겠네요. 사랑할 때도 차가운 머리로 할 게 아니라 따뜻한 마음으로 해야겠네요. 그래야 진짜 기쁨이 생기고 행복해지겠네요."

"왜 갑자기 사랑 타령입니까."

"정말 그럴 듯한 말이에요."

"일본에 대해서 마저 우정의 충고를 하지요."

"뭔데요."

유키코는 인내하는 데 한계가 왔는지, 아니면 술이 점점 올라 못 참겠다는 것인지 얼굴을 찌푸렸다. 그러나 최림은 술기운을 빌어 마저 이야기를 했다.

"우리나라에 대한 과거사 얘긴데요, 나는 일본의 침략에 대해서 분개하고 있는 것은 아니에요. 지나간 일은 지나간 일이지요."

"그런데 뭐가 문제란 말예요."

"앞으로는 친구가 되자는 겁니다."

"우리처럼 이렇게."

유키코가 건배를 제의하여 최림은 술잔을 소리 나게 부딪쳐 주었다. 그리고는 잔에 담긴 붉은 양주를 훌쩍 털어 넣었다.

"친구가 되려면 한 가지 조건이 있어요."

"그 조건이란."

유키코가 최림을 흘겨보며 말했다.

"그게 뭐죠."

"용서를 비는 것이죠. 가해자가 용서를 빌지 않는데, 피해자가 어떻게 용서를 할 수 있겠습니까."

"어떻게."

유키코는 친구에게 문득 혀를 내밀며 묻고 있었다. 그녀가 이미 술에 취해 팔을 크게 흔들었다.

"간단합니다. 진실하게 말하면 그만이지요. 길게 혹은 점잖게 표현할 필요도 없어요. 그냥 진실하면 그만이죠."

"왜 그런 쉬운 일을 못하죠."

"그러니까 불행한 겁니다. 용서를 빌 줄 모르는 민족한테서 무얼 기대하겠습니까. 잘못을 저질러 놓고도 용서를 빌지 못하는 것만큼 못난 짓이 또 어디 있겠습니까. 그런 민족한테서 앞으로는 동반자가 되자느니, 이웃 형제가 되자느니 하고 무슨 미래를 기대하겠습니까."

"그래요, 그런 것 같아요."

유키코의 대답은 생각 끝에 나온 대답이 아니었다. 술에 취해서 몸을 가누기가 힘드니까 내뱉은 말일 뿐이었다.

"유키코 씨가 술에 취해서 못 들어도 그만입니다. 하지만 용서를 빌 줄 모르는 민족은 계속 유치한 민족으로밖에 남지 못할 겁니다. 당당한 어른으로 성장할 수 없다는 거죠. 경제

적으로는 뚱보가 될지 모르지만 정신적으로는 불행한 미숙
아로 남을 수밖에 없을테니까요."

최림은 흥분하여 손짓 발짓 해가며 능숙하지 못한 영어로
유키코에게 다 쏟아 부었지만 그녀가 얼마만큼 받아들이고
이해했는지는 알 수 없었다. 잠시 후 최림은 유키코에게 미
안한 생각도 들었다. 유키코는 자신의 조상들이 무얼 어떻게
했는지 자세히 모르는 신세대 여자이기 때문이었다.

그렇다면.

그녀는 자신의 조상들이, 혹은 국가가 잘못하고 있는 것까
지 추궁받을 이유는 없었다. 최림이나 그녀나 과거 역사의
피해자인 셈이었다. 그런 죄과는 죄를 저지른 당시의 당사자
나 국가가 질 일이지 그 땅에 살고 있다는 이유만으로 한 사
람의 국민이 책임질 필요는 없었다. 최림은 그렇게 생각했
고, 자신의 생각이 옳다고 믿었다.

바의 영업시간이 지난 뒤 최림은 유키코를 부축하여 객실
로 올라갔다. 그녀는 자연스럽게 최림의 부축을 받아들이고
있었다. 방문을 열고 똑바로 걷는 것을 보니 술이 조금 깼는
지 정신을 놓아버린 상태는 아니었다. 돌아가려는 최림을 향
해 말했다.

"잠깐만요."

"더 할 얘기가 있다는 겁니까."

"이제 곧 술이 깰거예요. 난 빨리 오르지만 깨는 것도 그만큼 빠르거든요. 그러니 가지 말고 거기 의자에 앉아 있어요."

약간은 명령조였다. 최림은 미안한 느낌도 있고 하여 의자에 앉아 그녀의 다음 말을 기다렸다. 그녀는 웃옷을 벗더니 다시 다짐을 받고는 화장실 문을 열고 있었다.

"그대로 있기예요."

"좋아요. 어서 샤워를 하고 나오세요. 그러면 정신이 좀 들거예요. 그때까지는 이 의자에 앉아 있겠소."

유키코가 화장실로 들어간 다음 최림은 TV를 켜보았다.

유키코는 샤워를 하는지 아직도 물이 쏟아지는 소리가 룸에까지 간간히 새어나오고 있었다. 최림은 샤워를 하는 유키코를 의식하지 않고 TV 화면에 눈을 주었다.

최림은 유키코가 화장실에서 나오자 TV 전원을 껐다.

"뭐예요."

"까마수트랍니다."

"저도 보고 싶어요."

최림은 거짓말을 했다.

"방금 끝났어요."

유키코는 그냥 해본 소리인듯 더 이상은 까마수트라에 대해서 말하지 않았다. 유키코는 어느새 술에서 깨어나 있는 모습이었다. 그녀의 눈동자가 룸의 조명 아래서도 맑아 보였다.

최림은 물기에 젖은 그녀의 머리카락이 매혹적이라고 생각했다. 유키코가 젖은 목소리로 말했다.

"이젠 가 주무세요."

"좀 전에는 여기 이렇게 앉아 있으라고 했습니다."

"그랬어요. 분명히."

"그런데 이제는."

최림은 그녀에게 따지듯 물었다.

"샤워를 하면서 생각을 바꾸었어요."

"저에 대해섭니까."

"네."

"궁금한데요."

"아까는 좀 외로웠거든요. 그래서 그랬을 거예요."

"제 눈에는 지금도 그런데요."

"최림 씨도 제 눈에는 외롭게 보여요."

유키코가 눈을 들고 쳐다보는 순간 최림은 그녀를 힘껏 껴안았다. 그녀는 조금도 반항하지 않고 오히려 최림의 가슴속으로 파고들었다.

"가지 않고 기다려주어서 고마워요."

"좋은 친구야, 유키코 씨는."

"최림 씨는 좋은 한국 남자예요."

"유키코 씨는 좋은 일본 여자죠."

최림은 슬그머니 유키코를 밀쳐냈다. 그리고는 적음과 함께 묵고 있는 객실로 돌아와버렸다.

적음은 새벽 예불을 드리고 있는 중이었다. 열쇠로 방문을 열고 들어섰을 때 독경을 하며 창 쪽으로 삼배를 하고 있었다. 최림은 아무 말도 하지 않고 침대로 가 다시 누워 있을 수밖에 없었다. 그러나 최림은 잠을 잘 수 없었다. 적음의 나직한 독경소리가 가슴을 때렸다. 적음의 독경소리는 주술처럼 무엇에 빠져들게 했다. 영혼을 맑게 헹궈주는 듯한 기분이 들었다. 누워 있던 최림은 자신도 모르게 일어나 앉아서 독경 소리를 들었다.

적음의 목소리는 간절했다. 오늘 법상을 만나도록 해주십사 하고 부처에게 축원을 올리고 있는 중인지도 몰랐다. 문득 불이암에서 적음을 만났을 때 느꼈던 의혹이 다시 떠올랐다.

커튼을 바라보며 독경을 끝내려던 적음이 뒤돌아보며 짧게 말했다.

"눈을 좀 붙이시오."

"스님께 묻고 싶은 것이 하나 있습니다. 스님께서 왜 법상 스님을 간절하게 찾는지 알고 싶습니다. 공부를 점검받고 싶다고 하지만 국내에도 큰스님이 많지 않습니까."

"커튼을 걷을까요."

"스님께서 인도로 와서 왜 이런 고생을 하는지 이해되지 않습니다."

"그럴 것이오. 법상 스님은 속가의 아버지이자 불가의 스승이오. 소승의 검지를 자르게 함으로써 소승을 불문으로 제도했던 스승이란 말이오."

최림은 깜짝 놀랐다.

"그게 사실이란 말입니까?"

"삼독을 끊으라는 뜻으로 소승의 검지를 자르게 했을 것이오. 그러니 어찌 단 한 순간이라도 그 은혜를 잊을 수 있겠소. 이제야 마음이 무언지 깨달았으니 말이오."

커튼을 열자 새벽의 빛이 쏴아아 룸으로 밀려들어 왔다. 적음은 독경을 무아의 상태에서 한 시간 이상이나 한 모양이었다. 밖은 푸른빛이 강물처럼 가득 차 있었다.

새벽 5시 30분.

갑자기 최림은 갠지스 강으로 나아가 일출을 보고 싶어졌다. 적음에게 품었던 비밀 하나가 허망하게 풀린듯 하여 견딜 수 없었던 것이다.

"스님, 갠지스 강으로 나가시죠."

"무슨 일입니까."

"일출을 보고 싶습니다."

"유키코는."

"일어나면 같이 가고 그렇지 않으면 우리만 가지요, 뭐."

"그래서는 안 되지요. 같이 갑시다. 한 20분 후에 깨우시오."

"네, 그러겠습니다."

"법상 스님을 일출 때부터 찾아 나섭시다."

"물론입니다. 스님."

최림은 전화로 유키코를 깨워놓고 그녀의 방으로 갔다.

유키코는 간밤에 아무 일도 없었다는 듯이 천연덕스럽게 최림을 따라 나서겠다고 말했다.

"일출, 좋아요."

"대신, 오늘은 법상 스님을 종일 찾아야 할 겁니다."

"어디로 갈까요."

"어제는 화장터를 돌았으니까 오늘은 수행자들이 노숙을 하는 강 건너 모래밭을 가보자고 하더군요, 적음 스님이."

"네. 알겠어요."

피로연이 끝난 호텔의 정원은 을씨년스러웠다. 오늘밤에

다시 열 것이기 때문에 무대나 연단을 치우지 않아 그것들이 정원을 지키고는 있지만 연극이 끝난 뒤의 객석처럼 썰렁하기만 했다. 새벽의 푸른 빛 속에서 보이는 꽃 장식들도 벌써 시들어버린 듯하고 나무에 이슬처럼 매달린 색등들도 간밤의 화려함을 잃어버린 채 초라했다.

적음과 최림은 유키코를 앞세우고 오토 릭샤를 찾았다. 호텔 내에는 택시만 들어올 수 있는 모양이어서 오토 릭샤가 보이지 않기 때문이었다. 그러나 두리번거릴 필요도 없이 호텔 정문을 나서자마자 릭샤 운전수 서너 명이 달려들었다.

유키코가 노란 오토 릭샤 운전수와 흥정하고는 그쪽으로 타라고 손짓하며 말했다.

"이쪽이에요. 타세요."

거리는 안개가 자욱했다. 갠지스 강에서 밀려온 안개가 거리를 뿌연 빛깔로 채우고 있었다.

릭샤는, 아직 사람과 차와 동물들의 움직임이 활발하지 않은 시각이었으므로 제 속력대로 달렸다. 어제 갠지스강까지 갔던 시간보다는 덜 걸릴 것 같았다. 그러나 택시와 오토 릭샤는 속도에서 분명 차이가 많이 났다. 오토 릭샤는 소리만 요란했지 자전거보다 속력이 약간 더 빠를 뿐이었다.

"손님, 다 왔는뎁쇼."

오토 릭샤는 갠지스 강으로 내려가는 길목까지 왔고, 바라나시의 갠지스 강쪽 거리는 깊은 잠에서 깨어나 아침을 맞이하고 있었다. 어제처럼 장애자들이 일출을 보려고 일찍 찾아온 관광객들에게 달라붙었고, 강으로 빠지는 샛길에는 해돋이 목욕을 하려는 순례자들로 이미 시끄럽고 북적거렸다.

그들은 어제와 같이 샛길을 빠져나와 나루터에 서서 배를 기다렸다. 강 저편 하늘은 이미 동이 터오고 있었다. 붉은 놀이 강 건너 하늘에서 물에 퍼지는 물감처럼 번지고 있는 중이었다.

순서를 기다렸다가 배를 탔다.

배가 출발하자 작은 장삿배 두 척이 다가왔다. 강물에 뜰 수 있도록 만든 촛대와 초를 파는 장사들이었다. 초에 불을 켜 강물에 띄우면 그것도 내세에 구원을 받는다고 호객을 했다. 배가 좀더 속력을 내어 물살을 가르자 노를 저으며 따라오기가 힘든지 장삿배들은 저만큼 멀어졌다.

강폭은 넓지 않았다. 배에 마련된 의자에 잠시 앉았던 것 같은데, 벌써 강가 모래밭에 도착하여 밧줄을 던지고 있었다.

갠지스 강의 모래. 인도인들이 헤아릴 수 없는 숫자를 나타날 때 비유하는 모래알들.

첫발에 느껴지는 갠지스 강의 모래밭은 양탄자처럼 부드러웠다. 몇 발짝을 더 걸어가자 놀이 스러지고 핏덩이처럼 생긴 해가 막 떠올랐다. 그 순간 적음이 무릎을 꿇고 동쪽을 향해서 목탁을 두들기며 독경을 했다. 최림과 유키코도 솟아오르는 해를 보며 무릎을 꿇었다.

해의 빛깔은 피처럼 선명했다. 자궁 속의 핏덩이 같았다. 불쑥 떠오르지 않고 서서히 대지의 자궁을 빠져나오고 있었다. 신의 두 손이 붉은 핏덩이를 힘껏 뽑아내고 있었다.

저 아기 해가 아침마다 목욕을 하는 강이기 때문에 갠지스 강물이 성수가 되는 것일까. 비로소 화장터 아래의 해돋이 목욕장은 순례자들로 가득했다. 신이 뽑아 올리는 아기 해를 보면서 성수를 끼얹는 순례자들. 비록 성수를 끼얹고 있지는 않지만 최림은 자신도 모르게 순례자가 된 듯했다.

인도로 출발할 때만 해도 양탄자 같은 모래밭에 무릎을 꿇고 이렇게 적음의 독경소리를 들으리라고는 상상도 못했던 것이다.

갠지스 강의 일출은 성스러웠다.

갠지스 강은 어제의 강이 아니었다. 갠지스 강은 어제처럼 죽음의 재가 흐르던 강이 아니라 아기 해를 목욕시켜주는 탄생의 강이었다. 생을 축복하는 분위기가 강 전체에 가득했다.

순례자들은 해돋이 목욕을 하면서 웃고 떠들며 물장난을 치고 있었다. 모래밭에서는 수행자들이 자신의 움막에서 나와 강물로 아침을 준비하고, 혹은 강가로 나아가 세수를 하고 있었다.

개들도 일어나 모래밭을 어슬렁거렸다. 모래밭에도 개들의 먹이는 있었다. 수행자들이 모래밭에 쪼그리고 앉아 용변을 보기 때문이었다.

"저게 무슨 새죠."

"독수리."

"저건요."

"까마귀."

유키코는 독수리와 까마귀를 잘 구분 못했다. 깍깍깍. 최림은 까마귀 우짖는 소리에 아침잠을 깬 적도 있었다. 사실 인도의 특징 중 하나는 까마귀가 많다는 점이었다. 우리나라의 참새처럼 어디를 가도 까마귀가 날았다. 지천으로 피어 있는 부겐빌리아꽃처럼 흔했다.

독수리는 흔하지는 않지만 개처럼 무리를 지어 날아다니곤 했다. 나무 한 그루를 차지하고 앉아 있거나, 땅 위에 앉아 먹이를 노리고 있는 모습을 종종 보았던 것이다.

"어머, 저건 뭐예요."

"붉은 들개들이지 뭡니까."

"아니, 이상한 개잖아요."

유키코는 들개들이 교미하는 모습을 처음 보는 모양이었다. 들개들은 교미가 끝났지만 서로 엉덩이를 맞댄 채 서로 다른 방향으로 가려고 낑낑거렸다.

들개들의 교미는 여러 군데서 이루어지고 있었다. 모래밭을 더 내려가자 여기저기서 교미하는 모습이 보였다.

"어머, 어머."

유키코가 얼굴을 붉혔다. 아침 해가 밝게 비추는 모래밭에서 들개들은 본능을 참지 못하고 있었다. 들개들에게는 해 뜨는 아침이 그런 시각인지도 몰랐다.

해는 이제 핏덩이에서 둥근 형태를 이루고 있었다. 일원상의 모습으로 갠지스 강뿐만 아니라 영적인 빛이 넘친다는 바라나시 시가지를 내려다보고 있었다.

"자, 우리도 아침을 합시다."

적음이 바랑에서 빵과 생수 두 병을 꺼냈다. 언제 그것들을 준비했는지 최림은 탄성을 내질렀다.

"아니, 스님. 언제 준비하셨습니까."

유키코도 마찬가지였다.

"스님, 고맙습니다."

그러자 적음이 겸연쩍게 말했다.

"중생의 배고픔을 해결해 주는 것도 수행자가 할 일이 아니겠소. 내 할 일을 했을 뿐이니 너무 감격들 마시오."

빵과 물을 앞에 놓고 모두가 크게 소리 내어 웃었다. 호텔에서 미리 준비한 게 틀림없었다. 최림이 수사관처럼 추리를 했다.

"그렇다면 스님, 점심도 미리 준비한 게 아닙니까."

"거사님은 형사 같구먼."

바랑에는 점심까지 마련해 왔다는 듯 최림의 엉성한 추리를 칭찬했다. 해가 떠오르면서 빛을 뿌리자 강바람의 차가운 기운은 금세 없어졌다. 유키코가 머리에 쓰고 있던 숄을 벗어 허리에 매고 있었다.

아침식사를 끝내고 났을 때는 날씨가 어느새 뜨거워져 있었다. 모래밭도 서서히 달구어지려 하고 있었다.

유키코가 설명했다.

"혹서기로 접어들기 때문에 모래밭이 아니라 열풍이 부는 사막 같을 거예요. 많이는 돌아다니지 못할 거예요."

"그렇군요."

최림이 기가 질리는 표정을 짓자 유키코가 해박한 인도의 지식을 자랑하듯 말했다.

"우리가 돌아다닌 지역 중에서 이곳은 남쪽이에요. 말하자면 적도가 더 가까운 곳이죠."

"강물이 옆에 있긴 하지만 힘들겠군요."

최림은 아무리 더워도 갠지스 강물에 들어갈 용기는 나지 않을 것 같았다. 어제 시체를 버리는 것을 보았기 때문이었다. 순례자들에게는 성스러운 강이지만 최림에게는 더럽고 불결한 강이었다.

적음이 준비한 생수도 점심시간이 지나면 없어질 것이 뻔했다. 최림은 은근히 폭염이 두려웠다.

적음은 벌써 땀을 흘리고 있었다. 유독 땀을 많이 흘리는 적음은 빵을 한 쪽 먹은 다음부터는 연신 얼굴에 솟아나는 땀을 닦아냈다.

적음의 장삼은 벌써 물에 적신 듯 땀에 젖었다. 최림도 유키코도 이마와 목덜미에 흐르는 땀을 계속 훔쳐내며 수행자들이 정진하고 있는 움막을 살피면서 내려갔다.

법상.

최림은 문득 법상이 보냈다는 엽서를 떠올렸다. 제자인 적음에게 처음이자 마지막으로 엽서를 보내왔던 것이다.

만일 형상에서 나를 찾으려 하거나

소리에서 나를 찾으려 한다면
그대는 그른 도를 행하고 있나니
능히 부처를 보지 못하리라.

최림은 이를 악물었다.

'인도 어디라도 쫓아가 법상 스님을 만나서 부처의 진신사리를 건네받아 내 손에 쥐고 말리라. 그리하여 반드시 천불탑에 부처의 진신사리를 봉안하고 말리라.'

최림은 뜨거운 모래밭을 걸으며 법상을 찾는다고 생각하니 두려움도 들었다. 최림은 유키코와 한 조가 되고, 적음은 적음대로 움막을 하나하나 찾아 내려갔다. 수행자들은 대부분 혼자였다. 명상에 잠겨 있거나, 한 손을 들고 주문을 외고 있거나, 물구나무를 선 채 요가를 하고 있었다. 움막은 매우 비좁아서 두세 사람이 들어가 앉을 공간밖에 되지 않았다.

어떤 수행자는 이마에 붉은색과 노란색, 그리고 흰색의 물감으로 무슨 암호 같은 문양을 그리고 있었다. 악마를 물리치는 항마의 부적이거나 무슨 주술적인 의미가 분명한데, 너무도 엄숙한 행위여서 감히 물어볼 엄두가 나지 않았다.

"스님, 힘들어요."

유키코가 먼저 폭염에 지친 모습을 보였다.

"강물에 발이라도 담갔다가 갈까."

"그건 싫어요."

유키코도 갠지스 강물에 폭염을 식힐 생각은 없는 모양이었다. 그러나 최림은 생각을 바꾸었다. 그렇지 않고서는 폭염으로 쓰러져 기절할지도 모른다는 불안감이 들었다.

"유키코 씨. 자, 생수를 마셔요."

"스님 고맙습니다."

처음에는 공동의 물이라고 하여 체면을 차리던 유키코였지만 더위에 지치게 되자, 남은 한 병마저 혼자 다 마셨다.

최림은 참지 못하고 생각을 바꾸어 강가로 나가 풍덩 목까지 몸을 담갔다가 나왔다. 그러자 폭염에 시달렸던 몸이 잠시 생기를 되찾는 듯했다. 그래서 유키코에게도 권유했지만 그녀는 발목만 적시고 말았다.

"어서 들어와요, 깊지 않아요."

"네."

"강물은 아주 시원해요."

유키코는 끝내 강물에 발목만 적시고는 나가버렸다. 지켜보고 있던 적음이 땀을 뻘뻘 흘리며 말했다.

"갑시다."

폭염 속에서 모래밭을 헤맨 지 두서너 시간. 최림이 지쳐 흐느적거리고 있을 무렵 유키코가 이상한 광경을 보고는 최림을 끌어당겼다.

"저게 뭐예요."

"글쎄요."

최림은 유키코가 주춤주춤하고 있는 사이에 강가로 걸어 나갔다. 세 마리의 개가 강에 떠밀려 온 물체를 뜯고 있었다. 먹을 것이 나타나자 강가의 생명들이 그것을 노렸다. 먹이 사슬이 어느새 형성됐다. 들개들 뒤로 10여 미터 후방에는 독수리들이 날아왔고, 또 그 뒷편에는 까마귀들이 강물에 떠밀려 온 물체의 남은 찌꺼기를 기다리고 있었다.

좀 더 가까이 다가서자, 그것의 윤곽이 어렴풋이 드러났다. 들개들에게 이미 일부를 먹혀버린 시신이었다. 두 팔다리가 사라지고 없었다. 들개들은 먹을 게 더 없자, 시신의 머리를 혀로 핥아댔다.

그리고 그 밑에는 한 수행자가 세수를 하고 있었다. 최림은 그 수행자에게 영어로 물었다.

"더럽지 않습니까."

"더러울 것도 깨끗할 것도 없습니다."

수행자의 목소리는 나직했지만 또렷했다. 마치 태고의 동굴에서 울려나오는 소리 같았다.

"늘 이렇습니까."

"시신을 개들이 먹고 새들이 나누어 먹는데 무엇이 이상하다는 말이오."

"저희들은 시신을 소중하게 다룹니다."

"한국에서 온 모양이오만 저 들개들은 살생하지 않았습니다."

"아니 한국말을 하시는군요."

"그렇소."

"그렇다면 스님이."

"당신들은 소나 개를 도살하여 고기를 먹지요. 그러나 저 개들은 살생하지 않고 버려진 것을 먹고 있소. 그러니 저 개들이나 독수리의 영혼은 당신들보다 맑지 않겠소."

최림은 그의 말을 듣지 않고 중얼거렸다.

'어쩌면 이 수행자가 법상 스님인지도 모른다.'

그 사이 그가 돌아서고 있었다. 최림은 자신도 모르게 소리쳤나.

"혹시 법상 스님 아닙니까."

그러자 그가 돌아서며 햇살에 눈이 부신 듯 얼굴을 찡그렸다.

"법상이라는 중의 겉모습이 이러했소."

"……."

최림은 대답하지 못했다. 최림이 망설이고 있자, 그가 다시 물었다.

"법상이라는 중의 목소리가 이러했소."

"……."

역시 최림은 대답을 못했다. 최림은 그의 목소리를 들어본 적이 없었던 것이다. 그러자 그가 다시 단호하게 말했다.

"당신은 법상을 아직 찾지 못했소."

"그렇다면 스님, 법상 스님은 어디 있습니까."

"당신은 겉모습으로만 그를 찾고 있소. 그러니 불가능한 일이오."

그때였다. 적음이 달려와 모래밭에 무릎을 꿇고 엎드렸다. 법상은 인도의 햇볕에 그을려 탁발하는 인도의 수행자가 다 되어 있었다. 그러나 적음은 스승의 그러한 외모의 변화에도 불구하고 단번에 알아챘다. 적음은 법상 앞에 엎드린 채 말했다.

"큰스님, 적음이옵니다."

"성지 순례길이더냐."

"스님을 뵈러 왔습니다. 이 거사님도 큰스님을 찾아 여기까지 왔습니다."

법상과 적음은 혈연을 뛰어넘은 스승과 제자, 그 이상도 이하도 아니었다.

"일행이었습니까."

법상은 고승의 티를 전혀 내지 않고 있었다. 최림에게 깍듯하게 존댓말을 썼고 겸손했다.

"이제 법상을 찾았소."

"네."

"법상이라는 이 중을 보니 어떠합니까."

"상상했던 모습입니다."

"허허허. 그렇다면 그대는 아직 법상을 찾지 못했소."

"스님을 어떻게 찾아야 합니까."

"마음 공부를 하시오. 그때 진면을 볼 수 있을 것이오."

법상도 갠지스 강의 여느 수행자들처럼 초라한 천막을 쳐 놓고 수행하고 있었다. 그가 가지고 있는 살림도구는 정확히 바리때 한 벌이 전부였다. 장삼은 덕지덕지 기운 누더기였다.

적음이 법상 앞에서 다시 삼배를 올렸다. 적음의 눈에서는 눈물이 주르르 흐르고 있었다.

"큰스님. 저는 스님을 뵙고 떠나려고 했습니다. 하지만 스님의 이 처소를 보고 생각을 바꾸었습니다. 그동안 제가 얼마나 호의호식했는지 부끄러울 따름입니다. 저를 받아주십시오."

"아니다. 부처님도 무소의 뿔처럼 홀로 가라고 하지 않았더냐."

적음이 눈물을 흘리는 바람에 분위기가 숙연해졌다. 최림과 유키코는 강변으로 다시 걸어 나왔다. 이제 들개들이 물러가고 독수리들이 시신을 둘러싸고 있었다. 독수리들은 날카로운 부리로 시신의 살을 파헤치고 있었는데, 그때마다 시신의 몸속의 것들이 튀어나오고 있었다.

"사실 저는 제가 공부한 것을 스님께 점검받고 떠나려 했습니다. 그러나 지금 저는 스님이 계시는 이곳이 바로 저의 도량이라는 것을 깨달았습니다."

"네 마음을 받아들이겠느니라."

"큰스님, 이 은혜 깨달음을 이루어 갚겠습니다."

적음은 뜨거운 모래밭을 걸으면서 자신도 인도에 남겠다고 거듭 다짐했다. 폭염이 내리퍼붓는 화탕지옥 같은 모래밭을 그는 걷고 또 걸었다. 땀이 비오듯 쏟아졌지만 수행자들의 움막을 미친 듯이 걸어 다녔다.

최림 역시 법상 앞에 무릎을 꿇고 앉았다. 법상의 법력에 저절로 무릎을 꿇었다.

"자, 그대는 지금 법상을 만나고 있소."

"네, 스님."

"그대는 무엇을 내게서 얻으려 하오."

"고백합니다만 저는 지웅 스님의 심부름을 왔습니다."

"무슨 심부름이오."

"부처의 진신사리를 모셔오라는 부탁이 있었습니다."

"부처의 진신사리라."

법상은 눈을 지그시 감았다. 마치 사리를 어디다 두었지 하는 표정으로 눈을 감고 있었다. 잠시 후 얼굴에 미소를 띄웠다. 사리를 보관한 장소를 기억해냈다는 듯이 희미하게 미소를 지었다. 최림은 너무 긴장이 되어 심장이 터져버릴 것만 같았다.

부처의 진신사리를 찾기 위해 인도를 오지 않았던가. 그것을 얻고자 천신만고 끝에 이 갠지스 강을 찾아온 것이 아닌가. 그것을 받고자 법상을 만나 이렇게 무릎을 꿇고 있는 것이 아닌가.

진신사리가 봉안되어야만 천불탑은 비로소 완성될 게 아닌가. 불교신자들이 참배하는 성보聖寶가 될 것이 아닌가. 진신사리가 있어야만 천불탑은 비로소 내 생애 최고의 걸작품이 될 게 아닌가.

"자, 따라 오시오."

최림은 강 쪽으로 걸어가는 법상의 뒤를 쫓아갔다. 강 건너 화장터에서는 시신을 태우는 연기가 계속 피어오르고 있었다. 누군가의 시신이 장작불에 태워지고 있는 게 분명했다. 그리고 그 아래에서는 힌두의 순례자들이 강물에 몸을 담그고 있었다. 어제의 풍경과 다르지 않았다.

갠지스 강물에는 햇살이 사정없이 쏟아져 내리고 있었다. 최림은 또다시 땀을 줄줄 흘렸다. 두 눈이 얼얼하게 아프기도 했다. 강물에 난반사하는 강렬한 햇살이 두 눈을 찔렀다.

강가에 다다르자 이윽고 법상이 손으로 강을 가리켰다.

순간, 최림은 망치로 머리를 맞은 것 같은 충격 속으로 빠져들었다. 눈앞의 것들이 아무것도 보이지 않았다. 강물도, 화장터도, 힌두의 순례자들도, 법상도, 유키코도, 죽은 개도, 독수리도, 까마귀도 모두 흰색으로 증발해버리는 느낌이었다.

잠시 후, 정신을 차린 최림이 소리쳤다.

"스님, 부처님의 진신사리가 저 갠지스 강물 속에 있다는 말입니까."

법상은 대답하지 않고 이미 자신의 천막으로 걸음을 떼고 있었다.

"스님, 부처님의 진신사리를 왜 강물에 버리셨습니까."

최림이 다시 소리쳤지만 법상은 이미 저만큼 걸어가고 있었다. 잠깐 뒤돌아보면서 최림에게 몇 마디를 던졌을 뿐이었다.

"갠지스 강은 영원하지만 천불탑은 유한하오. 갠지스 강이야말로 영원한 탑이 아니겠소. 아니, 온 세상이 아름다운 부처님의 탑인데 굳이 사리를 구해 어디다가 모신다는 말이오. 다 꿈속의 꿈일 뿐이오."

법상이 앉았던 자리에 유키코가 서 있었다. 유키코가 어리둥절해 했다.

"왜 그러세요."

"인도를 잘못 온 것 같소."

최림은 그대로 강가에 주저앉았다. 그러자 유키코도 옆에 앉았다. 최림은 강물을 멍하니 바라보았다. 물거품이 눈에 띄었다. 거기에는 부처의 진신사리를 찾아 인도로 온 자신의 욕심 같은 물거품이 흐르고 있었다. 이제 모든 것이 다 물거품이 되어버린 듯했다.

그렇다면.

인도에 더 머무를 이유가 없었다. 하루라도 빨리 인도를 떠나야 했다. 지웅에게 사실대로 알려주어야 했다. 최림은

담배를 뽑아 피웠다. 연기를 깊숙이 들이마셨다가 길게 뱉어
냈다.

"유키코 씨, 저는 인도를 떠날 겁니다."

"왜 갑자기 떠나죠."

"인도에 남아 있을 이유가 없어졌습니다."

"유키코 씨는."

"저는 더 여행을 할 거예요. 천불탑은 언제 완성되죠. 구경
갈게요."

"5월 부처님 오신 날이죠."

"시간이 있으면 가겠어요."

최림은 유키코를 데리고 법상의 천막으로 갔다. 법상이나
적음에게 인사는 하고 떠나야 될 것 같았기 때문이었다. 어
쩌면 법상은 지웅에게 전할 말이 있을지도 몰랐다. 또한 적
음은 그동안 고생을 함께 하였으므로 동고동락의 정이 들어
서였다.

그런데 적음은 없었다. 법상만 천막 안에 혼자 앉아서 좌
선을 하고 있었다. 최림이 인사하자 가부좌를 풀면서 법상이
말했다.

"잘 가시오."

"지웅 스님에게 전할 말씀은 없습니까."

"없소. 다만, 이 세상이 부처의 법신이고 장엄한 탑이라는 것을 깨닫는다면 날 원망하는 마음을 거둘 것이오."

"적음 스님께 먼저 떠난다고 전해주십시오."

법상이 고개를 끄덕이면서 다시 가부좌를 틀었다.

타즈 갠지스 호텔로 돌아온 최림과 유키코는 객실로 먼저 가지 않고 바를 들렀다. 갑자기 헤어지게 되어 아쉬웠기 때문이었다. 최림은 법상을 만나고도 빈손으로 돌아간다는 것이 몹시 허전하여 견딜 수 없었다.

법상의 말이 사실이라면 자신과 지웅 스님은 바보나 다름없었다.

'이 세상이 장엄한 탑이라면 천불탑에 내 모든 것을 바쳤던 나는 바보가 되어버리고 만다. 법상의 말대로 이 세상이 부처의 법신이라면 사리를 구하러 인도까지 와서 고생고생하며 돌아다닌 나는 바보가 되어버리고 만다.'

최림은 유키코가 따라 주는 술을 거푸 들이켰다. 유키코도 최림이 따라 주는 술을 거절하지 않고 계속 마셨다. 최림은 또다시 혼잣말로 중얼거렸다.

'법상의 길이 옳은 것인가, 지웅의 길이 옳은 것인가.'

천
불
탑

최림은 귀국을 하고서도 10여 일이 지났지만 천불탑 현장을 가보지 않고 잠만 자고 말았다. 부처의 진신사리를 구해 오지 못해 무기력증에 빠졌을 뿐만 아니라 법상의 말이 자꾸 떠올랐다. 법상을 처음 만났을 때 그는 '법상이라는 중의 겉모습이 이러했소.' 하며 형상으로써 자신을 찾지 말라는 듯이 되물었던 것이다. 뿐만 아니라 '법상이라는 중의 목소리가 이러했소.' 하며 소리로써 그를 찾지 말라고 말했던 것이다.

겉모습을 보고 법상을 찾는 것은 어리석은 짓이니, 마음공부를 한 뒤 진짜 법상을 찾으라며 꾸짖듯이 당부했던 것이다.

'형상이나 소리를 쫓는 것이 부질없다고 한다면.'

최림은 눈을 감고 상념에 잠겼다. 마치 인도로 가서 법상에게 화두 하나를 받아 온 것처럼 깊은 의문에 빠졌다.

법상의 말이 옳은 것일까. 최림은 법상이 지금도 자신에게 이렇게 묻고 있는 듯했다.

'천불탑을 형상으로써 찾지 마시오.'

'천불탑을 소리로써 찾지 마시오.'

'마음이 부처라는 것을 깨달으시오.'

최림은 마음속으로 법상과 이야기를 했다. 마치 스승과 제자 사이처럼 최림이 물으면 법상이 대답했다.

'왜 그렇습니까.'

'마음은 영원하지만 천불탑은 무상한 것이오. 그러니 천불탑은 꿈속의 꿈일 뿐이오.'

'그렇다면 왜 사람들은 탑을 만들어 왔습니까.'

최림은 마음속으로 맞섰다.

'한마디로 부질없는 짓이오. 이 세상이 그대로 장엄한 탑인데, 어디다 또 허망하게 탑을 쌓는단 말이오.'

'전 부질없는 짓을 하고 있는 것입니까.'

최림은 흔들리고 있었다. 법상의 법문에 압도되어 더 반박할 말을 찾지 못했다.

'이 세상이 청정한 부처의 다른 모습이오, 어디서 또 부처를 찾는단 말이오.'

'전 어리석은 짓에 빠져있는 것입니까.'

최림은 감았던 눈을 떴다. 어느새 법상의 법문에 공감하고 있었다.

지웅을 배반하고 있다는 느낌도 들었다. 그러나 지웅의 사심 없는 원력도 틀렸다고는 할 수 없었다. 천불탑을 지어 수많은 신도들에게 불심을 깃들게 하여 그들을 제도한다는 것이 지웅의 원력이었다. 더 나아가 통일이 된 후에는 천불탑에서 뻗친 기운으로 한반도의 땅이 불국토가 되기를 바라는 것이 지웅의 서원이었다. 그래서 지웅은 천불탑의 위치를 경주로 하지 않고 한반도의 중앙인 중원 땅으로 정했던 것이다.

'그래, 지웅의 서원은 하나도 틀린 게 없다. 그래, 나는 지웅을 도와야 해. 법상을 만난 것은 단 한순간이었지만, 지웅을 만난 것은 벌써 몇 년째인가. 그래, 이렇게 빈둥거리고 있을 때가 아니지. 비록 불자는 아니라고 하지만 내일은 석가모니 부처가 탄생한 날이고, 무엇보다도 천불탑이 완공되어 수많은 불자들 앞에 회향되는 날이 아닌가.

지금 당장 대각사로 떠나자. 그런데 지웅이 법상을 만났느냐고 물으면 무어라고 대답을 하나. 사실대로 이야기를 해버리면 그만이지. 갠지스 강에 부처의 진신사리를 던져버렸다고. 그렇게 말할 용기가 내게 있을까. 부처의 진신사리를 모시고 회향식을 준비하려 하던 지웅의 충격이 얼마나 클 것인가. 거짓말을 할 수밖에 없어. 인도를 돌아다녔지만 내가 찾던 법상은 없었다고. 법상을 만나지 못했다고 거짓말을 하면 지웅은 충격을 덜 받겠지.'

최림은 웃옷을 걸치고 지프에 올라타 시동을 걸었다.

최림은 여느 때보다 빨리 대각사에 도착했다. '부처님 오신 날' 전날이어서 공휴일 행락객들을 염두에 두고 일찍 출발했던 것이다.

이미 대각사 주위는 축제 분위기에 휩싸여 있었다. 계곡에는 임시로 친 대형 천막들이 여기저기 들어차 있었고, 대형 버스와 승용차들이 질서 있게 임시 주차장 같은 넓은 논밭에 빈틈없이 주차돼 있었다.

수십만 명의 신도가 운집할 것이라고 지웅이 호언장담한 적이 있는데, 하루 전인 지금의 인파만 계산해도 몇 만은 될 것 같았다. 대각사 경내뿐만 아니라 온 계곡마다 신자들이 북적거렸다. 신자들이 입고 있는 원색의 옷 색깔로 인하여 대각사 주위는 갑자기 단풍철이 된 것도 같았다. 산자락 여기저기에 핀 진달래 꽃무더기들이 갑자기 들이닥친 울긋불긋한 사람들의 물결로 초라해 보일 정도였다.

더욱 장관은 천불탑의 위용이었다.

오색의 대형 천에 가려 아직 그 모습을 완전히 드러내놓고
있지는 않지만 천불탑은 하늘로 치솟아 있었다. 오색의 천이
탑의 꼭대기에서부터 1층 바닥까지 부챗살처럼 쳐져 있는데,
마치 하늘에서 보내준 봉축의 선물 같았다.

내일, 회향식에서 지웅과 종단의 고승 대덕들이 행사의 끈
을 일제히 잡아당기면 오색의 천들이 일시에 벗겨져 내리고
천불탑은 비로소 자신의 장엄한 모습을 수많은 불교 신도 앞
에 드러낼 것이었다.

최림은 새삼 감격스러웠다.

저 탑을 정말 자신이 설계했는가 싶으리만치 이미 천불탑
은 저 홀로 우뚝 솟구쳐 있었다. 최림은 중얼거렸다.

'내일은 부처의 탄생일도 되지만 저 천불탑이 이 세상에
태어나는 날도 되겠지. 내일은 신화와 같은 황룡사 9층목탑
이 이 세상에 다시 환생하는 날이 되겠지. 내일은 수십만 신
도 앞에서 등신불 같은 저 걸작품이 드러나는 날이 되겠지.'

그러나 감격은 잠시뿐, 최림은 또 중얼거렸다.

만상은 아침 이슬같이, 번갯불같이, 물거품같이 사라지고
마는 것이 아닌가. 사람들은 그것도 모르고 탄성을 지르고
있다. 언젠가 사라질 것도 모르고. 그래서 인간은 부질없는

꿈을 어리석게 꾸는지도 모른다. 욕망을, 집념을 버리지 못하는 것이다. 그렇다면 저 천불탑도 언젠가 사라지고 말 무지개와도 같은 존재란 말인가.'

최림은 갑자기 법상의 말이 떠올라 고개를 세차게 흔들었다. 신도들은 저 천불탑의 장엄한 모습을 보고, 저 천불탑의 청아한 풍경소리를 듣고 부처를 친견한 것처럼 찬탄할 것이다. 그리고 나서는 또 부처의 진신사리가 있을 것이라고 믿는 1층을 향하여 합장하고 절하며 자신의 소원을 빌 것이다.

그러나 법상은 무어라 했던가. 형상으로써, 소리로써 부처를 찾지 말라고 하지 않았던가. 그것은 형상과 소리로써 천불탑을 찾지 말라는 말과 다름 아닌 것이다. 하기는 저 탑이 완벽하게 아름다운 것은 아니다. 최림의 마음 한 구석에는 미완의 탑이었다. 시간을 더 주었더라면, 수행자들이 설계에 간여하지 않았더라면 더 완벽한 걸작품을 만들었을 텐데 하는 아쉬움이 남았다.

어쨌든 저 천불탑은 내 야망의 결정체이다. 뿐만 아니라 내 집념의 소산이다. 나는 지난 몇 년 동안 저 탑을 위해 살아오지 않았던가. 저 탑이 하늘로 올라가는 동안 여자들도 멀어졌고 친구들도 잃지 않았는가. 철저하게 사람들로부터 교제는 끊겼고 마침내 저 천불탑처럼 나 혼자 남게 되지 않왔던가. 이게 인생인가. 그게 행복인가. 나는 황룡사 9층탑을 지었던 백제의 공장 아비지처럼 내 이름을 대각사에 남길 것이다. 그러나 대각사에 이름을 남기는 것이 지금의 나와 무슨 상관이 있는 것일까. 그게 진정한 행복일까.

'나는 정말 행복한가.'

법상을 처음 만났을 때 나는 눈뜬장님이나 다름없었지. 법상을 바로 눈앞에 두고서도 보지 못했으니까. 지금도 법상을 처음 만났을 때의 그런 느낌이다. 천불탑을 눈앞에 두고도 보지 못하고 있다는 기분이 문득 든다. 내가 짓고 싶었던 천불탑은 저게 아니었다. 어쩌면 나는 모래탑을 쌓고 있었는지도 모른다.

최림은 천천히 대각사 법당으로 올라갔다. 이미 법당에는 사리함이 치워지고 없었다. 아마도 신도들의 성화에 못 이겨 천불탑으로 옮겨졌을 것이다.

천불탑에 부처의 진신사리를 봉안하지 못하고 대신 용제 스님의 사리로 회향식을 준비하는 지웅. 그는 앞으로 또 얼마나 번민하고 참회하며 수행자의 길을 걸을 것인가. 저 천불탑에 부처의 진신사리를 봉안할 때까지는 참회의 나날을 보내야 하지 않을까.

'지웅 스님은 사리를 모시고 오지 못한 나를 보고 뭐라고

하실까. 얼마나 절망하실까.'

최림은 중얼거리면서 주지실로 발길을 돌렸다. 지웅은 주지실을 지키고 있었다. 그는 수만의 인파에도 전혀 동요하지 않고 회향식 준비를 차분하게 감독하고 있었다. 책상 위에는 행사와 관련된 서류들이 차곡차곡 쌓여 있었다.

그와 눈이 마주친 순간 최림은 고개를 떨구었다. 지웅은 눈을 감고 합장했다.

"관세음보살."

"스님, 죄송합니다."

"구해 오지 못했구려."

"그렇습니다."

"법상을 만났습니까."

최림은 거짓말을 했다.

"못 만났습니다."

"허허허."

지웅이 눈을 뜨며 쓴 웃음을 지었다.

"스님, 왜 웃으십니까."

"거사님 눈에 쓰여 있소."

"무엇이 쓰여 있다는 말입니까."

지웅은 최림의 마음을 다 간파하고 있었다.

"스님, 죄송합니다."

"눈에 그렇게 쓰여 있소."

이윽고 최림은 고백하고 말았다.

"사실은 뵈었습니다."

"거사님의 눈은 이미 그렇게 말하고 있었소."

"갠지스 강가에서 뵈었습니다."

"부처님의 사리를 어찌했소."

지웅은 끝내 사리를 찾아오고야 말겠다는 듯이 결연하게 묻고 있었다.

"법상 스님이 갠지스 강에 던져버렸습니다."

"내 눈으로 확인하기 전에는 듣지 않은 걸로 하겠소."

지웅은 어금니를 악물었다. 체념하기는커녕 오히려 더 결의를 불태웠다. 순간 최림은 섬뜩했다.

"지웅 스님, 용제 스님도 부처가 아닙니까. 그러니 용제 스님의 사리를 모셨으면 되는 거 아닙니까."

"뭐라고 했소."

지웅은 버럭 소리를 시르며 최림을 노려보았다. 그러더니 대쪽을 쪼개듯 단호하게 말했다.

"난 끝까지 진신사리를 찾아 봉안하고 말겠소. 회향식이 끝나고 나면 나는 인도로 떠날 것이오. 아무도 나의 뜻을 꺾지는 못할 것이오. 부처님의 진신사리가 활화산 불구덩 속에 들어 있다면 그 속으로 뛰어 들어갈 것이요, 항하수 갠지스 강물 속에 가라앉아 있다면 강물이 마를 때까지 기다려서라도 가져오겠소."

최림은 벽력같은 지웅의 큰 소리에 아무 소리도 못했다. 지웅의 얼굴은 비장하기조차 했다.

"난 신도들을 속였소."

"아닙니다. 신도들을 속이게 한 분은 바로 법상 스님입니다."

"여기 모인 신도들뿐만 아니라 불보살님들도 속였소."

"스님, 저는 믿습니다. 이 모든 게 법상 스님 때문이라는 것을."

"불보살님을 속인 업보는 내가 받을 것이오."

최림은 주지실을 나오고 말았다. 지웅의 큰소리가 밖으로 새어났는지 상좌들이 쫓아와 무슨 일이 있느냐고 걱정스럽게 물었다.

"거사님, 무슨 일이 있었습니까."

"아무 일도 아닙니다."

최림은 지프로 다시 돌아왔다. 천상 오늘밤은 지프에서 잠을 자야 할 것 같았다. 요사채는 벌써 만원이고 임시 숙소인

천막으로 가서 자는 것도 탐탁치 않았다.

최림은 눈을 감았다. 의자에 앉은 채 깊은 잠에 빠져버렸다.

다음 날 새벽 일찍부터 대각사는 불탄일의 법요식과 천불탑의 회향식 준비로 소란스러웠다. 부처의 탄생일이자 천불탑의 회향은 신도들을 한없이 들뜨게 했다. 가슴마다 종이연꽃을 달고서 바삐 경내를 돌아다니고 있었다. 천막에서 밤을 보냈던 신도들은 새벽예불의 독경소리를 멀리서 지켜보며 합장했다. 이미 온 계곡에는 행사장에 직접 참석하지 못하는 신도를 위해서 마이크 시설을 곳곳에 설치해 놓은 상태였다.

최림은 아는 사람이 없을까 하고 눈을 뜨고 나서부터 행사 직전까지 행사장을 돌아다녔다. 그러나 수행자 몇 사람만 눈에 띄었을 뿐, 속인은 한 사람도 없었다. 유키코도 찾아보았지만 헛수고였다. 너무 많은 인파 때문에 왔다고 하더라도 찾는다는 것은 불가능한 일이었다.

식장 주위에는 이미 수십만의 인파가 운집하여 움직이기조차 힘들 정도였다. 고개를 빼고 둘러보았지만 소용없는 일이었다. 하늘에서 펼쳐진 오색의 천과 종정스님과 고승 대덕 스님들이 앉아 있는 무대만 보일 뿐이었다. 종정은 금색 의관과 금색 가사를 입고서 불교계의 최고 어른으로서 온갖 위의를 갖추고 있었다.

이윽고 오전 10시가 되자, 불탄일 법요식과 회향식 행사를 1초도 어김없이 시작했다. 대각사 총무스님이 행사의 시작을 운집한 신도들에게 알렸고, 그런 다음에 지웅과 종정스님 그리고 고승 몇이서 무대를 내려오고 있었다. 석가모니 부처의 탄신과 천불탑의 회향을 만천하에 드러내고자 행사의 끈을 잡아당기기 위해서였다. 끈을 잡아당기자 일제히 오색의 천이 벗겨지면서 천불탑의 모습이 하늘 쪽에서부터 장엄하게 드러났다.

순간 수십만 신도들의 박수 소리가 계곡을 덮었다. 박수소리는 이 계곡 저 계곡에서 화답의 합창을 하듯 번갈아가며 쏟아졌다. 사회를 보는 대각사 총무스님이 몇 번이나 「반야심경」 독경이 있으니 경건하게 합장해 달라고 부탁을 해도 소용없었다. 한참을 기다린 뒤에야 겨우 우레와 같은 박수소리가 진정되고 있었다.

독경소리도 장관이었다. 수십만 명의 합창단원이 부르는 찬불가처럼 독경 소리는 이 계곡 저 계곡에서 하늘로 울려퍼졌다. 누구도 연출할 수 없는, 부처에게 바치는 수십만 명의 불제자들이 부르는 장엄한 찬불가였다.

축하 법어를 하는 종정스님의 목소리는 떨리고 있었다. 그만큼 불교계가 주목해왔던 불사였고 근래 들어 보기 드문 인파의 운집이었다. 고승들의 축사도 마찬가지였다. 하나 같이 천불탑을 찬탄하고 불보살들에게 공덕을 돌리는 법문을 하고 있었다. 회향의 답사를 하는 지웅마저도 감격에 겨워 몹시 떨리는 목소리로 미리 준비한 원고를 낭독했다.

불탄일 법요식과 천불탑 회향식은 일사천리로 진행되어가고 있었다.

최림은 어느새 자신의 지프가 있는 곳까지 걸어 나와서 탑을 바라보았다. 그러자 황룡사 9층탑을 재현하겠다고 매달렸던 지나간 시간의 추억들이 문득문득 뇌리를 스쳐 지나갔다.

'저것이 내 마음속의 천불탑인가.'

최림은 다시 천불탑을 우러러보았다. 그 순간 바람이 쏴아아 하고 계곡을 훑고 지나가자 풍경소리가 일시에 뎅그렁 뎅그렁 소리를 냈다. 수십 개의 풍경들은 맑고 그윽한 소리를 내고 있었다.

'저것이 내 마음속의 천불탑인가.'

최림은 눈을 감았다. 그러자 또 다른 천불탑 하나가 불쑥 솟아올랐다. 마음속에 장엄한 천불탑이 하나 등신불처럼 솟아 빛났다. 건축 설계사로서 갈망해왔던 바로 그 천불탑이었다. 최림은 자신도 모르게 두 손바닥이 뜨거워질 때까지 합장했다. 마음속의 그 눈부신 천불탑을 향하여 고개를 숙였다.

등신불等身佛.

마음속에 솟은 그것은 분명 최림의 등신불이었다. 눈앞에 보이는 천불탑과 비록 형상은 같지만 결코 같다고 할 수 없는 마음속의 천불탑이었다.

지웅이 최림의 마음속에 씨를 뿌리고, 법상이 혼을 불어넣은 등신불이었다. 최림을 중얼거렸다.

'내 마음 속의 천불탑은 지웅 스님과 법상 스님의 합작품인지도 모른다.'

인도를 여행하면서
체험한 이야기

나는 인도를 자주 가는 편이다. 올해로 네 번째를 갔으니 인도 마니아에 드는 셈일 것이다. 바라나시와 같은 도시와 힌두사원 혹은 몇천 년 전의 유적지라도 갈 때마다 느낌이 다르다. 그렇다고 인도에서 많은 것을 얻어 오는 것은 아니다. 한두 개의 이미지와 강렬한 풍경이 나를 흔든다.

올해 1월에 갔을 때는 카필라바스투의 연꽃을 보고 예전에는 아름답다고만 느꼈는데, 이번에는 연꽃에게도 고통이 있지 않을까 하고 깨달았다. 연꽃으로부터 피고 지는 윤회의 고통을 보았던 것이다. 봄을 '잔인한 달'이라고 말한 엘리어트의 예지(叡智)에 공감할 수 있었다. 나는 무심코 연꽃을 보면서 탄식하지 않을 수 없었다.

'피고 지는 연꽃도 고통이었구나!'

또 하나 더 가슴에 남아 있는 것은 우리는 질서에만 가치를 두고 그 질서에 중독되어 있는 중환자가 아닐까 하는 점이다. 인도의 도시거리를 걷다보면 처음에는 견딜 수 없는 무질서에 곤혹스럽지만 나중에는 혼란스럽던 마음이 편안하게 치유되는 느낌을 받는다. 질서와 무질서, 깨달음과 어리석음 등 반대되는 두 가지의 가치가 조금도 다르지 않다는 사실을 깨닫는 것이다. 세상을 이분법으로 나누지 않고 전체로 통찰하는, 세상을 바라보는 관점이 확장되는 희열을 맛보곤 했던 것이다.

나는 이 소설 〈천불탑의 비밀〉에서 인도를 여행하는 동안 체험한 가치를 얘기하고 싶었다. 또한 출가 수도승들의 고뇌와 번뇌가 무엇인지도 엿보고 싶었다. 과연 선승의 길에서만 부처를 만날 수 있는 것인가, 아니면 부처가 될 수 있는 다른 길도 있는 것이 아닐까 하는 흥미를 가지고 집필에 임했던 것이다. 작품이 끝날 때까지 인도에서 얻은 깨달음의 잣대로 가치가 어느 한편으로 기울어지는 것을 극도로 경계하면서 전개하였는데, 독자들은 어떻게 공감할지 몹시 궁금하다. 현상(色)과 본질(空)을 둘로 나누지 않고 전체로 받아들일 때,

우리가 갈구하며 찾아왔던 마음의 자유와 평화가 있지 않을까 싶다.

끝으로 〈천불탑의 비밀〉을 내가 사는 남도산중을 오가며 정성스럽게 편집하여 발간해 준 클리어마인드 출판사 여러분에게 거듭 감사의 마음을 표하고 싶다.

남도산중 이불재에서

정찬주

인지

천불법의 비밀

인   쇄| 2008년 8월 1일
발   행| 2008년 8월 24일

지 은 이| 정 찬 주
펴 낸 이| 오 세 룡
펴 낸 곳| 클리어마인드_ (주)지오비스
등록번호| 제 300-2005-54호
주   소| 서울시 종로구 수송동 58 두산위브파빌리온 736호
전   화| 02)2198-5151, 팩스| 02)2198-5153
디 자 인| 현대북스 051)244 -1251

ISBN 978-89-93293-03-6   03810

클리어마인드는 (주)지오비스의 출판브랜드입니다.
이 책은 저작권 법에 따라 보호받는 저작물이므로 무단전재와 복제를 금지하며,
이 책 내용의 전부 또는 일부를 이용하려면
반드시 저작권자 클리어마인드_ (주)지오비스의 서면동의를 받아야 합니다.

정가 10,000원